La collection « Ado »
est dirigée par Michel Lavoie

Chronique des enfants de la nébuleuse
Livre premier
Le château de Céans

L'auteure

Ann Lamontagne a fait une entrée remarquée en littérature jeunesse en 2001, son roman *Les Mémoires interdites* se retrouvant parmi les finalistes au Prix du Gouverneur général ainsi qu'au Prix du livre M. Christie. Ce que les gens ignorent peut-être, c'est qu'elle écrit aussi, pour le lectorat adulte, des histoires à l'écriture riche et à l'imagination fertile.

Bibliographie

Les Douze Pierres, roman, Gatineau, Vents d'Ouest, « Azimuts », 2004.

L'Adieu aux Chevaliers (*La Piste des Youfs* III), roman jeunesse, Gatineau, Vents d'Ouest, « Girouette », 2003.

Trois jours après jamais, roman, Hull, Vents d'Ouest, « Azimuts », 2002.

La Cité des Murailles (*La Piste des Youfs* II), roman jeunesse, Hull, Vents d'Ouest, « Girouette », 2002.

Samhain – La nuit sacrée, roman jeunesse, Montréal, Éditions Alexandre Stanké, 2001.

Sabaya, roman jeunesse, Hull, Vents d'Ouest, « Ado », 2001.

Les Mémoires interdites, roman jeunesse, Hull, Vents d'Ouest, « Ado », 2001.

Le Petit Parrain (*La Piste des Youfs* I), roman jeunesse, Hull, Vents d'Ouest, « Girouette », 2001.

La Flèche du temps, roman, LaSalle, Hurtubise HMH, 1994.

Vents d'Ouest

Ann Lamontagne

Le château de Céans

Chronique des enfants de la nébuleuse

Livre premier

Catalogage avant publication de Bibliothèque et Archives Canada

Lamontagne, Ann
  Le château de Céans

  (Chronique des enfants de la nébuleuse ; t. 1)
  (Ado ; 68. Plus)

  ISBN 13: 978-2-89537-109-0
  ISBN 10: 2-89537-109-1

  I. Titre. II. Collection: Lamontagne, Ann. Chronique des
enfants de la nébuleuse ; t. 1. III. Collection: Roman ado ;
68. IV. Collection: Roman ado. Plus.

  PS8573.A421C42 2006   jC843'.54   C2006-940004-0
  PS9573.A421C42 2006

Nous remercions le Conseil des Arts du Canada de l'aide
accordée à notre programme de publication. Nous recon-
naissons l'aide financière du gouvernement du Canada par
l'entremise du Programme d'Aide au Développement de
l'Industrie de l'Édition (PADIÉ) pour nos activités d'édition.
Nous remercions également la Société de développement des
entreprises culturelles ainsi que la Ville de Gatineau de leur
appui.

Dépôt légal — Bibliothèque nationale du Québec, 2006
              Bibliothèque nationale du Canada, 2006

Révision : Raymond Savard
Correction d'épreuves : Renée Labat

Éditions Vents d'Ouest
185, rue Eddy
Gatineau (Québec) J8X 2X2
Courriel :   info@ventsdouest.ca
Site Internet : www.ventsdouest.ca

Diffusion Canada : PROLOGUE INC.
Téléphone :   (450) 434-0306
Télécopieur :   (450) 434-2627

Diffusion en France : Distribution du Nouveau Monde (DNM)
Téléphone :   01 43 54 49 02
Télécopieur :   01 43 54 39 15

*Merci au Conseil des Arts du Canada
pour m'avoir offert la plage de liberté
qui a permis à cette histoire
de naître et de croître.*

*Merci à Flo de relire sans se lasser les mêmes mots,
à quelques virgules près, des dizaines de fois,
toujours avec le même enthousiasme ;
merci à mes prélectrices de longue date,
Suzanne et Marie-Hélène,
qui me préviennent de mes erreurs et de mes oublis,
et merci à toute l'équipe de Vents d'Ouest
qui publie mes histoires
contre vents d'ouest et marées.
Ah oui ! Et à Meggie, ma chatte,
qui accepte de partager le bureau.*

*Merci enfin à toi, lecteur,
qui, de tous les livres que tu aurais pu choisir,
as choisi celui-là.
Que la route te soit bonne.*

À papa

Le vent se lève, il faut tenter de vivre.
Paul VALÉRY

Liste des principaux personnages

Été 1978
Camp du lac aux Sept Monts d'or

Richard	propriétaire et directeur du camp, 27 ans

LES FILLES

Catherine	guérisseuse, 16 ans
Charlotte	séductrice, 14 ans
Estelle et Judith	les petites, 8 ans
Joal	narratrice, jumelle de Samuel, 13 ans
Juliette	amie de Joal, 15 ans
Lola	reptilophile, 13 ans
Maïna	diseuse de bonne aventure, 14 ans
Marie-Josée	spécialiste des langues, 15 ans
Stéphanie	musicienne, 11 ans

LES GARÇONS

Alain et Daniel	inséparables, 9 et 10 ans
Grand Louis	aîné des campeurs, 16 ans et demi
Ignis	maître de feu, 15 ans
Laurent	lutin, 14 ans
Luc	énigmologue, 14 ans

Marc	bricoleur de tapis, 13 ans
Martin	apprivoiseur de cerf, 12 ans
Nicolas	meilleur ami de Samuel, 12 ans
Petit Paul	marmiton, 7 ans
Pouf	chef cuisinier, 15 ans
Samuel	jumeau de Joal, 13 ans
Simon	l'indécis, 11 ans

LES ANIMAUX

Mahal	chevreuil du mont Unda
Sylve	chevreuil du Camp du lac aux Sept Monts d'or
Zorro	raton laveur du mont Noir

COMMUNAUTÉ DES PHILOSOPHES

Adhara	fille de Shaula et d'Altaïr, sœur aînée de Bellatryx, 16 ans
Aldébaran	spécialiste des spiritualités antiques, parrain d'Adhara, 43 ans
Altaïr	conjoint de Shaula, 49 ans, né Carl Kontarsky, père d'Adhara et de Bellatryx
Antarès	humaniste et chef pâtissier, 48 ans
Bellatryx	fils de Shaula et d'Altaïr, frère cadet d'Adhara, 14 ans
Capella	psychanalyste jungienne et journaliste, 69 ans
Deneb	mythologue, 54 ans
Hermès de Véies	anthropologue et spécialiste des plantes médicinales, 67 ans
Maïte	nouvelle venue dans la communauté, 33 ans, fille d'un juge et d'une philosophe
Rigel	spécialiste des présocratiques, 47 ans, professeur de philosophie d'Adhara et de Bellatryx
Shaula	fondatrice de la communauté des philosophes, 45 ans, née Bernadette Gozzoli, mère d'Adhara et de Bellatryx
Sirius	docteur en genèse des sectes, 49 ans, bras droit d'Altaïr
Véga	anthropologue versée en médecine chamanique, 45 ans, meilleure amie de Shaula

Prologue

La forêt des pluies

L E CIEL se couvre, on devrait se dépêcher
de rentrer. Va devant, Mahal !

L'animal tourna la tête en direction de la
voix. De ma vie, je n'avais jamais rien vu de plus
étrange. Des branches sortaient de sa tête
comme s'il était en train de devenir un arbre ou
comme s'il était un arbre imparfaitement
changé en animal. J'eus à peine le temps
d'apercevoir sa queue, comme un pinceau
trempé dans du lait, qui filait à travers les pins ;
la peur me rappela à l'ordre.

Nous étions étrangers dans cette forêt. Les
deux promeneurs, dont je ne pouvais que
deviner la silhouette de l'endroit où je me
trouvais, s'étaient arrêtés. J'essayai de retenir ma
respiration, un exercice périlleux qui n'aurait
pas pu durer très longtemps, même si Samuel ne
s'était pas bruyamment affaissé dans les feuilles.

L'un d'eux se dirigea vers nous et s'immo-
bilisa si près de moi qu'il me touchait presque.
Lorsque j'eus assez de courage pour lever les
yeux, j'aperçus deux pieds gracieux chaussés de

17

sandales que caressaient les plis de coton blanc d'une tunique. Mes yeux continuèrent prudemment leur ascension. Appuyée contre la hanche, reposait une main gauche dont l'index était orné d'une pierre qu'aucun anneau, en apparence, ne retenait. La partie haute de la tunique était à moitié dissimulée sous une végétation de cheveux bruns. Le cou nu était traversé d'une ligne de pierres du même bleu que la bague sans anneau et qui, comme elle, ne semblaient supportées par rien du tout. Lorsque mes yeux atteignirent son visage, là où je m'attendais à découvrir une fille, il y avait un garçon.

À tant d'années d'intervalle, j'aurais cru que le trouble se serait évanoui, mais je sens son regard se poser sur moi, aussi bouleversant et dévastateur qu'en ce jour de juin dans la forêt des pluies, et la mer s'ouvre pour m'engloutir. Je me suis débattue au milieu des vagues que répétait le bleu de ses yeux à l'infini et, au moment où je croyais que mes poumons allaient éclater, la voix de mon jumeau me ramena sur terre.

Nous devions paraître aussi bizarres à leurs yeux qu'ils l'étaient aux nôtres. L'été de mes treize ans, j'avais décidé de me couper les cheveux toute seule et, comme c'était difficile, j'avais fini par couper tout ce qu'il y avait sur le passage des ciseaux. Pour tenter de détourner l'attention de cette catastrophe, je portais au cou un ruban de velours décoré d'un petit scarabée d'or qui, contrairement à l'effet recherché, attirait davantage l'attention sur mon long cou et sur ma coupe en escalier. À l'époque, je m'habillais en noir, ce qui me donnait l'air d'un insecte ayant démesurément grandi à la suite d'un accident nucléaire.

Samuel portait un chandail troué et un vieux jean, l'objectif étant dans son cas non de faire oublier sa tête, mais de faire oublier qu'il avait un corps ou, à tout le moins, d'en faire oublier les proportions. Il s'était fait couper les cheveux chez le coiffeur – preuve qu'il était moins téméraire que moi – dans l'espoir d'en éliminer les boucles. Le résultat n'était pas terrible, mais ne parvenait pas à enlaidir son beau visage offert sans autre défense que lui-même à ce monde cruel.

Bellatryx se présenta sans sourire car, je l'appris plus tard, c'était une manifestation qui lui était étrangère. Il se dirigea vers la jeune femme qui l'accompagnait, disant simplement : « Adhara, ma sœur ».

Elle portait des pierres et une tunique semblables à celles de son frère, à ce détail près qu'à la lisière du tissu courait une mince bande couleur d'amarante. Ses cheveux tressés, aussi bruns que du café, ornaient son vêtement jusqu'à la taille comme l'auraient fait deux rubans de velours. Elle avait les lèvres pâles et des pommettes hautes que colorait la gêne de cette rencontre inattendue. Si elle n'avait eu les oreilles rondes, je l'aurais volontiers prise pour un elfe tellement elle était gracieuse. Je lui souris pour lui signifier qu'elle n'avait rien à craindre de moi, un peu aussi, je crois, en hommage à sa beauté.

C'est à cet instant que l'été a émergé des brumes, pareil à un bateau pirate aux flancs lourds de trésors. Ou peut-être est-ce à ce moment que nous nous sommes enfoncés en elles, qui sait cela ?

Chapitre premier

L'exil

J'AI ATTEINT un âge auquel je n'osais même pas prétendre lorsque cette histoire a commencé. D'ailleurs, jamais je n'aurais pu, avant ce jour, relater des événements qui ont sans doute influencé la plupart de mes choix d'adulte, mais qui semblaient ne plus avoir la moindre réalité au moment où je les ai faits. Quand le temps de ces événements a été révolu, je me suis appliquée à les oublier : j'ai étudié, j'ai rencontré Joseph, je l'ai aimé et, bien sûr, j'en ai souffert.

Après sa mort, de lointaines images me sont apparues. Ceux qui savent savent que cette mémoire, délicate et précise comme le détail d'une tapisserie, est le signe que le départ approche. Au moment d'entreprendre ce récit, je me demande pourquoi je le fais. Tant d'eau a coulé sous les ponts et qui sait si je ne vais pas mourir de vieillesse au milieu de l'histoire. Mais quelque chose en moi résiste.

À la mort de nos grands-parents, le chalet du lac où nous avions passé tous nos étés, mon frère jumeau et moi, fut vendu et, puisqu'il fallait bien être quelque part, mes parents décidèrent de nous exiler dans un camp de vacances. Mon père se fendit d'une somme généreuse, quoique insuffisante. Quelqu'un devait tenir à notre départ, car la somme totale fut finalement réunie avec la traîtresse participation de son amie du moment et du fiancé en titre de ma mère. Cette idée ne me plaisait pas du tout, mais en 1978, l'opposition d'une enfant de treize ans à la volonté de ses parents était encore une considération secondaire pour ces derniers.

Je ne saurais pas situer le camp avec exactitude ; je n'ai jamais été capable de retenir correctement un itinéraire de toute ma vie. Son nom, le Camp du lac aux Sept Monts d'or, n'apparaît d'ailleurs sur aucune carte. Il se trouvait quelque part dans le désordre des montagnes, assez loin du fleuve, une tête d'épingle entre la rivière Malbaie et celle des Hautes Gorges. Un lac parmi des centaines de ses semblables, entouré de sept monts plus ou moins pareils aux autres. Un endroit assez sauvage en tout cas pour avoir échappé à la profanation des citadins.

Tel que nous l'avons connu après des années d'abandon, il ne restait du camp, mis à part le bâtiment principal, que des vestiges inutilisables et quelques installations modérément sanitaires. L'absence de photos et le ton poétiquement imprécis du dépliant auraient dû mettre la puce à l'oreille de nos parents ; mais un des traits communs des jeunes qui avaient atterri là était d'avoir des parents distraits par beaucoup d'occupations.

Richard, le jeune directeur du camp – il n'avait pas trente ans à l'époque –, avait acheté la montagne par correspondance au mois de décembre. Les distances devaient paraître plus courtes dans le texte promotionnel et les installations moins vétustes. Malheureusement, lorsqu'il s'en fut avisé, il était trop tard. La somme avait été débitée de son compte et la compagnie *Que la montagne est belle inc.* avait à jamais disparu. Précédant notre petite troupe d'une courte semaine, il dut se rendre à l'évidence : il s'était porté acquéreur des vestiges d'une civilisation disparue.

L'idée lui avait certainement traversé l'esprit que ce qui tenait encore debout n'allait pas résister longtemps à l'assaut des quelques jeunes qui devaient passer l'été sur place. En plus, nous n'avions pas encore mis pied à terre qu'il se savait déjà en faillite. Tout autre que Richard nous aurait retournés dans nos familles sur-le-champ et aurait repris le chemin de la ville. Et pourtant, quand nous sommes descendus de l'autobus, je le revois nous observer d'un air rêveur, son nez de musaraigne pointant vers nous. Je n'ai perçu aucune hésitation avant qu'il nous entraîne dans un sentier abrupt, tel un sherpa, avec une autorité si naturelle que pas un d'entre nous n'aurait songé à élever une protestation. Sans doute étions-nous trop stupéfaits pour réagir.

L'ascension dura deux ou trois heures, je pense. Je retiens de notre arrivée sur le site, presque à la tombée de la nuit, le souvenir d'une silhouette de château à une seule tourelle et l'ombre d'une galerie qui en faisait le tour comme un rempart. Nous avons mangé à la lueur des bougies, assis autour d'une longue table de bois, avant de tomber endormis sur de vieux coussins ou carrément sur le sol, protégés de la nuit et du froid par nos sacs de couchage.

⁕

C'est beaucoup plus tard que se situe la rencontre dans la forêt des pluies. Mais quand j'écris beaucoup plus tard (sans doute six ou sept jours après notre arrivée), je me réfère instinctivement au temps de notre séjour là-bas et non à celui qui apparaît si bref vu de maintenant.

Des sept monts entourant le lac, il n'y en avait que deux qui étaient habités par des humains. Ils étaient voisins et communiquaient par une forêt primitive qui avait dû être sans nom jusqu'à l'arrivée de la communauté de Shaula. C'est alors qu'elle fut baptisée par la jeune femme, qui aimait aller y méditer au cours d'un automne particulièrement pluvieux.

Adhara fut conçue cet automne-là et Bellatryx deux automnes plus tard, mettant ainsi fin aux activités reproductrices de Shaula et d'Altaïr. Celui-ci avait coutume de dire que bien qu'un seul fils suffise à assassiner son père s'il est malintentionné, il est inutile de multiplier les risques.

Le jour de notre rencontre, après avoir marché tous les quatre jusqu'au seuil de la porte de Belisama, une simple arche de pierre recouverte de lierre qui marquait l'entrée des lieux occupés par la communauté, j'entendis des cloches, comme s'il y avait une église là-haut, ce qui en soi était bien improbable, munie d'un carillon, ce qui l'était encore plus. Je fus distraite de ce mystère par la vue des parents d'Adhara et de Bellatryx qui discutaient sous un arbre. Altaïr en imposait par sa stature, la rude précision de chaque angle de son corps et un regard d'une telle hauteur qu'il donnait l'impression de tomber sur les choses au lieu de simplement les regarder.

Shaula était plus déroutante encore. Petit être brun aux membres inégaux, au visage partagé en deux par un nez d'aigle fendu de larges narines, des yeux de couleur imprécise et des cheveux plats sans vigueur, comment avait-elle pu porter en elle des enfants au physique de jeunes dieux ? Et, tout en ne sachant pas trop à quelle cérémonie secrète les corps devaient se prêter pour concevoir, il me semblait inouï qu'Altaïr et Shaula s'y soient abandonnés, et ce, deux fois plutôt qu'une. Nous nous sommes dit au revoir sans rien nous promettre, Adhara nous a souri, Bellatryx, le visage impassible, nous a fait de grands signes de la main et ils se sont dirigés d'un pas tranquille vers l'arbre sous lequel se trouvaient leurs parents. Les cloches s'étaient tues.

Nous n'étions plus à portée de vue de la communauté depuis un moment quand Samuel s'écria en me désignant un point droit devant :

– Regarde, Joal, des chevreuils !

Dans une clairière entourée de branchages se trouvait Mahal, l'animal qui s'était enfui devant moi un peu plus tôt cet après-midi-là, ou l'un des siens, car la plupart des animaux qui se trouvaient là étaient d'une confondante similitude. Ils n'étaient pas troublés par notre passage et je pus observer à loisir celui qui se trouvait le plus près de nous, ses muscles saillants sous le pelage, ses hautes pattes frêles et ses bois velus. J'apprendrais à reconnaître Mahal au cours des semaines à venir, mais jamais je ne parviendrais à percer le mystère de ses yeux qui, chaque fois que je les regardais, me renvoyaient à mes propres interrogations.

À mon grand étonnement – car j'avais tendance à considérer mon jumeau comme un prolongement de moi-même, disposant des mêmes connaissances et affligé des mêmes ignorances –, Samuel en connaissait un bout sur les chevreuils. Il m'apprit que leurs bois étaient un attribut mâle nécessaire au combat marquant le rituel de séduction et qu'ils étaient, comme ce rituel, saisonniers. Le temps des amours terminé, ils tombaient, pour repousser au printemps suivant, toujours plus grands. Il y avait donc une mémoire des bois.

Chapitre II

Bois pourri

AU MATIN du premier jour, les lieux m'apparurent différents sous le soleil, moins imposants que leur silhouette nocturne ne me l'avait laissé croire. Nous nous trouvions dans une grande maison de campagne, agrémentée de détails architecturaux inspirés du style victorien dont on parle aujourd'hui aussitôt qu'il y a une tourelle et deux pignons à l'horizon.

Lourdement endommagée par le temps, elle était quand même habitable et assez vaste pour nous loger tous. Heureusement d'ailleurs, parce que les petits pavillons qui nous étaient destinés n'étaient pas loin de tomber en farine.

Richard nous donna quelques consignes avant de nous laisser aller au gré de notre fantaisie, pressé d'installer ses propres quartiers dans une pièce ombragée de boiseries qui, prétendait-il, avait servi de bureau au premier maître de céans. Parce qu'un des petits croyait que céans était le nom de la montagne, Richard nous a appelés « habitants du château de Céans » et le nom est resté.

Une semaine après notre arrivée, nous en étions encore à explorer les alentours, ce qui, si rien n'était fait pour nous orienter vers une activité plus constructive, risquait de devenir une occupation permanente.

Le jour où nous avons fait la connaissance d'Adhara et de Bellatryx, de retour au camp, je montai au dortoir des filles dans l'intention de lire un peu avant le souper. L'existence de dortoirs distincts pour les garçons et pour les filles ne venait pas de Richard qui n'avait pas l'esprit à ce genre de considérations futiles. Elle venait des grandes qui, pour préserver leur intimité et leurs secrets, avaient tendu un rideau séparant l'étage en deux et s'étaient ensuite dépêchées de s'établir du côté le plus près de la salle de bains en rapatriant un maximum d'oreillers et de couvertures. Notre domaine était agrémenté d'objets qui avaient fait le long voyage avec nous, de notre vie antérieure à notre vie au camp. Je n'ai qu'à fermer les yeux pour revoir les poupées de carton d'Estelle et de Judith qui, du haut de leurs huit ans, étaient les plus jeunes de la chambrée, la guitare de Stéphanie, notre musicienne à la voix hésitante de timidité, une affiche d'un groupe à la mode, la collection de reptiles miniatures de Lola. Près de mon lit, j'avais soigneusement disposé mes romans préférés – on ne part pas en exil sans quelques valeurs sûres – et, supposant qu'il était irréaliste d'espérer qu'il y ait de l'électricité aussi loin sur terre, j'avais apporté une lampe de poche et des piles en quantité.

Quand j'entrai dans la pièce, les petites taillaient des vêtements de poupée dans un catalogue qui sentait le moisi et Juliette dormait, une revue sur le nez, dans le lit à côté du mien. Je l'avais aimée tout de suite, celle-là. J'espérais avoir la même aisance quand j'aurais quinze ans à mon tour, tout en soupçonnant que l'âge ne faisait pas grand-chose à l'affaire.

Soudain, un cri suivi d'un violent bruit de chute coupa le silence. Je courus en direction du bruit, les petites sur les talons. Au pied de l'escalier menant au grenier béait un trou aux contours tranchants. Je m'avançai pour voir. Richard gisait un étage plus bas, ses membres figés dans une position invraisemblable pour quelqu'un qui n'a rien de cassé. Je tentai de tenir les deux fillettes à distance du trou, tout en sentant monter l'affolement à mesure que je réfléchissais. Richard était le seul adulte parmi nous et il n'était ni prévu ni indiqué qu'il lui arrive un accident. Nous étions à des kilomètres du village. Celui qui nous ravitaillait ne devait pas venir avant la fin du mois et, en admettant que nous puissions le joindre, il n'était pas garanti que nous allions être capables de descendre notre blessé jusqu'au pied de la montagne sans aggraver son état. J'étais si préoccupée que les petites avaient réussi à passer outre mes bras étendus et qu'elles s'étaient accroupies au bord du trou. Quand je m'en aperçus, je les tirai brutalement en arrière, non sans avoir eu le temps d'entrevoir Juliette agenouillée près du blessé.

— Il a au moins une jambe cassée, ça, c'est sûr.

Elle avait posé la tête de Richard sur ses genoux et lui essuyait le front avec sa manche de gilet. Un des bras de notre directeur reposait à côté de lui dans une position suspecte. Il avait le visage cireux et semblait très mal en point. La voix de Juliette résonna, amplifiée par l'inquiétude :

— Est-ce que quelqu'un parmi vous a suivi un cours de secouriste, par hasard ?

Chaque minute, la rumeur de l'accident ajoutait des curieux à l'attroupement, mais personne ne savait quoi faire. C'est alors que Catherine s'avança.

C'était une des grandes, elle avait seize ans. Je devais apprendre peu de temps après qu'elle s'était retrouvée au camp à la suite d'un concours de circonstances assez horrible – tous les membres de sa famille étaient morts dans un accident d'auto où elle-même avait été gravement blessée –, mais cet après-midi-là, je ne voyais qu'une fille plus âgée que moi, pas très grande, toute potelée, penchée sur notre directeur, son dos disparaissant sous une chevelure de cuivre bouclée.

— Ça va aller. Il s'est démis l'épaule et son pied n'est que foulé. On va pouvoir le transporter.

Un des garçons dévisagea Catherine :

– Ce serait mieux si on avait l'avis d'un *vrai* médecin.

J'ai du mal à me rappeler à quel point Laurent m'énervait au début. Il avait l'air d'un lutin avec ses cheveux carotte, frisés comme des copeaux, ses taches de rousseur et son corps maigrichon. Maintenant, quand je me souviens de lui, c'est à l'ami auquel je pense, mais à l'époque je le trouvais épouvantablement déplaisant.

Catherine ignora la remarque de toute façon, ajoutant à l'intention de Juliette qui lui semblait la plus compétente, je suppose, pour trancher ce genre de questions :

– Avec de l'aide, je peux remettre son épaule en place et bander son pied, il m'est arrivé de le faire à l'hôpital vétérinaire, mais il va falloir trouver des calmants.

Laurent tenta de se moquer en disant que Richard n'était quand même pas un berger allemand, mais personne ne lui fit la politesse de rire. Samuel suggéra alors que nous essayions d'en obtenir auprès de la communauté de Bellatryx et d'Adhara et fit un bref récit de notre rencontre de l'après-midi.

C'est ainsi que notre destin commun fut scellé. Nous n'étions encore que vaguement familiers les uns avec les autres, mais nous nous doutions qu'en faisant appel à des secours extérieurs, ça ne prendrait pas tellement de temps avant d'être contraints de retourner dans nos familles. C'est ce qu'exigerait n'importe quel adulte en position d'autorité en découvrant ce camp sans gouvernail, où nous étions libres de faire ce que nous voulions avec la bénédiction d'un directeur pratiquement ruiné et, depuis peu, impotent. Mais nous avions déjà pris goût à notre liberté et il nous sembla, du moins c'est ainsi que je le comprends aujourd'hui, que nous étions mieux sur cette montagne, avec ce directeur-là, que n'importe où ailleurs au monde.

Chapitre III

Les simples

C E QUI N'AVAIT ÉTÉ jusque-là qu'un groupe de jeunes de hauteur variable, contraints de cohabiter, allait devenir en très peu de temps une société organisée et solidaire. Et je ne veux pas dire par là homogène. Rien n'était moins homogène que notre petite communauté.

Nous étions dix filles et treize garçons de sept à seize ans et demi que rien ne destinait à vivre ensemble. Notre point commun le plus patent était de venir de familles qu'on qualifierait aujourd'hui de « dysfonctionnelles ». Et, c'était vrai, la plupart d'entre nous appartenaient à de drôles de familles. Mes parents, par exemple, n'avaient absolument pas le profil. Comme ils n'avaient d'opinions bien arrêtées sur rien, ils se contentaient en général d'être gentils et affectueux. Je me souviens que Marie, ma mère, aimait les présages et que mon père Michel, qui avait lu les poètes, nous récitait de temps en temps un quatrain qu'il avait appris parce qu'il le trouvait beau, omettant de retenir les autres qu'il trouvait moins beaux, je suppose, je ne sais pas. Tant que mes grands-parents ont vécu, mes parents me faisaient l'effet d'un frère et d'une sœur trop âgés pour qu'il puisse y avoir de réelle intimité entre nous. Ensuite, c'était trop tard.

Une fois accomplis les gestes pour porter assistance à Richard, nous n'étions plus tout à fait les mêmes. Au cours de cette opération, nous avions grandi. Il nous avait fallu décider qui assisterait Catherine pour replacer l'os dans sa cavité, un rôle de bourreau dont personne ne voulait. Nous étions tous volontaires pour nous occuper des plus jeunes, aller faire le souper ou être de corvée de bois, mais participer à cet acte barbare, jamais ! De guerre lasse, Catherine finit par réquisitionner Nicolas, qui avait protesté avec moins d'énergie que les autres. Au moment du passage à l'acte, le silence héroïque de Richard lui gagna notre respect.

Tandis que le camp se réorganisait selon les compétences de chacun, je partis avec Catherine en direction de la montagne voisine. Puisque seuls Samuel et moi avions eu un contact avec Adhara et Bellatryx, l'un de nous devait être du voyage. Et comme ni l'un ni l'autre ne connaissait quoi que ce soit aux médicaments, Catherine devait en être aussi. Or, je n'allais certainement pas laisser passer une si belle occasion de revoir Bellatryx. D'un autre côté, je ne tenais pas à ce que mon jumeau se doute de quelque chose. Je fis donc celle qui n'est pas trop intéressée, sachant que

Samuel serait prêt à bien des bassesses pour s'épargner des heures de marche en forêt. J'avais raison, il me laissa partir, une pointe de remords dans les yeux.

Catherine savait le nom de plantes, d'herbes et de mousses dont je ne me doutais même pas de l'existence. Je m'amusai à la mettre au défi, mais au bout d'un certain temps, fatiguée par tant d'érudition, je finis par lui demander d'où elle venait. Je m'attendais à une réponse succincte, comme j'en aurais fourni une moi-même si l'idée lui était venue de me poser la question, mais cette idée ne lui vint pas. Sa curiosité envers les gens répondait à des règles dont je n'ai jamais pu percer le mystère. Je l'écoutais distraitement, cherchant à me représenter comment se passerait cette nouvelle rencontre avec Bellatryx, quand elle me fit le récit de l'accident dans lequel elle avait perdu sa famille. Quand elle cessa de parler, je lui souris misérablement et me mis à fixer le sol, incapable de prononcer un mot digne de la situation. Je garde un goût amer de ce silence, j'aurais aimé lui dire quelque chose de réconfortant, me montrer à la hauteur, mais je ne savais pas comment et le pire, c'est que je ne sais toujours pas aujourd'hui.

À partir du pied de la montagne, une fois traversée la forêt des pluies, le sentier montait en lacet sous un toit de feuillage. À mesure que nous approchions, nous pouvions voir le signe discret de la présence humaine par l'usure du chemin. De temps à autre, on apercevait sous de grands chênes de petits empilages de pierres qui ne semblaient ni tout à fait accidentels ni tout à fait délibérés.

Je me sentais de plus en plus nerveuse à l'idée de revoir Bellatryx. Je n'avais aucune expérience du comportement qu'il convenait d'adopter en pareil cas. J'aurais aimé avoir quelques années d'expérience en plus, croyant bien naïvement qu'il en va pour le cœur comme pour le reste et qu'avec la pratique vient la maîtrise. J'allais apprendre en vieillissant qu'en cette matière, tout est toujours à recommencer. Qu'en présence de l'amour, l'expérience ne compte pas. Que sous son emprise, la plupart des humains quel que soit leur âge sont pareils, également inquiets de ne pas plaire, peu sûrs de leurs moyens, désireux de bien faire et infiniment maladroits.

Bientôt devant nous se dessina la trouée annonçant l'enclos des chevreuils. Mon cœur se mit à battre plus fort. Nous nous dirigions vers l'arbre où j'avais aperçu Altaïr et Shaula lors de notre première visite quand, semblant sortie de nulle part, Adhara vint vers nous. Je me sentis soulagée que ce ne soit pas Bellatryx qui arrive ainsi à brûle-pourpoint. Je n'aurais pas su quoi lui dire. La jeune fille me parla d'une voix où perçait la surprise, et je fus de nouveau frappée par sa beauté.

— Je ne m'attendais pas à vous revoir si vite, Joal Mellon.

Son vouvoiement allongeait de façon étrange la différence d'âge qui nous séparait déjà de trois années.

– Eh bien ! c'est parce que... on a un service à vous demander !

– Venez vous asseoir et vous désaltérer. La route a dû être longue.

Puis, tendant la main à Catherine :

– Je suis Adhara de la constellation du Grand Chien, fille de Shaula de la constellation du Scorpion.

– Moi, je m'appelle Catherine.

Comme Adhara gardait sa main dans celle de Catherine, celle-ci finit par ajouter, à tout hasard :

– Catherine Vallières... du château de Céans.

Il y avait une lueur amusée dans les yeux d'Adhara quand elle se détourna pour nous conduire jusqu'à une bâtisse ronde, entourée comme par des bras chaleureux d'une galerie profonde en cèdre rouge. Des gens, vêtus de tuniques, allaient et venaient sans hâte. Certains avaient le nez dans un livre, d'autres discutaient, la plupart étaient plongés dans leurs pensées. Personne ne semblait étonné par notre présence, et ceux qui nous regardaient le faisaient avec une curiosité bienveillante.

Je compris ce que voulait dire Adhara par désaltérer quand elle nous présenta deux grands verres d'un liquide ocre parfumé à la menthe : mon premier thé glacé ! Ce n'est qu'ensuite qu'elle entreprit de répondre à nos nombreuses questions. En seize ans, elle n'avait que rarement quitté la montagne où elle était née, mais rien de ce qui faisait notre étonnement à Catherine et moi ne semblait la surprendre. Elle connaissait bien le monde d'où nous venions.

Au début, je n'écoutais que d'une oreille pour mieux surveiller les alentours, rêvant et redoutant, tout à la fois, de voir apparaître Bellatryx, puis ma curiosité fut plus forte.

Le mont où Shaula et Altaïr s'étaient établis peu avant la naissance de leurs enfants avait été appelé le mont Unda, qui veut dire « eau qui coule » en latin, car son eau était la principale source d'approvisionnement du lac. La communauté avait été fondée par Shaula, dans un désir de retour à la pensée des philosophes des premiers âges. Elle comportait quelques dizaines de membres, dont la plupart étaient venus pour réfléchir et pour étudier loin des bruits de la ville et n'étaient jamais repartis. Ils gardaient le contact avec les milieux universitaires, donnaient des conférences, publiaient fréquemment des articles, conservant toutefois leur jardin secret sur le mont Unda. Les maisons étaient petites et construites principalement en bois. Elles avaient été intégrées au dessin de la forêt plutôt que construites à son encontre.

Les pierres posées à même la peau ? Elles tenaient sur un fil transparent que Shaula utilisait pour fabriquer leurs bijoux. Le médaillon qu'Adhara portait à la taille ? Une croix celte, cadeau qu'Aldébaran lui avait offert au retour d'un de ses voyages. Aldébaran ? Un spécialiste des spiritualités antiques. Les cloches ? Un simple enregistrement de musique religieuse. Mais ils n'écoutaient pas que du grégorien, nous assura Adhara, étonnée par notre naïveté. Nous aurions aussi bien pu entendre *La Flûte enchantée* de Mozart ou une chanson des Rolling Stones si nous étions arrivés à un autre moment.

Catherine, qui serait volontiers restée à écouter parler Adhara des heures durant, se résolut enfin à aborder l'objet de notre visite. Je l'avais un peu aidée en lui balançant quelques coups de pied dans les tibias. Ma fatigue n'avait probablement pas échappé à Adhara, car elle s'empressa de nous conduire jusqu'à un pavillon en retrait des autres. Un petit homme, si gros qu'il eût été plus court de sauter par-dessus que d'en faire le tour, vint nous ouvrir. Il avait les cheveux d'un vieil homme, mais ses yeux verts malicieux lui donnaient l'air plutôt jeune. Hermès de Véies nous introduisit dans une salle cintrée d'étagères. Dessus, dans un joyeux désordre, se côtoyaient des pots de différentes tailles portant des étiquettes calligraphiées. Quand elle comprit de quoi il s'agissait, Catherine faillit s'évanouir de bonheur : la pièce était remplie de plantes médicinales.

Après avoir écouté Catherine, le petit homme tira à lui une échelle en bois qui se déplaçait parallèlement aux étagères grâce à un ingénieux système de rails qui faisait le tour de la pièce, grimpa tout en haut et choisit un pot rempli d'une poudre légèrement rosée. Il en versa dans un contenant plus petit, prit une feuille et y inscrivit les instructions à suivre. Puis il me tendit le flacon en souriant.

– C'est de la valériane ; cela devrait faire l'affaire.

Je hochai la tête, impressionnée, et Hermès nous raccompagna en faisant ses recommandations à Catherine.

– [...] Ils sont comme nous, même s'ils s'habillent autrement – il paraît que la tunique est le vêtement le plus confortable du monde –, mais en même temps, ils sont différents. Ils portent des bijoux qui tiennent sur des fils invisibles et ils enterrent leurs animaux sous des petits tas de pierres le long du chemin pour se rappeler où et les saluer en passant. Ce ne sont pas des chiens d'ailleurs, plutôt des chevreuils. Ah oui ! ils écoutent des enregistrements de cloches et de flûtes enchantées aussi !

Nous étions réunis dans la grande salle où nous avions dormi le soir de notre arrivée. Richard avait demandé qu'on l'installe là pour être parmi nous pendant sa convalescence. Il aurait pu user d'autorité, pour certaines choses en tout cas, mais il ne le faisait pas. Plutôt que de nous obliger à nous relayer aux chaudrons comme il en avait initialement fait le plan – faute de sous pour engager un cuistot –, il nous avait laissés faire à notre guise. Nous n'avions pas tardé, la paresse étant la mère de l'invention, à découvrir dans nos rangs quelqu'un qui savait faire la cuisine et que nous nous étions empressés « d'adouber » pour en faire notre chef cuisinier. Sylvain Coussin, qu'on appelait Pouf, considérait cette assermentation comme un honneur. Cuisiner était sa passion. Il prit à son service le petit Paul qui devint marmiton en moins de temps qu'il n'en faut pour pondre un œuf. Pour les autres corvées, on se relayait. Il y avait pas mal de pagaille au château, mais dans l'ensemble on s'en sortait bien.

À la faveur du silence qui avait suivi mon topo sur nos voisins, Catherine se décida à parler de l'invitation qu'elle avait reçue.

– Hermès de Véies m'a proposé d'aller le voir quand je voulais. Il est prêt à m'enseigner les simples.

– Les simples ?

– C'est comme ça qu'on appelait les plantes médicinales autrefois.

Richard fit la grimace en me désignant du menton.

– Vous n'auriez pas franchi la mystérieuse ligne du temps, toutes les deux, par hasard ?

Catherine se mit tout de suite sur la défensive.

– Pourquoi tu dis ça ?

41

– Les simples ! Ils ne pourraient pas employer un mot plus… disons plus… simple justement ?

– Qu'est-ce que ça change ? S'ils aiment les traditions, c'est leur affaire. Tout le monde a l'air de s'en porter très bien.

– Tu les connais à peine !

– Est-ce que ça veut dire que tu n'es pas d'accord pour que j'aille là-bas ?

Richard haussa les épaules.

– Pourquoi est-ce que je ne serais pas d'accord ? Si tu es assez mûre pour savoir comment me soigner, tu l'es certainement assez pour savoir quels enseignements sont bons pour toi. Je te suggère seulement de ne pas passer tout ton temps là-bas. Il n'est jamais souhaitable d'imposer sa présence dans un groupe, il faut prendre le temps d'être accueilli.

– Oui, oui.

– Et évite d'y aller seule, on ne sait jamais avec la montagne. Je serai plus tranquille comme ça.

– Bien reçu.

Pour moi qui espérais plus que tout revoir Bellatryx, c'était une aubaine. Afin que personne n'ait la mauvaise idée de me piquer ma place, je m'autoproclamai aide de camp. Catherine devina sans doute que je ne le faisais pas par pur dévouement, mais elle se tut et je lui sus gré de sa discrétion.

Chapitre IV

Voyage vers l'ouest

CHAQUE JOUR, nous passions un peu plus de temps dans la communauté de Shaula. Malgré sa promesse, Catherine n'avait jamais eu l'intention de ménager ses visites à Hermès de Véies. Elle voulait tout apprendre de lui et, réciproquement, il était ravi de le lui enseigner.

Au début, par timidité, je restais à les observer, absorbés dans l'étude des remèdes, les mèches blanches du maître, les boucles de cuivre de sa disciple et leurs traits tendus, aussi soucieux l'un que l'autre de bien faire. Je découvrais l'enseignement sous un jour plaisant. Ce n'était pas celui d'un professeur exaspéré déroulant le fouet de son regard pour que ça entre plus vite dans une cervelle récalcitrante, mais un échange subtil dans lequel chacun prend et donne à tour de rôle. À l'occasion, Hermès de Véies levait ses yeux rieurs dans ma direction, mais comme la plupart du temps cette cérémonie m'excluait, je les laissai bientôt à leurs fioles pour explorer les alentours.

Au cours de ma première promenade, je constatai que la communauté ne comptait pas d'autres jeunes qu'Adhara et Bellatryx. Peut-être que la philosophie ne dispose pas les gens qui s'y adonnent à désirer se reproduire et qu'il vaut mieux, si l'on veut des enfants, ne pas trop y réfléchir, ou peut-être que les philosophes ont une nature moins encline aux rapprochements après tout.

Il y avait, en tout cas, une retenue physique dans la façon dont aussi bien Adhara qu'Hermès de Véies nous accueillaient. Cela m'avait frappée, car dans ma famille on se dépensait beaucoup en marques d'affection. Ma grand-mère était une grande pourvoyeuse de baisers et mon grand-père aimait nous emprisonner dans ses bras jusqu'à ce qu'on crie grâce. Depuis qu'il avait grandi, Samuel évitait de me serrer comme avant, mais il n'avait pas renoncé à être affec-tueux avec moi quand il voulait me consoler ou me rassurer.

Cette absence de jeunes de notre âge me faisait plaisir, car je redoutais la concurrence qu'aurait pu me faire une autre fille auprès de Bellatryx. Je me comportais déjà comme s'il m'eût appartenu et pourtant nous ne nous étions vus qu'une seule fois. Tout ce que je peux dire pour ma défense, c'est que je ne crois pas que j'aurais pu faire autrement.

Un jour où je faisais le tour de la place en cherchant à deviner où il pouvait bien se trouver, mon regard fut attiré par une chatte qui marchait augustement avec sa progéniture en direction de la galerie en cèdre rouge. Ce n'était pas la première fois que je voyais des animaux se promener dans les parages, Mahal et les siens fréquentaient librement les lieux, mais cette parade de chatons était si amusante que je leur emboîtai le pas et me retrouvai au centre de la salle comme la dernière de la portée.

La chatte et sa descendance ayant brusquement disparu, ne restait que moi au milieu de la place, regardant tout autour la communauté qui avait levé la tête de ses travaux. Je vis Bellatryx poser la tablette qu'il tenait à la main et se diriger vers moi. Les têtes un instant levées replongèrent dans leurs travaux et Bellatryx me conduisit dehors.

Ma vie a été considérablement longue, et pourtant j'avoue que plus jamais je ne me suis sentie embarrassée de la sorte. J'étais à la fois confuse d'avoir attiré l'attention générale sur moi et troublée par le contact inattendu de sa main sur mon épaule. L'attirance que j'éprouvais pour lui se mêlait à une sorte d'embarras que son inaptitude à sourire suscitait chez moi.

J'étais encore sous l'effet de la gêne quand des bruits confus nous parvinrent de l'intérieur. Avant que Bellatryx n'ait le temps d'aller voir ce qui se passait, Adhara accourait vers nous : quelqu'un venait d'avoir une crise cardiaque. Je restai à l'écart pour ne pas nuire au sauvetage de cet homme que je ne connaîtrais jamais. La mort d'Aldébaran fut le premier signe du désordre qui allait nous conduire, tous, inexorablement, au bord de l'abîme.

Du reste du jour, je ne me souviens que d'images fuyantes posées sur une certitude qui brillait comme la lune : j'étais amoureuse.

<hr />

Pendant notre voyage de retour, j'étais moins préoccupée par cette mort que par la question des funérailles qui risquaient de nous priver de nos visites dans la communauté. À peine Bellatryx s'était-il approché de moi que nous étions à nouveau séparés. Catherine gardait le silence et je n'osais pas l'interroger.

Elle finit néanmoins par sortir de son mutisme pour aborder « la » question que j'aurais donné n'importe quoi au monde pour éviter.

– Comment trouves-tu Bellatryx, Joal ?

– Bien. Et toi ?

– Ce n'est pas important comment je le trouve, *moi*. C'est comment tu le trouves, *toi*, qui compte, et le fait que tu viennes sur le mont Unda pour le voir.

– C'est n'importe quoi ! J'aime aller là-bas, ça me fait une occupation, parce que tu conviendras qu'il n'y a pas grand-chose à faire au château de Céans.

– Il y a juste un petit problème.

– Ah bon ! Quoi ?

46

– Je ne crois pas un mot de ce que tu dis. Tu dévores Bellatryx des yeux, c'est évident comme le nez au milieu de ta figure.

J'étais furieuse que Catherine parle avec une telle condescendance de sentiments que je croyais être seule au monde à connaître et que j'avais même encore du mal à m'avouer.

– Tu dis n'importe quoi !

– Si c'est le cas, tant mieux, parce qu'on ne pourra pas retourner là-bas avant un petit bout de temps.

Catherine me toisait.

– Quoi ?

– Il va falloir respecter leur période de deuil. Mais ça ne doit pas te déranger tellement ?

– Non, non… C'est long comment, ça, une période de deuil ?

J'étais vexée et de mauvaise humeur. Je me sentais mise de côté, même si je ne souhaitais pas spécialement assister aux funérailles d'un parfait inconnu.

– Hermès ne pouvait pas me donner de précision, il m'a juste promis qu'il nous ferait signe le moment venu.

L'essentiel ayant été dit, nous fîmes le reste de la route en silence, pareilles à de vieux compagnons d'armes, moi me répétant le nom de celui que j'aimais jusqu'à ce qu'il en perde sa sonorité familière pour devenir une mystérieuse incantation.

Chapitre V

D'étranges héritages

C E QUE JE M'APPRÊTE à raconter ici me vient de Shaula qui, si Dieu a entendu mes prières, a connu une mort douce à un âge avancé et trouvé le repos sous la terre légère du mont Unda. Je crois me rappeler tenir certains faits des confidences qu'Adhara m'a faites avant son départ pour San Galgano, et il n'est pas impossible que Catherine m'ait confié ce qu'elle avait appris d'Hermès de Véies avant qu'il ne quitte la communauté pour toujours. Qu'importe. Toutes ces sources qui se mêlent ne peuvent qu'enrichir l'histoire. Et pour le reste, je n'ai eu qu'à tisser des liens.

À la mort d'Aldébaran, la communauté était installée dans la région depuis dix-sept ans. Shaula, qui de son nom de baptême s'appelait Bernadette Gozzoli, était issue d'une vieille famille florentine émigrée depuis deux générations au Québec. Elle était, cela arrive parfois, seul laideron d'une famille abondante en grâces italiennes, seule aussi à être dotée d'un esprit fin comme l'ambre. À vingt-sept ans, après des études en sciences pures et un doctorat en physique, jugeant qu'elle avait assez prouvé à tous et à son père la rigueur de son intelligence, elle s'était tournée vers la philosophie, plus susceptible de satisfaire son goût pour les questions sans réponses.

Parmi la bande d'étudiants avec qui elle faisait des joutes intellectuelles passionnées après les cours, se trouvait Carl Kontarsky, de quatre ans son aîné, qui allait devenir l'Altaïr de la constellation de l'Aigle.

Bernadette amoureuse allait utiliser les sommes que sa riche famille avait mises à sa disposition pour s'acheter un espace de liberté loin de la ville et s'y consacrer à des études de nature philosophique en compagnie d'esprits libres comme elle. Avant de devenir une jolie tradition, les noms d'étoiles des premiers membres du groupe – que les médias ont ultérieurement utilisés pour alimenter la thèse de la secte – avaient été choisis un soir où le vin était bon et les étoiles particulièrement brillantes. C'était au cours d'une de ces nuits magnifiques que Shaula et Altaïr étaient devenus amants.

L'été de notre installation au château de Céans, cela faisait presque deux décennies que les membres de la communauté vivaient en bonne intelligence les uns avec les autres, l'aventure des débuts s'étant peu à peu muée en mode de vie. Certains travaux de recherche et de plume et quelques conférences données par ceux parmi les membres de la communauté qui faisaient autorité dans leur domaine suffisaient à assurer l'ordinaire. Épargnée par les soucis d'argent, la communauté avait pareillement échappé aux discordes.

Dans la bâtisse à la galerie en cèdre rouge qui servait à plusieurs fins reposait le cercueil, une simple boîte décorée d'une simple croix.

– Aldébaran souhaitait être incinéré.

Hermès de Véies souleva un sourcil perplexe, mais ne dit rien. Il ne voulait pas lancer de polémique devant le cercueil d'Aldébaran qui avait été son ami et savait Shaula peu désireuse de contester ouvertement les propos d'Altaïr. Mais cette demande d'incinération était pour le moins surprenante. Aldébaran était, comme eux tous, catholique, à cette différence près qu'il avait une vie spirituelle active et sans complexe parmi des collègues plus ou moins mécréants.

Hermès, qui lui avait enseigné, était venu sur le mont Unda à son invitation et n'en était plus reparti, conquis par cette existence simple et studieuse qui n'avait d'équivalent nulle part ailleurs à sa connaissance et certainement pas dans les chaires des universités qu'il avait fréquentées. Dans l'ordre des choses, c'est lui qui aurait dû être emporté par une crise cardiaque, son âge, son ventre proéminent, son penchant pour les liqueurs fines et son goût du tabac prêchant en faveur d'une mort hâtive. Mais, ironie du sort, c'était Aldébaran, son ancien et brillant élève devenu une sommité dans le domaine des spiritualités antiques, Aldébaran le sage qui ne buvait ni ne fumait, qui était en tout d'une mesure exemplaire, moins par vertu croyait Hermès que parce qu'il n'était gourmand de rien, qui l'avait précédé sur les chemins de la mort.

Devant le cercueil, Altaïr prononçait maintenant une oraison funèbre qui déplut fort à Hermès. L'aveuglement d'Altaïr sur sa propre valeur l'avait toujours irrité. Le compagnon de Shaula se targuait d'avoir une brillante intelligence même s'il ne comprenait en général à peu près rien des travaux de ses collègues, et faisait montre d'un manque d'imagination qui, pour Hermès, confinait à la pauvreté d'esprit. Sans doute Shaula avait-elle ardemment désiré émouvoir un homme aussi imposant pour prendre sa revanche sur ses sœurs. Sans doute Altaïr cherchait-il à exercer son ascendant sur une jeune femme d'une intelligence si vive que cela semblait éclairer sa propre intelligence. Les illusions sur lesquelles se fondent les pactes amoureux ne sont pas si nombreuses après tout.

Hermès présumait qu'une fois passés les premiers éblouissements, Shaula s'était forcément rendu compte de son erreur. Il était aussi convaincu qu'Altaïr, s'apercevant que cette femme brillante resterait toujours impuissante, malgré son amour pour lui, à lui transmettre, comme par osmose, un peu de sa compréhension du monde, avait fait peser sur elle, pour obtenir sa soumission, la menace de la solitude.

Ce n'était pas si difficile à faire, Shaula ayant une conscience aiguë de son apparence. Elle savait depuis toute petite qu'il n'est donné qu'aux hommes disgracieux de plaire aux belles femmes, l'inverse étant rarissime.

Hermès fit un effort pour rattraper le fil du discours d'Altaïr. Celui-ci chantait les louanges d'Aldébaran.

Les membres de la communauté étaient habitués à se montrer tolérants les uns envers les autres. Ils écoutèrent Altaïr avec tristesse puis, à mesure que le discours se prolongeait, avec une distraction croissante. C'étaient des gens polis, ils n'allaient pas s'en aller comme ça au beau milieu de la cérémonie, mais déjà leur esprit avait repris la route de leurs préoccupations habituelles. Leur adieu à Aldébaran consistait à obtenir, en échange de leur présence courtoise, la liberté de reprendre au plus vite les travaux en cours.

Dans les jours qui suivirent, Altaïr multiplia les rites funéraires, comme s'il était le dépositaire de l'âme du défunt. Si cela dérangeait les anciens collègues d'Aldébaran, personne n'eut la grossièreté de ne pas assister à ces interminables adieux.

La soirée était belle et chaude. Sachant qu'il aurait une longue conversation avec Shaula, Hermès profitait de ce qu'elle n'était pas encore arrivée pour fumer une pipe sur le pas de sa porte. Il commençait à déguster le tabac brûlant quand la petite silhouette de Shaula s'était avancée vers lui.

– Bonsoir, Hermès. Comment allez-vous?

– Je ne sais pas. Je n'ai pas encore ressenti la nature définitive de son absence. Mais ça viendra. Je m'inquiète pour vous, Shaula. Pour nous tous, d'ailleurs.

– Vous ne devriez pas. La vie va reprendre comme avant maintenant que les cérémonies sont terminées.

– J'aimerais le croire. C'est ce qui me ferait le plus plaisir en ce moment. Mais vous le savez bien, Shaula, la vie ne reprend jamais comme si de rien n'était. Et ces longues journées de deuil ne me disent rien qui vaille.

– À quoi pensez-vous?

– Vous avez toujours accordé plus de confiance à Altaïr qu'il n'en mérite. Cette fois, cela pourrait avoir des conséquences pour nous tous. Je tenais à ce que nous en discutions ensemble. Plus j'y pense, plus je trouve cette idée d'incinération bizarre.

– …

– Vous ne dites rien? Est-ce parce que vous partagez mon impression?

– Qu'importe puisque cela n'a pas eu lieu.

Le ton de sa voix était nuancé d'affection. Hermès ne se hâtait pas d'entrer, il tenait à finir sa pipée avant que le torrent des grandes explications ne les emporte tous les deux.

– Comment ont réagi Bellatryx et Adhara ?

– Bellatryx ne montre jamais ses émotions, vous le savez bien. J'aurais été extrêmement surprise qu'il le fasse à la mort d'Aldébaran. Par contre, Adhara a beaucoup de peine.

Un frisson parcourut les épaules de Shaula. Hermès étendit ses bras autour d'elle, comme pour la réchauffer et, renonçant à sa pipée, lui chuchota à l'oreille :

– Venez, ne restons pas dehors.

Les pots d'herbes étaient plongés dans la pénombre et le cœur de la pièce s'était déplacé vers une île de lumière où se trouvaient deux fauteuils profonds séparés par une petite table. Hermès fit asseoir Shaula et alla préparer le thé qui les accompagnerait pendant la soirée.

Dérangé dans ses habitudes, le chat de la maison se leva et partit se blottir dans l'un de ses ténébreux repaires.

À la naissance de Bellatryx, la question d'un agrandissement du pavillon où vivaient Shaula et Altaïr s'était posée. Ce dernier, que la perspective d'un partage du territoire avec deux jeunes enfants n'enchantait guère, avait suggéré la solution du pavillon indépendant et Shaula, pour éviter de contrarier l'homme qu'elle aimait, avait fait mine de trouver l'idée brillante. Le pavillon avait été construit. On l'avait fait assez grand pour recevoir une demi-douzaine d'enfants, mais il n'y avait jamais eu d'autres naissances dans la communauté. Shaula s'y rendait pour s'occuper d'eux, mais cet espace restait celui d'Adhara et de Bellatryx.

Devenus adolescents, il n'y a rien qu'ils aimaient plus que de se retrouver à la lueur des brûle-tout dans la grande pièce où ils jouaient étant petits. Adhara se laissa tomber sur le divan en envoyant valser ses sandales.

– J'espère qu'on en a fini avec les salamalecs des funérailles.

– Je ne me rappelle pas avoir assisté à d'autres funérailles. C'est toujours aussi long?

– Non. C'est une façon pour Altaïr de faire semblant qu'il a du chagrin. Il ne s'intéressait pas du tout à Aldébaran et encore moins à ses travaux. Je me demande d'ailleurs d'où il tenait qu'Aldébaran voulait être incinéré.

– Comment peux-tu savoir ce qu'il y avait entre papa et Aldébaran? Personne n'en sait rien.

Bellatryx aimait beaucoup son père, en dépit de celui-ci aurait-on pu dire, ce qui n'était pas le cas de sa sœur.

Depuis qu'elle s'était aperçue qu'Altaïr ne s'intéressait pas plus à elle qu'à sa première chemise, Adhara avait combattu son amour pour lui de toutes ses forces et était presque arrivée à ne pas en souffrir. Mais, parfois, c'était plus difficile. Par exemple, quand elle constatait chez Bellatryx ou chez Shaula cet attachement absurde pour un homme qui ne les considérait pas plus que des fourmis.

– Je voyais Aldébaran presque tous les jours.

– Je sais.

– Alors, ne fais pas comme si tu en savais plus que moi sur son compte. Si Aldébaran avait un ami intime ici, ce n'était pas notre père que je n'ai jamais vu là-bas et dont il n'a jamais soufflé mot.

– Tu penses à quelqu'un d'autre ?

– Non ! Mais je sais qu'une personne sensible comme Aldébaran n'aurait pas supporté d'être l'ami d'un homme comme Altaïr. Et je ne crois pas non plus qu'il lui aurait laissé le soin d'accomplir ses dernières volontés.

Les joues d'Adhara s'étaient empourprées et son regard s'était durci. Quand sa sœur se mettait dans cet état, Bellatryx préférait ne pas insister. Elle agissait en général avec une telle réserve que sa colère imposait le respect.

Quelque chose d'autre tracassait Adhara. Aldébaran lui avait dit un jour que son père aurait aimé qu'il travaille avec lui dans l'entreprise familiale. Il avait aussi mentionné qu'il avait été gêné de recevoir son héritage à la mort de son père, d'autant plus qu'il s'agissait d'une somme vraiment considérable. Cet argent devait forcément être quelque part.

– Pourquoi êtes-vous si surpris du rôle qu'Altaïr a joué dans les funérailles d'Aldébaran, Hermès ?

– Parce que c'est la première fois que je le vois tenir un rôle dans la communauté. Excusez ma brutalité, Shaula, mais Altaïr vit dans votre sillage depuis des années. C'est un homme dans la force de l'âge qui ne manque pas d'orgueil. N'a-t-il jamais montré le désir de travailler sur un projet qui lui est personnel ?

Shaula savait depuis longtemps que l'homme qu'elle avait aimé et qu'elle s'efforçait d'aimer encore n'avait jamais montré qu'un tiède intérêt pour les différentes recherches qui occupaient les membres de la communauté. Toutes ces dernières années, il s'était satisfait d'être le compagnon de Shaula et elle-même s'était peu inquiétée de cette apparente absence d'ambition.

– Ce n'est pas dans la nature de tout le monde de vouloir briller, Hermès.

– C'est vrai, mais je dirais, par ailleurs, que plusieurs personnes n'ont pas envie de s'imposer les complications qui permettent, parfois, de briller. Qu'une occasion se présente et ces gens-là la saisissent, soyez-en sûre.

Shaula savait très bien qui il incluait dans la communauté de « ces gens-là ». Elle ne voulait pas froisser Hermès pour qui elle avait plus que de l'admiration, de l'affection, mais elle sentait l'impatience la gagner.

– Nous n'en avons jamais parlé ensemble et vous avez toujours fait preuve de la plus grande retenue, mais je sais que vous n'aimez pas Altaïr. Cela dit, si vous avez des raisons précises d'être préoccupé, soyez clair. Sinon, n'en parlons plus. Je n'aimerais pas que l'air que nous respirons soit alourdi par les soupçons.

Hermès accepta le reproche en silence. Il fit une légère accolade à Shaula et lui recommanda de bien dormir. Tous les deux savaient qu'ils auraient à reprendre cette conversation.

Chapitre VI

Ici était le monde

L E LENDEMAIN de la mort d'Aldébaran, j'ouvris les yeux sous l'insistance du soleil qui me chatouillait le visage du bout d'un de ses rayons. J'essayai de l'ignorer, mais c'était peine perdue, il avait l'acharnement d'une mouche. Je mis les pieds par terre, la tête encore pleine de sommeil.

Et je me rappelai brusquement que nous n'allions pas aller au mont Unda. Ça ne faisait pas beaucoup plus de huit jours que nous nous rendions là-bas et déjà c'était devenu une habitude sacrée. En pensant au visage de Bellatryx, à son absence surtout, j'eus envie de retourner m'enfouir sous les couvertures et l'idée de me laisser mourir de faim me traversa l'esprit. Mais à treize ans, on a de l'appétit et encore des choses à faire. Il suffisait juste que je trouve quoi. Je me forçai à enfiler les vêtements que j'avais laissé tomber en tas à côté de mon lit.

Au pied de l'escalier menant au grenier, la barricade sommaire et le trou que Richard avait fait avec son corps avaient disparu. À la place se trouvait un cercle de bois clair. C'était très joli ; on aurait dit un tapis de bois. Je levai la tête et j'aperçus la trappe du grenier grande ouverte et les solives du plafond tout en haut comme s'il s'agissait de la charpente du firmament. Je montai les marches étriquées avec précaution et passai la tête dans la pièce éclairée seulement par une ampoule qui se balançait au-dessus de moi. Tout près se trouvaient un tas de planches inégales et une boîte d'outils qui appartenait probablement à Marc, le bricoleur du groupe. Je montai encore et pénétrai dans le grenier comme on sort d'une piscine. En bas était l'eau, ici était le monde.

C'était mon premier grenier. À l'exception du chalet de mes grands-parents, je n'avais vécu que dans de clairs appartements de ville, dénués de tout mystère. Cette immense étendue de ténèbres qui se perdaient sous les combles aurait dû m'effrayer ; elle me fascina, au contraire. Il fallait que je ferme cette trappe et que j'explore les lieux avant quiconque.

Il y avait une telle abondance d'objets, de malles, de boîtes et d'étagères que j'aurais pu y passer l'été sans découvrir ce cahier. Quelqu'un l'avait calé sous une grosse armoire qui avait un pied cassé. Je l'aperçus une première fois alors que j'inspectais les alentours ; je regardai avec indifférence sa tranche gondolée et salie. Mes yeux tombèrent dessus une deuxième fois alors que je venais de passer en revue le contenu d'un coffre rempli de vêtements. À la fin de l'avant-midi, je me préparais à descendre pour aller manger quand, pour la troisième fois, je l'aperçus dans ses voiles de poussière. Je ne crois pas qu'il s'agissait d'un hasard. Les hasards existent, bien sûr. Mais il ne faudrait pas tout leur imputer. Ce cahier voulait que je le remarque, c'est évident. J'étais affamée et pourtant je me mis en quête de quelque chose qui pourrait tenir lieu de cale à l'armoire. Heureusement pour moi, elle était vide, ce qui me permit, une fois le bloc de bois trouvé et au prix d'infinis efforts, de le faire glisser à la place du cahier. Ensuite, alors que je le tenais enfin, il me fallut décider si je l'emporterais avec moi. J'avais envers ce cahier un sentiment de propriété aussi irrationnel qu'indépendant de ma volonté. Il n'était pas question que quelqu'un, fût-il mon propre jumeau, puisse le tenir dans ses mains et découvre avant moi ce qu'il contenait. Alors qu'il était manifeste que personne du camp n'était venu au grenier, je craignais absurdement qu'une seule heure d'absence suffise pour qu'on vienne ravir ma trouvaille. Pourtant, je le savais, il n'était en lieu sûr qu'ici. Je le cachai sous un tas de chiffons puants au fond de l'armoire et me dépêchai de partir pour être plus vite de retour.

Au moment où je descendais pour aller dîner, je tombai sur Marc.

– On ne dirait jamais que Richard est passé par ce trou !

– Ouais ! Je suis assez content. Mais, j'y pense, est-ce que j'ai laissé la trappe du grenier ouverte ?

– Je l'ai fermée.

– De toute façon, il va falloir que je retourne, j'ai laissé les outils là-haut.

– Ce ne sera pas nécessaire, je les ai descendus.

C'était à moitié vrai. J'avais pensé le faire et je le ferais, mais après dîner. Je le regardai dévaler les marches devant moi. Pas de doute, il m'avait cru, je pouvais descendre rejoindre les autres. Juliette m'avait gardé une place. Avant que quelqu'un s'avise de me poser des questions indiscrètes sur mes occupations du matin, je dis d'une voix étudiée :

– Pour une fois que je n'avais pas à traverser la forêt à l'aube, j'aurais été folle de ne pas en profiter pour dormir. Ça m'a fait un de ces biens !

J'enfournai une bouchée de macaronis, assez contente de moi, quand une voix mit fin à mon illusion.

– Comme tu dormais, tu n'es sans doute pas au courant. On s'en va passer l'après-midi au lac.

Je dus faire une tête de six pieds de long, parce que Charlotte poursuivit, l'air narquois :

– Ça n'a pas l'air de te tenter.

Elle m'observait et cela m'exaspérait. Elle était mon exact contraire : la perfection incarnée. Sa peau était légèrement dorée, appétissante comme une crêpe, ses cheveux attiraient la lumière, elle avait une poitrine déjà apparente – alors que la mienne n'était qu'un vague espoir –, des hanches rondes, et une moue qui semblait agir sur les garçons comme la pleine lune sur les marées. Ses yeux étaient des lacs en chocolat perdus dans de lointaines et brumeuses contrées. Malheureusement, revenus de ces contrées, ils menaçaient le monde de leurs reflets obscurs. Je me mis à fixer ce qui restait dans mon assiette.

– Je n'ai pas dit ça. Est-ce que quelqu'un reste ici ?

– Non.

– Qui va tenir compagnie à Richard, alors ? On ne peut quand même pas le laisser tout seul !

– Ce n'est pas nécessaire de faire ta charitable, Richard vient avec nous.

Elle me toisait, et je voyais son sourire s'élargir à mesure qu'elle voyait mon visage s'assombrir.

– Marc lui a fabriqué un… un quoi, déjà ? Un pâle engin ?

Marie-Josée, qui parlait des tas de langues, leva les yeux au ciel :

– Un palanquin, Charlotte, pa-lan-quin. Tu sais, la chaise d'apparat dans laquelle les maharadjahs s'assoient quand ils se déplacent à dos d'éléphant.

– C'est quoi ça, une chaise d'alpaga ?

Marie-Josée poussa un soupir d'exaspération.

– Excuse-moi, j'oubliais que pour connaître ce genre de mots, il fallait avoir déjà ouvert un livre.

Charlotte, qui n'avait pas d'orgueil intellectuel, ne se donna pas la peine de répondre.

N'ayant aucune bonne raison à fournir pour rester seule au camp, et aucune ne me venant à l'esprit, je me joignis au groupe, remettant à regret mon expédition au grenier.

⚜

C'était le début du mois de juillet et la chaleur, même sous le couvert forestier, était accablante. À mesure que nous avancions en direction du lac, le désir que nous avions de l'eau s'intensifiait.

Ce fut Juliette qui les aperçut la première. Comme elle marchait en tête, lorsqu'elle s'arrêta brusquement, elle nous força à faire de même.

– Il y a du monde sur la grève. Qu'est-ce qu'on fait ? On y va quand même ?

– On va se gêner ! Leur nom n'est pas écrit dessus !

Contredisant son ton assuré, Laurent restait prudemment en retrait.

Je m'étirai le cou, mais de l'endroit où je me trouvais, il était impossible de distinguer les gens sur la plage. Juliette se détacha de notre groupe pour aller se rendre compte de la situation et je lui emboîtai le pas. Le lac était rond, de sorte qu'on pouvait voir la totalité de son rivage dès qu'on s'en approchait. Or, exception faite de la petite baie vers laquelle nous nous dirigions, il n'y avait aucun endroit pour y accéder aisément.

Un bref coup d'œil aux gens qui formaient le petit groupe devant nous me mit de bonne humeur. Ils portaient la tunique, je pourrais donc avoir des nouvelles des funérailles, peut-être même savoir quand nous pourrions retourner au mont Unda.

Une femme s'avança. La ligne de son sourcil droit s'interrompait brièvement en fin de course, là où l'arc s'amincit. La fine cicatrice se poursuivait sur son visage, mais elle se devinait à peine, redevenant apparente au bout d'une oblique imaginaire dans la partie gauche de sa lèvre supérieure. Son visage aurait pu être coupé en deux, mais le sort n'avait laissé sur elle que la possibilité que cela soit. Sa beauté en était comme amplifiée.

– Vous ne devriez pas vous baigner ici. Le lac est dangereux.

– Est-ce qu'il est habité par une espèce de monstre du loch Ness ?

Au lieu de lui sourire, la jeune femme se contenta de répondre :

– Il y a des fosses très profondes un peu partout. Soyez très prudents.

Je m'empressai de demander, de peur de manquer ma chance :

– J'imagine qu'Aldébaran a été enterré ce matin ?

– Non. Nous n'en sommes qu'au début du rite.

– Ah !

Si elle avait senti ma déception, elle n'en fit pas de cas. Elle nous dit au revoir et se détourna. C'est à ce moment-là qu'il m'a semblé apercevoir, dans le groupe qui s'éloignait, la haute silhouette d'Altaïr.

Il ne nous restait plus qu'à annoncer la mauvaise nouvelle aux autres. Il s'ensuivit un caucus assez long opposant ceux qui voulaient profiter du lac en dépit des avertissements et les autres. Une chose était claire, nous ne pouvions pas entreprendre la remontée sans nous être reposés un peu.

Malgré la grogne, personne n'osa défier le lac cet après-midi-là. Après une pause à peine suffisante pour refaire nos forces, nous avons rebroussé chemin. Le voyage du retour fut difficile. Quelques grands durent porter les plus jeunes, le palanquin roulait à droite et à gauche comme un vaisseau ivre et ceux qui n'avaient qu'eux à s'occuper traînaient les pieds, peinant de fatigue dans la montée.

Chapitre VII

En haut le tonnerre,
en bas le tonnerre

– FICHE le camp d'ici, Mahal ! Tu vas me faire remarquer !

Apparemment, le chevreuil n'était pas impressionné par le ton volontaire de la jeune fille. Il avait repéré une appétissante talle de broussailles sous la fenêtre et n'entendait pas obtempérer sans en avoir avalé un maximum. Adhara cessa d'insister. Il fallait qu'elle fasse vite. Elle tourna la poignée en regardant autour d'un air inquiet. Non qu'elle n'ait pas le droit d'aller chez ses parents, mais elle venait sachant qu'ils n'y étaient pas et parce qu'ils n'y étaient pas.

Il n'y avait pas de serrure aux portes des habitations ; l'usage voulait que personne n'entre là où il n'était pas invité. Comme Adhara logeait avec son frère, dans un autre lieu que celui occupé par leurs parents, la même habitude de discrétion s'appliquait. Depuis le début de leur adolescence, jamais Shaula ne s'était permis d'entrer dans leur pavillon sans s'annoncer ou sans y être invitée. Inversement,

Adhara et Bellatryx respectaient la même discrétion dans la maison de Shaula et d'Altaïr.

Les lieux étaient vraiment agréables. Un foyer constituait le cœur du petit pavillon qui comportait peu de meubles. Le plus remarquable d'entre eux était un secrétaire que Shaula avait offert à Altaïr peu avant leur installation sur la montagne. Le meuble, déménagé à grands frais, fascinait Adhara depuis qu'elle était toute petite. Il était délicatement ouvragé et dissimulait une multitude de tiroirs secrets soumis à de mystérieux mécanismes qu'Altaïr l'avait un jour mise au défi de déjouer. L'expérience était déjà ancienne, elle devait avoir neuf ans à l'époque, mais elle espérait se rappeler. Altaïr y gardait tous ses papiers importants.

Elle marcha jusqu'au meuble, ses tresses battant la mesure de ses pas. Elle avait les joues en feu.

Les fenêtres tombaient comme de longs rideaux, alternant avec d'étroits pans de mur, ce qui augmentait le risque qu'Adhara soit vue par quelqu'un se trouvant à l'extérieur. En revanche, il faisait encore suffisamment clair pour qu'elle n'ait pas à allumer la lampe, ce qui eût été plus risqué encore.

Elle mit un certain temps à se rappeler les diverses cachettes du meuble. Les tiroirs contenaient peu de chose. Si Altaïr détenait un écrit d'Aldébaran avec ses dernières volontés, peut-être même son testament, il n'était pas ici.

Adhara quitta les lieux, poursuivie par la désagréable impression que quelqu'un l'avait vue faire, mais elle eut beau regarder autour, elle ne vit personne.

Elle se dirigea vers la maison d'Aldébaran, Mahal sur les talons. Ici, elle pouvait circuler ouvertement comme elle l'avait fait avant la mort de son professeur. Elle s'avança avec un sentiment de gêne. Aldébaran était le premier être humain qu'elle connaissait qui était parti pour de bon. Depuis sa naissance, elle avait dit adieu à bon nombre d'animaux familiers et connu différents visages de la mort, mais les animaux, on le sait, vivent beaucoup moins longtemps que nous et très tôt il nous faut apprendre à leur survivre. Que cela soit arrivé à cet ami très cher qui avait encore une longue espérance de vie en poche, plus longue encore que celle de ses parents, la troublait. Sans pouvoir être plus précise, elle avait l'impression qu'une promesse n'avait pas été tenue.

La jeune fille fit le tour de la pièce, ouvrit quelques livres, puis quelques tiroirs, sans grande conviction. Elle se laissa tomber sur une chaise. C'est alors qu'elle aperçut, sur l'étagère au-dessus de la table de travail, un livre habillé d'une jaquette en cuir usée et salie par l'usage qui lui était familier. Elle le prit, le déposa devant elle, puis l'ouvrit au hasard, comme elle avait vu Aldébaran le faire en lui expliquant que l'oracle se contentait d'indiquer dans quelle direction soufflait le vent.

Le livre des transformations s'ouvrit sur *Tchen*, l'hexagramme du tonnerre. Elle regarda attentivement le dessin devant elle. En haut le tonnerre, en bas le tonnerre, disaient les deux trigrammes. Le temps des catastrophes était venu.

Lorsque le tonnerre sème l'effroi
sur une distance de cent milles,
soyez comme le disciple sincère
qui ne laisse pas tomber
une seule goutte du vin sacrificiel.

Malgré son pragmatisme, elle sentit un nœud d'angoisse s'ancrer en elle. Elle referma le livre et quitta rapidement les lieux.

※

Il lui en coûtait de parler à son frère, mais c'était le seul en qui elle avait suffisamment confiance, exception faite de Shaula. Or, Shaula était la femme d'Altaïr, elle ne pouvait pas prétendre à l'impartialité.

Adhara avait passé sa jeunesse entourée d'un cénacle de penseurs qui tantôt veillaient sur son sommeil, tantôt lui inventaient des jeux ou lui transmettaient des connaissances liées à leur champ d'intérêt, mais qui retournaient à leurs occupations dès qu'ils en avaient l'occasion. Il n'y avait qu'avec Aldébaran que la tendresse avait pu s'exprimer. Elle s'était souvent désolée en secret que Shaula ne l'ait pas préféré à Altaïr pour fonder sa famille, mais alors se posait la mystérieuse question de l'identité, car en admettant que ce soit Aldébaran plutôt qu'Altaïr qui se soit uni à Shaula, Bellatryx et elle ne seraient sans doute pas. Ou ils seraient autres, ce qui revient au même en définitive.

Bellatryx écouta avec attention Adhara lui confier ses doutes. Si Altaïr savait qu'Aldébaran voulait être incinéré, il devait avoir appris également, soit de sa bouche, soit par écrit, à qui il voulait léguer ses biens. Et si Altaïr savait cela, pourquoi n'en avait-il parlé à personne ?

L'amour que Bellatryx vouait à sa sœur remontait – pour autant que l'origine d'un amour puisse être tenue pour certaine – au temps où elle le veillait la nuit quand il avait peur et que Shaula n'était pas là pour eux. Elle était elle-même encore toute petite, elle avait six, sept, huit ans, et pour le rassurer, elle cachait sa propre peur.

D'avoir parlé à Bellatryx non seulement lui fit du bien, mais cela lui permit d'apprendre qu'Altaïr faisait souvent de courtes excursions en forêt depuis quelques semaines, ce qui n'était pas dans ses habitudes sédentaires.

– Évidemment, tu ne peux pas le savoir, tu fais comme s'il n'existait pas. Je l'ai vu passer la porte de Belisama à l'heure où je me rendais à l'étude. Il ne doit pas aller très loin, parce qu'en jetant un coup d'œil à la fenêtre, je l'ai vu revenir une fois ; c'était une trentaine de minutes plus tard.

– Qu'est-ce qu'il y a, à ton avis, à quinze minutes d'ici ?

– Je ne sais pas, tu penses qu'on devrait aller voir ?

***

Trois sentiers convergeant vers la porte de Belisama arrivaient de la montagne. Ils en avaient emprunté deux si souvent qu'ils les connaissaient par cœur. Ils s'engagèrent donc dans le troisième sentier, abandonné de longue date. Selon toute vraisemblance, il ne menait plus nulle part. Au bout de deux ou trois cents pas, la piste déjà ténue disparaissait sous les eaux glauques d'un petit marécage, réapparaissait plus loin pour se perdre aussitôt dans un lacis de branches au-delà duquel se trouvait une grosse pierre, comme un point au bout d'une phrase tarabiscotée. Adhara et Bellatryx avaient relevé leur tunique au-dessus des genoux, leurs sandales de cuir étaient détrempées et leurs jambes lacérées par les broussailles, mais ils avançaient toujours, poussés par le désir de trouver la réponse qu'ils étaient venus chercher. Dépassé la pierre, on ne pouvait plus parler de sentier, la voie devenait de plus en plus embrouillée jusqu'à ce qu'elle bute contre le corps d'un bouleau qui gisait pied en l'air, chablis arraché à sa terre nourricière par le vent.

Ils s'assirent à califourchon sur l'arbre pour reprendre des forces et réfléchir. De toute évidence, mieux valait rebrousser chemin. Quand ils atteignirent le marécage, Adhara aperçut une piste qui cheminait discrètement en s'éloignant de l'axe du sentier sur lequel ils se trouvaient. Au-delà des premiers mètres, elle devenait plus précise jusqu'à ce qu'elle laisse la place à un véritable chemin libre d'obstacles. Ils le suivirent en cherchant à repérer n'importe quoi qui aurait pu faire office de cachette et c'est là qu'ils la virent, blottie sous les branches affectueuses de deux grands pins, son toit tapissé d'aiguilles. C'était une toute petite chapelle de chemin, en pierre, avec une porte en bois surmontée d'un oculus. Elle donnait l'impression d'avoir été mise là pour servir d'asile aux gens perdus en forêt.

Adhara en fit le tour, étonnée de ne l'avoir jamais vue et plus encore de n'en avoir jamais entendu parler. Elle ne pouvait en dater la construction, mais vu son état, la jeune fille supposait qu'elle était antérieure à l'arrivée de sa communauté sur le mont Unda. À l'intérieur, il y avait une vieille table et deux bancs de bois faiblement éclairés par un vitrail qui laissait entrer une lumière ocre. Ils avaient trouvé l'endroit où Altaïr était probablement venu, mais ils ne savaient toujours pas pourquoi. Après un examen sommaire des lieux, ne voyant rien qui pouvait leur fournir une réponse, ils se résignèrent à partir.

Peu avant le marécage, Bellatryx, qui était plongé dans ses pensées, devina un obstacle devant lui et leva la tête pour voir. Il faillit tomber à la renverse. À une enjambée, tout aussi surprise, se trouvait la jeune femme à qui nous avions parlé au lac.

Adhara s'attarda involontairement à la cicatrice qui barrait discrètement sa lèvre, remonta vers les yeux magnifiques, glissa sur la fine cicatrice du sourcil, puis la salua comme c'était l'usage dans la communauté avec les gens qui n'étaient pas des familiers, en la nommant par son prénom et patronyme.

– Bonjour, Maïte Bainadelu.

– Bonjour. Vous venez de la chapelle ?

– Vous connaissez la chapelle ?

– … Oui.

– Ah ! bon !

– Je suis tombée dessus par hasard l'autre jour et j'ai eu envie d'y revenir. C'est interdit ?

La jeune femme regardait le frère et la sœur d'un air de défi.

Adhara avait bien envie de la remettre à sa place quand elle aperçut le médaillon au cou de Maïte. Sa colère tomba.

– Vous portez une croix celte ?

– Elle appartenait à ma grand-mère.

– La mienne vient d'Irlande. C'est un cadeau d'Aldébaran.

Les lèvres d'Adhara tremblaient. Maïte se garda d'insister.

– Je comprends. Je pourrais vous parler des Celtes un jour, si vous voulez.

– Oui, ça me plairait beaucoup. Tu viens, Tryx ?

Avant de reprendre la route, Maïte retroussa sa tunique sur ses cuisses, dévoilant ses jambes, sales et égratignées, mais longues et fines. L'expression de Bellatryx ne faisait aucun doute sur l'effet qu'elles produisaient sur lui.

– Qu'est-ce que tu as, Bellatryx ? Tu fais une drôle de tête.

– Pas du tout !

Adhara sourit.

– Excuse-moi. J'avais cru…

Une fois le corps d'Aldébaran mis en terre, la vie de la communauté reprit son cours paisible, redonnant aux conversations leur ton animé d'autrefois. Aux repas, il était de nouveau question de recherches, de lectures, du temps qu'il faisait et des nouvelles que les uns et les autres avaient reçues des collègues. Çà et là, des disputes sur des points obscurs dans leurs travaux s'élevaient et s'apaisaient.

Absorbée dans ses réflexions, Shaula mangeait sans prêter attention à Altaïr qui parlait de temps à autre à Maïte. Quand le regard de Maïte croisa le sien, Adhara lui adressa un sourire amical et s'efforça de ne plus regarder dans sa direction pour ne pas avoir l'air de forcer le contact. Elle mangea un fruit, prit une gorgée de thé et fila voir Hermès.

S'ouvrant d'un côté sur la place et de l'autre sur la forêt, s'étendait le jardin des Mythes.

C'était un lieu ravissant, parsemé de mangeoires, de sculptures naïves et de petits bancs de pierre qui, le soir venu, était éclairé par des lanternes. Assis sur un banc, quelqu'un attendait Adhara.

Quand il la vit approcher, il se leva et se tint sous la lumière dansante de la lanterne, sourire aux lèvres. C'était un homme d'âge mûr, ni laid ni beau, mis à part ses yeux couleur d'améthyste. Adhara le salua de la tête et tenta de passer outre, mais l'homme ne l'entendait pas ainsi.

– Il faut que je te parle, Adhara.

– Ça ne peut pas attendre un autre moment ?

Elle ne se sentait pas à l'aise avec Sirius. En fait, elle ne l'aimait pas. L'espace d'un battement de cils, le sourire de l'homme avait vacillé.

– Non, ça ne peut pas attendre.

– D'accord, qu'est-ce que tu veux ?

Il saisit le bras d'Adhara et la fit asseoir d'un geste plein d'assurance.

– Ton père et moi avons eu une longue conversation aujourd'hui.

– Ah ! bon…

– Il a beaucoup d'estime pour moi.

– Tant mieux pour toi !

– Il m'a laissé entendre qu'il ne s'opposerait pas à moi…

– Je ne vois pas pourquoi il le ferait. Chacun est libre de ses actes.

– Pour une raison bien particulière, en fait. Il verrait d'un très bon œil que je devienne…

– Oui ?

– … son gendre.

Le temps qu'elle comprenne et le sang monta aux joues d'Adhara qui répliqua, cinglante :

– Tu diras à Altaïr que s'il a des cadeaux à faire, qu'il se serve de ce qui est à lui !

– Ce n'est pas le cas ?

– Je n'appartiens à personne, tu peux faire le message à mon père.

– Ça te va bien cette colère, Adhara. Tu es encore plus désirable… si c'est possible.

Les yeux de Sirius la jaugeaient avec impudeur. Quand elle se leva, il ne chercha pas à la retenir, se contentant de lui glisser à l'oreille :

– Je n'ai pas dit à Altaïr que sa charmante fille va fouiller chez lui quand il n'est pas là, ce sera notre secret. Je me réjouis que nous ayons quelque chose à partager, Adhara.

❧

Quand la jeune fille arriva chez Hermès, elle était livide. Il la regarda d'un air inquiet, mais se contenta de lui demander :

– Ça va, mon enfant ?

– Je peux entrer ?

– Viens. Je m'apprêtais à faire du thé ; tu en prendras bien un peu avec moi ?

– Vous êtes seul ?

– Je n'ai plus l'âge des rendez-vous secrets, tu sais. Et quand ce serait, crois-tu qu'il y ait ici une femme capable de s'éprendre d'un vieux baril monté sur pattes ? Qu'est-ce qui ne va pas, Adhara ?

Elle regarda Hermès et dut faire un effort pour maîtriser sa colère. Elle répondit dans un souffle :

– Altaïr veut me livrer en mariage à Sirius !

– Qu'est-ce qui te fait croire une chose pareille ?

– Sirius vient de me le dire.

– Peut-être qu'il prend ses rêves pour la réalité ?

– Non, malheureusement pas.

– Si c'est vrai, c'est que ton père a complètement perdu la tête. Je ne sais pas si ça doit me faire plaisir ou pas.

– Parce qu'on peut perdre quelque chose qu'on n'a pas ?

– Je vais lui parler…

Les yeux d'Adhara se durcirent.

– Non ! Surtout pas ! Je ne lui donnerai certainement pas le plaisir de penser que j'ai peur de lui. J'ai déjà donné ma réponse à Sirius. Il n'a qu'à la transmettre à Altaïr. Parlons d'autres choses, d'accord ?

– Comme tu veux.

– Connaissez-vous la chapelle ?

L'expression d'Hermès se fit douce.

– C'est un des premiers endroits qu'Aldébaran m'a montré quand je suis arrivé. Le sentier qui y conduit avait presque disparu.

– Nous sommes tombés dessus cet après-midi, Bellatryx et moi. Personne ne nous en avait jamais parlé.

– Tes parents l'ont certainement déjà aperçue, mais ils ne s'en souviennent probablement pas. La chapelle était déjà là quand la communauté s'est installée sur le mont Unda. En tant que lieu de culte, elle intéressait surtout Aldébaran, mais il a eu beau chercher, il n'a jamais pu éclaircir sa présence si loin de tout village et de toute route.

– Vous vous trompez, Hermès, Altaïr se rappelle très bien son existence.

– Ah!... C'est si loin pourtant. J'avoue que moi-même j'avais presque oublié.

– Il s'y est rendu plusieurs fois ces dernières semaines.

– Qu'est-ce qu'il est allé faire là-bas ?

– J'espérais que vous le sauriez.

Hermès leva un sourcil, mais ne dit mot.

– Pendant les funérailles, Altaïr a parlé comme s'il était un intime d'Aldébaran. Je sais que ce n'était pas le cas.

Hermès regarda la jeune fille avec surprise tout en continuant à se taire.

– Et depuis, je n'arrête pas de me demander où peut bien être la fortune d'Aldébaran.

– Sa fortune ? Aldébaran était riche ?

– Il a reçu un très gros héritage, c'est lui qui me l'a dit. Pensez-vous que ça pourrait avoir eu de l'importance pour Altaïr, s'il était au courant ?

Adhara aurait aimé qu'Hermès la contre-dise, rétablisse, ne serait-ce qu'un peu, l'image de son père à ses yeux. Venant de cet homme de justice et de bon sens, elle aurait accepté de donner le bénéfice du doute. Elle était assise au bout de sa chaise, attendant que, peut-être, il anéantisse ses soupçons, révèle son père sous un jour enfin favorable.

Hermès sentait cela tout en sachant qu'Adhara méritait mieux que des mensonges, même pieux.

— Ton père est un homme orgueilleux, Adhara. Cela n'a pas paru beaucoup ces der-nières années, mais je crains que nous en fassions bientôt l'expérience. S'il se trouve qu'Aldébaran a laissé beaucoup d'argent et qu'il n'a pas désigné d'héritier, Altaïr a pu être tenté.

Hermès essayait de rester calme, mais il en était à se demander si la mort d'Aldébaran n'était pas, par hasard, un peu moins naturelle que ne l'avait cru tout le monde, incluant le vieux docteur Chapdelaine, mandé sur les lieux pour rédiger l'acte de décès.

Chapitre VIII

Le cahier

LE LENDEMAIN de notre expédition au lac, je montai au grenier à la dérobée et me précipitai jusqu'à l'armoire pour récupérer le cahier. En quelques heures, je l'avais entièrement parcouru. Il comptait 268 pages remplies d'une écriture fine et serrée, ce qui n'était pas un exploit pour qui avait lu en cinq jours les 1 388 pages de l'édition de poche en deux volumes d'*Autant en emporte le vent*.

Il y avait là, consignés dans un style vieillot, les faits importants et moins importants de la vie des campeurs qui nous avaient précédés ici. Tous des garçons. Des jeunes de notre âge qui avaient grimpé aux arbres, couru dans la montagne, nagé, pagayé, attrapé des grenouilles, qui s'étaient raconté des histoires de peur autour du feu et qui avaient, au moment où je lisais ces lignes, à peu près l'âge que mes grands-parents auraient eu s'ils n'étaient pas morts.

Au fil des pages, j'appris que le frère Isidore, qui avait fondé le camp, était le septième garçon d'une famille de vingt et un enfants. On disait qu'il avait des dons, ce que semblaient contester ses supérieurs, les miracles n'étant pas très bien vus du haut clergé.

Au printemps de 1927, le prieur avait expédié le frère Isidore au fin fond des campagnes, invoquant pour motif de cette quarantaine l'urgence de fonder un camp de vacances pour les jeunes garçons des familles ouvrières. Il espérait probablement que les difficultés que ne manquerait pas de soulever une telle entreprise le fassent tenir tranquille. Le frère Isidore partit accompagné du frère François, avec une somme d'argent tout juste suffisante pour leur survie à tous les deux. Comme il lui fallait trouver des ouvriers qui acceptent de travailler sans salaire dans un endroit isolé, le prieur était à peu près certain qu'il faudrait des mois, voire plusieurs étés, pour mener l'entreprise à bien si cela était même possible. Contre toute attente, le frère Isidore réussit rapidement à se faire concéder une montagne par bail emphytéotique, puis à convaincre des menuisiers, plombiers, vitriers, maçons et ébénistes, bref toute une cohorte d'ouvriers spécialisés, de venir y travailler. J'ai trouvé des photographies du château de Céans alors qu'il venait d'être achevé. Une construction aussi élaborée si loin de tout village était en soi un miracle. J'en ai aussi trouvé une du frère Isidore l'été de l'inauguration du camp. Il pose devant l'entrée, vêtu de sa soutane, le dos légèrement voûté comme s'il s'excusait de sa haute taille, souriant, les bras croisés sur une poitrine étroite. En retrait se tient le petit frère François qui, par contraste, semble doux comme le bois dont on fait les flûtes. Je me souviens m'être demandé à quoi ils pouvaient ressembler cinquante ans plus tard, s'ils vivaient encore, s'ils avaient réalisé leurs rêves. Le mystère du temps venait d'entrer dans ma vie.

La rapidité avec laquelle le frère Isidore avait trouvé à recruter, non pas de simples ouvriers, mais de véritables artistes, venait du fait qu'il s'était autorisé quelques miracles pour payer les artisans de leur peine. Si loin d'un hôpital, il s'agissait d'une véritable aubaine et les hommes venaient non seulement des villages du bord du fleuve, mais de l'arrière-pays pour proposer leurs services. J'étais amusée par la façon comptable dont le frère François traitait cette affaire de miracles : il les inscrivait devant le nom de chaque bénéficiaire comme s'il tenait un livre de paye et, à bien y penser, c'était exactement ce qu'il faisait.

Commencé en juin 1928 à l'arrivée des premiers campeurs, le journal proprement dit – c'est-à-dire sans compter les notes qui émaillaient les marges du texte – se terminait en août 1939. Les derniers paragraphes relataient les préparatifs de départ de fin d'été. J'imaginai que le camp avait dû fermer ses portes cette année-là et que le journal avait été amené dans le grenier par un propriétaire subséquent. Richard devait savoir qui avait occupé le château avant nous. Il fallait que je lui en parle. Je le fis le soir même, assez contente de devenir tout à coup, grâce à ma découverte, le point de mire du camp.

– Est-ce que tu saurais par hasard qui a habité ici avant nous, Richard?

– Le type avec qui j'ai fait affaire avait acheté la montagne en 1975. Avant ça, c'est une communauté religieuse qui louait la montagne. Elle l'a louée sur une longue période, de la fin des années vingt, je crois, jusqu'en 1960, lorsque le camp a fermé ses portes…

– Mais non, voyons. Tu dois te tromper. Le camp a fermé en 1939.

– Pas d'après les papiers que j'ai consultés, en tout cas. Le camp a fermé ses portes en 1960, date à laquelle la montagne a été rendue à son propriétaire. Il n'en a rien fait jusqu'en 1975, les installations se sont peu à peu détériorées.

– Qui d'autre, ensuite?

– Personne. En 1975, un promoteur qui s'était mis en tête de développer la montagne l'a achetée. Il lui a fallu trois ans d'études pour s'apercevoir que le coût des infrastructures rendait son projet irréalisable. Alors il a vendu au premier bêta qui passait par là.

– Tu le connais?

– C'est moi!

J'attendis que tout le monde arrête de rire pour annoncer:

– J'ai trouvé un journal du camp. Il se termine en 1939.

Il y eut un silence que Richard finit par interrompre pour me demander où je l'avais trouvé et les questions se mirent à pleuvoir.

– Quand ça ?
– Qu'est-ce qu'il raconte ?
– Qui l'a écrit ?
– On peut le voir ?

Une fois la pluie de questions apaisée, Richard émit l'idée que le camp n'avait peut-être pas pu ouvrir pendant les étés de guerre et, qu'au retour, il ne s'était trouvé personne pour reprendre la rédaction du journal. Le discret Nicolas, que Catherine avait réquisitionné le jour de l'accident de Richard, pensait plutôt qu'il existait une suite quelque part, qu'il suffisait de chercher. On décida d'organiser des recherches, mais avant, tout le monde désirait voir « l'objet ». Je grimpai au dortoir en prenant bien mon temps pour les faire languir, la gloire est si brève. En redescendant avec le cahier, une feuille s'en échappa. Sur du papier quadrillé figuraient l'esquisse d'une chapelle et diverses notes. Dans mon souvenir, rien dans le journal ne faisait allusion à une chapelle. Je glissai la feuille dans ma poche pour l'examiner plus tard.

– Non, plus à droite. Plus haut !

Nicolas descendit de l'échelle et Samuel la déplaça. Il y avait plus de deux heures qu'on fouillait les étagères à la recherche d'un document qui contenait, selon Richard, des croquis semblables à celui qui avait glissé du journal, mais comme il n'était pas sûr de l'endroit, ses indications étaient assez contradictoires.

Juliette, qui ne participait pas aux recherches parce qu'on ne lui avait rien demandé, feuilletait distraitement des bouquins quand sa curiosité fut attirée par un livre à couverture brune marquée d'une croix. Elle aurait pu être tentée par n'importe lequel des livres se trouvant devant elle, mais ce fut celui-là qu'elle choisit. Je l'ai déjà dit, les hasards existent, mais il ne faudrait pas tout leur imputer.

Le livre, un abrégé d'architecture religieuse, contenait différentes formes de portes, de fenêtres et de vitraux. Juliette me fit signe d'approcher. Les illustrations étaient annotées de la même main que celle qui avait inscrit les remarques sur l'esquisse tombée du journal.

Cela confirmait une de nos hypothèses : une fois la maison et les petits chalets terminés, le frère Isidore avait probablement planifié la construction d'un lieu de culte. Il devait y avoir une chapelle sur la montagne, probablement construite après 1939, comme le supposait Richard, puisque le journal n'y faisait pas allusion. Le document que Richard croyait avoir vu contenait peut-être des indications sur son emplacement. Nicolas reprit les fouilles dans les hauteurs de son échelle, tandis que Samuel, Juliette et moi passions au crible les sections qui se trouvaient à notre portée. Mais en dépit de nos efforts, nous n'avons plus rien découvert.

⋙⋘

Le lendemain à l'aube, munis de nos gourdes, nous quittions le château de Céans par petits groupes de quatre ou cinq, en quête de l'hypothétique chapelle. En l'absence de sentier, il fallait nous ouvrir un passage à travers les buissons. Bientôt, la moindre surface de peau qui n'était pas protégée fut lacérée par les branches. Quand enfin le soleil apparut, au lieu de nous réchauffer comme nous l'espérions, il se mit à nous taper dessus, attirant sur nous les rares moustiques qui ne nous avaient pas encore repérés.

C'était fatigant et en même temps, c'était fabuleux. Je ne me rappelle pas m'être sentie aussi vivante sous le ciel, avoir été aussi loin au bout de mes forces et en être revenue si apaisée. Je sentais mon sang battre dans mes tempes, mes poumons se dilater, mes muscles se tendre et j'étais heureuse.

La montagne était bien plus grande que nous l'avions imaginé et, à mesure que les heures passaient, nous perdions autant de temps à nous égarer et à nous retrouver qu'à la fouiller. Les recherches s'étiraient. Au moment où nous commencions à croire qu'on ne trouverait jamais rien, Charlotte tomba sur quelque chose. Elle était très occupée à ralentir ses coéquipiers par diverses ruses féminines, quand elle avait trouvé le moyen de s'emmêler les pieds dans une branche, dégageant accidentellement le coin d'une pierre enfouie sous des aiguilles de pin. On allait en entendre parler de cette chute-là. Charlotte réclamerait d'être honorée pour toutes nos découvertes ultérieures.

À sa forme régulière, il était évident que la pierre ne se trouvait pas là par accident. En déblayant, Laurent, Marc et Stéphanie en aperçurent d'autres, taillées de la même manière et disposées symétriquement. La nouvelle courut comme une traînée de poudre en même temps que renaissait l'espoir. Si chapelle il y avait, elle devait se trouver au bout de ce chemin de pierres.

—

— Tu nous lâches ?

— Pas du tout ! Vous êtes bien assez nombreux pour faire les fouilles.

Nicolas était furieux. Quand ça lui arrivait, sa peau se plaquait de taches rouges aléatoires. En général je trouvais ce phénomène extrêmement drôle, mais pas ce jour-là. Catherine se tenait devant lui, peu impressionnée par ses reproches. Nous étions la dernière équipe à partir, Samuel et Juliette nous avaient devancés, et je m'apprêtais à les rejoindre quand j'avais aperçu ces deux-là qui se parlaient à deux pouces du nez.

– Qu'est-ce qui se passe ?

– Elle nous abandonne !

Catherine se tourna vers moi.

– J'ai vu Mahal ce matin.

J'attendis un peu pour voir, mais devant son silence, je lui demandai :

– Ici ? Au camp ?

– Oui.

– Tu penses la même chose que moi ?

– Oui. Le deuil est fini.

– Et tu partais sans m'avertir ?

– Écoute, Joal, les recherches dans la forêt, c'est ton idée. Je ne voulais pas te priver du plaisir d'être là alors que vous êtes sur le point de découvrir quelque chose.

– C'est très généreux de ta part. Merci beaucoup !

J'achevai en silence « j'espère que tu vas disparaître dans un grand trou sans fond en t'en allant là-bas ! » et je lui tournai le dos. Pas question qu'elle voie à quel point j'étais déçue. J'attendais des nouvelles de la communauté depuis des jours avec la même impatience que Catherine et elle avait fait comme si elle était la seule concernée. Peu importe ce que nous allions découvrir dans la forêt, quelques ruines moussues ou une cathédrale de verre, elle avait gâché mon plaisir.

J'allais lui garder longtemps rancune pour cet acte déloyal. Le souvenir de Bellatryx qui s'était replié au fond de ma mémoire m'accompagna toute la journée.

Chapitre IX

Les deux chapelles

OUBLIANT la déception qu'elle m'avait causée, Catherine marchait en faisant mentalement l'inventaire des plantes dont elle voulait parler à Hermès et débattait de leur vertu par anticipation. Elle était capable d'abolir le monde quand elle s'intéressait à quelque chose. Rien ne pouvait alors la distraire de l'objet sur lequel elle avait choisi de fixer sa pensée. J'envie les êtres doués d'une pareille force de concentration. Moi, je n'ai jamais pu me résigner à m'abstraire à ce point de ce qui m'entoure. Par inquiétude ou par coquetterie, j'ai besoin d'être toujours au moins un peu présente là où je suis.

Hermès vint à sa rencontre bien avant qu'elle atteigne la porte de Belisama. Il avançait lentement, sa corpulence ne lui permettant pas de faire plus vite.

– Ah ! Catherine ! Quel plaisir de vous revoir ! Je constate que Mahal s'est bien rendu jusqu'à votre camp.

– Vous m'avez manqué, Hermès. J'ai trouvé ces funérailles interminables.

– J'aurais dû vous faire signe plus tôt, je m'excuse. Mais les choses ont changé ici. Je suis venu vous dire que nous ne pourrons pas reprendre là où nous avons été interrompus.

– Pourquoi?

– Rien qui vous concerne, mon enfant. Simplement, le moment est mal choisi pour reprendre nos travaux. Je vais m'ennuyer de vous, Catherine, je vous regrette déjà.

Catherine ne savait pas quoi dire, pourtant elle était convaincue que ça ne pouvait pas se terminer comme ça. Elle n'avait pas survécu à l'accident d'auto qui avait tué sa famille pour se laisser manger la laine sur le dos par le destin.

Je serais bien en peine de dire ce qu'elle lui avait raconté pour plaider sa cause, peut-être l'avait-elle simplement hypnotisé avec ses yeux pâles et son sourire si retenu que je n'étais jamais tout à fait certaine s'il s'adressait à moi ou à elle-même. Mais il ne lui avait pas résisté.

Quand ils arrivèrent devant la porte de Belisama, le vieil homme continua à marcher sans ralentir le pas.

– Suivez-moi, je veux vous montrer quelque chose, mon enfant.

Le sentier était toujours aussi peu praticable que le jour où Adhara et Bellatryx l'avaient emprunté. Hermès avançait avec peine, Catherine le suivait sans oser dire un mot, attentive au moindre détail. Peu à peu, le chemin devint plus net et plus engageant et c'est là qu'elle la vit, comme elle était apparue à

Adhara et à son frère, blottie sous les branches bienveillantes des pins. Hermès crut que c'était la beauté du lieu qui causait une telle surprise à Catherine. Il ignorait que nous avions occupé notre dernière semaine à chercher justement une chapelle qui pouvait bien être celle-ci.

— Elle est belle, n'est-ce pas ?

— Superbe !

Catherine se disait que si c'était la chapelle que le frère Isidore avait fait construire – et elle ne voyait pas ce que ça pouvait être d'autre –, ça ne tenait pas debout de l'avoir construite aussi loin du camp.

— Savez-vous pourquoi on a construit une chapelle à cet endroit ?

— Je ne sais pas. Même Aldébaran, qui avait une très bonne connaissance des pratiques religieuses, l'ignorait. L'hypothèse la plus plausible est qu'il s'agit d'une chapelle votive.

— Ce qui veut dire ?

— Qu'elle a peut-être été construite en remerciement d'un vœu accordé.

— C'est quand même un drôle d'endroit !

— J'admets qu'elle n'est pas facile à voir d'ici, mais d'un point de vue céleste, pour un témoignage de reconnaissance, elle est assez bien située, je trouve.

※

Au moment où Catherine croyait avoir découvert la chapelle que nous avions cherchée ensemble, à des kilomètres de là, après avoir franchi une épaisse barrière végétale, Lola s'était trouvée nez à nez avec une chapelle semblable. Il y avait donc non pas une, mais deux chapelles, peut-être davantage.

La porte en plein cintre était surmontée d'une fenêtre ronde qui avait perdu son vitrage. Des plantes volubiles abriaient la pierre et avaient entièrement recouvert les deux minces fenêtres latérales, mais les murs et le toit tenaient bon. L'intérieur était vide. Deux niches, placées de chaque côté du chœur face à la porte d'entrée, accrochaient le regard. L'une était occupée par un humble saint qui tenait un balai, l'autre était vide. Un vitrail éclairait médiocrement l'intérieur. Une fois les lieux passés au crible, Lola partit à la chasse aux couleuvres, Pouf vers une talle de champignons, le petit Paul sur les talons, Charlotte entraîna sa cour d'admirateurs dans son sillage, les autres se dispersèrent ensuite et, peu à peu, le lieu fut rendu à son silence.

Samuel, Nicolas, Juliette et moi étions passablement dépités par cette recherche trop tôt conclue. Nous ne nous décidions pas à partir, palpant les vieilles pierres en quête d'aspérités, de secrets enfouis, de quelque chose d'autre sous les apparences. Le soir commençait à descendre quand nous nous sommes finale-ment résignés à partir. Notre prix de consola-tion tenait en un mot dont nous ignorions la signification, *vigilare*, gravé sur la dalle médiane du sol. En quittant les lieux, un long cri nous figea sur place.

– As-tu entendu ?

– Je ne suis pas sourde ! Qu'est-ce que c'est ?

Mon frère avait les yeux brillants d'excitation.

– C'est… non, non, c'est pas possible !

– Quoi ?

– On dirait le cri de la Dame blanche !

– Qui ?

– La Dame blanche ! C'est une chouette.

– Juste une chouette ?

Samuel ne m'écoutait pas.

– Je parie qu'elle niche dans la chapelle.

Le lugubre hululement nous suivit jusqu'aux portes du château.

***

– Il se fait tard, je ne trouve pas prudent que vous partiez maintenant, Catherine. Je vous emmène au pavillon d'Adhara, vous allez y dormir.

– Je ne peux pas, voyons !

– Je regrette, mais c'est la loi de la montagne, mon enfant. Personne n'y circule à la nuit tombée.

– Je vous dis que c'est impossible. Les autres vont s'inquiéter, Richard va penser que je me suis perdue, que j'ai été attaquée par des loups, blessée, éventrée peut-être !

97

– S'il a quelque bon sens, il va deviner que nous ne vous avons pas laissée partir parce qu'il se fait tard.

– Je ne peux pas faire ça !

– Bon, bon, calmez-vous, Catherine, on va trouver une solution en nous rendant chez Adhara. Venez.

Catherine regarda les ombres qui s'allongeaient et suivit Hermès en silence. Au bout d'un certain temps, elle tourna la tête pour lui demander :

– Savez-vous ce que signifie le mot *trabiculare*, Hermès ?

– C'est du latin.

– Oui, je m'en doutais, mais savez-vous ce que ça veut dire ?

– Où avez-vous vu ce mot ?

– Dans la chapelle, sur une dalle.

Hermès le savait bien. Avec Aldébaran, ils avaient examiné la chapelle sous toutes ses coutures. Mais il lui plaisait de faire durer le mystère.

– Attendez que j'y pense. Je crois que ça veut dire « torturer ».

– Ça n'a pas de bon sens ! Pourquoi aurait-on gravé le mot « torturer » sur la dalle d'une chapelle ?

– Vous avez raison, mais c'est bien ce que le mot signifie. À moins que… Oui, maintenant que j'y pense… Vous allez trouver ça amusant. Travail et douleur ont déjà été synonymes, la notion de souffrance s'étant progressivement étendue au fait de supporter une charge, puis de travailler.

Hermès esquissait un sourire espiègle auquel Catherine répondit avec une mine sinistre :

– Vous avez raison, c'est très drôle.

– Vous devriez rire plus souvent, Catherine. Aucun sujet n'est à ce point grave qu'il mérite qu'on économise ses sourires. Rigoureusement aucun.

Catherine n'eut pas le temps de répondre, ils étaient arrivés.

– Venez, Adhara va être ravie d'avoir une amie avec qui parler. Ah ! À propos, pour ce qui est de la signification du mot, je dirais que *trabiculare* a sans doute ici le sens de « travailler aux œuvres de Dieu ».

Hermès avait déjà tourné les talons quand Catherine lui cria :

– Attendez ! Comment comptez-vous avertir Richard que je reste ici cette nuit ?

– Ah oui ! j'oubliais ! Dites à Adhara d'envoyer Mahal avec un message écrit de votre main. Ça vous va ? Bon, je vous laisse, j'ai encore à faire ce soir.

***

Une effervescence inhabituelle régnait dans la communauté. Altaïr avait convoqué une séance du Conseil et, privés de leur routine, les gens allaient et venaient, attendant le début de la réunion.

Hermès s'approcha de Shaula. Quand il l'avait connue, elle était déjà dans son âge mûr, mais il avait l'impression que c'était le regard éperdu de tristesse de la jeune Bernadette qu'elle portait ce matin-là. Changer de nom, changer d'âge, ça ne nous permet pas d'échapper à soi-même. À peine l'avait-il entrevu que le sourire de l'enfant s'évanouit, remplacé par celui de Shaula-la-Sage.

— Vous avez l'air fatigué, Shaula.

« Désemparé » eut mieux traduit ce qu'il pensait, mais il est des choses qu'il vaut mieux ne pas dire.

— Où avez-vous appris à être tellement attentif aux autres, Hermès ?

— Une vieille manie de professeur, sans doute. Que nous vaut cette convocation soudaine ? Altaïr vous en a-t-il parlé ?

— Il n'y a rien de grave, ne vous inquiétez pas.

Shaula n'osait pas avouer à Hermès qu'Altaïr ne lui avait rien dit. Ce n'était sans doute pas si important d'ailleurs. Une séance du Conseil n'était pas un événement exceptionnel en soi, on s'en servait pour débattre toutes sortes de questions pratiques et idéologiques, mais elle causait toujours une certaine agitation, parce qu'elle sortait la communauté de ses routines.

Altaïr ne fit pas attendre l'assemblée trop longtemps. Il déposa un document devant lui et annonça qu'en mettant de l'ordre dans les affaires d'Aldébaran, il avait trouvé son testament. Étrangement, dans cet ultime document, nulle mention n'était faite de la propriété intellectuelle de ses travaux ni de ses droits d'auteur. Pas plus d'ailleurs que de ses biens personnels dont certains, trésors ramenés de ses voyages d'étude, avaient une grande valeur. Seuls étaient indiqués des placements bancaires, considérables, qu'il destinait dans leur totalité à la communauté.

Une fois le tumulte apaisé, Hermès fit remarquer que la communauté n'ayant pas d'existence légale, il était étrange qu'Aldébaran ait décidé de faire un legs directement à celle-ci, et de cette importance encore.

– Aldébaran exprime le désir que nous dotions notre communauté de statuts ; et sachant que ce genre de processus peut être long, il prévoit un gestionnaire pour administrer l'argent jusqu'à la création en bonne et due forme d'un conseil d'administration.

– Qui a-t-il choisi ?

La voix de Shaula tremblait légèrement en posant la question. Altaïr répondit sans ciller :

– C'est moi qu'il a désigné pour cette tâche.

– Puis-je voir le testament ?

Cette fois, c'était Hermès qui avait parlé, d'un ton uni et bas. De nouveau, Altaïr répondit avec assurance :

– Voilà, il est ici. Vous pouvez tous venir le consulter.

Avant que quiconque ait pu faire un pas, Maïte Bainadelu prit la parole :

— Je ne mets pas votre bonne foi en doute, Altaïr, mais ma formation m'incite à vous prévenir : avant d'exécuter les dernières volontés d'Aldébaran, il faudra faire authentifier le testament.

— Votre formation ?

— Je suis avocate.

— Est-ce que c'est compliqué de faire authentifier un testament ?

— Pas du tout. C'est une procédure usuelle quand il s'agit de testaments holographes, à moins que deux témoins n'aient signé le document en présence du testateur. Est-ce le cas ?

— Non. Il n'y a que sa signature et une date écrite de sa main.

Maïte esquissa un sourire rassurant :

— Dans ce cas, il faut passer par un cabinet de notaires, mais ça ne devrait pas être très compliqué. C'est un travail de routine pour eux.

Shaula avait repris son sang-froid. Elle s'avança vers la jeune femme et lui mit la main sur le bras :

— Merci, Maïte Bainadelu.

— Si vous voulez, je peux m'en charger. J'ai un oncle notaire, il acceptera avec plaisir de faire ça pour la communauté, j'en suis certaine.

C'était dit avec une telle spontanéité. Shaula, déjà consentante se tourna vers Altaïr :

— Qu'est-ce que tu en penses, Altaïr ?

– Pourquoi pas ? Je suppose qu'un notaire en vaut un autre !

Quelques personnes vinrent jeter un coup d'œil au testament et l'assemblée se défit en petites grappes babillantes. Hermès sortit en même temps que Maïte.

– Vous m'intriguez, Maïte Bainadelu. Qu'est-ce qu'une jeune avocate est venue faire sur une montagne comme la nôtre ?

– Nous avons la loi dans les gènes chez les Bainadelu, ça se transmet de père en fille. Mon père est juge, ma mère, philosophe. Et la philo, elle, se transmet de mère en fille. J'ai entendu parler de la communauté par une de ses amies avec qui elle avait étudié. Vous savez sûrement que la communauté a très bonne réputation dans les milieux universitaires ? Je suis venue, j'ai aimé, alors voilà !

– Je me mêle peu des activités des autres, nous avons tous tant à faire dans nos domaines respectifs, mais je suis curieux. Si vous ne me trouvez pas trop indiscret, envisagez-vous de rester avec nous ? Peut-être même de prendre racine en vous choisissant un nom d'étoile ?

– C'est une jolie tradition, mais non, je ne tiens pas à adopter un nouveau nom.

– Avez-vous un projet d'étude ?

– Pas encore. Mais vous-même, Hermès, sur quoi travaillez-vous ?

Le vieil homme roula sur le côté, incapable de trouver le sommeil. Quelque chose le troublait et il ne savait pas quoi.

Avant de suivre Aldébaran sur le mont Unda, Hermès avait été un professeur très aimé de ses étudiants. Jusqu'à l'âge tardif de quarante-cinq ans, il n'avait pas eu de femme dans sa vie, surtout à cause de sa timidité, laquelle se fondait sur un physique qu'il jugeait peu avantageux. Comme il n'était ni grand, ni mince, ni musclé, il était, croyait-il, tout ce qu'une femme ne désire pas. Sa première rencontre amoureuse à l'adolescence avait été une véritable affaire d'État orchestrée par ses amis de collège.

Puis vint Adriana. Elle l'avait approché avec grâce, apprivoisé avec persévérance. Elle avait contourné une à une les défenses élevées par Hermès, lui avait prouvé par mille gestes qu'il comptait à ses yeux et n'avait montré le désir qu'elle avait de lui qu'une fois toutes ces barrières franchies. Il avait fallu largement plus d'une année pour qu'il accepte d'ouvrir sa garde... et à peine quinze jours pour qu'il le regrette. Adriana était repartie à la conquête d'une nouvelle forteresse inexpugnable, comme le lui dictait son destin.

Tout à coup, sa joue pressée contre le drap, ses yeux fermés sur le flux des souvenirs, il sut ce qui le fatiguait. L'attitude de Maïte l'avait troublé parce qu'elle lui rappelait Adriana.

Chapitre X

Les trois amanites

DEPUIS que Catherine était revenue du mont Unda, elle refusait d'y retourner. J'avais eu beau la prendre par la douceur, par l'humour, par la ruse, elle ne voulait rien entendre. Parfois elle fixait le sentier et je reprenais espoir en imaginant qu'elle était sur le point de changer d'idée, mais la plupart du temps, je traînais comme une âme en peine. C'est ce que je faisais cet après-midi-là quand je tombai sur Samuel qui, contrairement à son habitude, était très énervé.

— Qu'est-ce qui se passe ?

— Quelqu'un du village est venu ici ce matin.

— Et alors ?

— Il est allé dans le bureau de Richard et laisse-moi te dire que ça a bardé.

— Tu écoutes aux portes, maintenant ?

— Richard a l'air d'avoir de gros ennuis.

— Quel genre d'ennuis ?

— Je pense qu'il n'a plus d'argent.

— C'est *son* problème.

– Que tu crois ! Si le camp doit fermer à cause de ça, c'est aussi *notre* problème.

Nous n'étions pas très loin du bureau de Richard quand la porte s'ouvrit. En nous apercevant, il nous adressa un sourire gentil.

– Je vais au village. Tâchez de ne pas trop faire les idiots pendant mon absence.

Samuel chuchota à mon intention :

– Je vais chercher le grand Louis et on va l'accompagner, même s'il nous donne des coups de canne pour nous en empêcher. Il n'est pas en état de faire le voyage tout seul.

Je me retrouvai seule à broyer du noir. Après la découverte de la chapelle, le calme était revenu au château. Juliette et Nicolas s'étaient lancés dans un tournoi de Petit bonhomme pendu, arbitré par Marie-Josée, qui les approvisionnait en mots difficiles. Quant à Catherine, elle avait l'air d'étudier un herbier, mais je lui trouvais surtout l'air de quelqu'un qui cherchait à m'éviter.

J'étais seule au monde sous un ciel rempli de nuages et, si j'avais été le moindrement raisonnable, je serai allée me chercher un livre que j'aurais lu sur la galerie en attendant l'orage. Au lieu de quoi, je me mis à marcher au hasard… en direction du mont Unda.

<hr />

Le temps était de plus en plus lourd. Je marchais sans me poser de questions ni regarder le ciel, comme si ma vie en dépendait. Arrivée devant la porte de Belisama, je n'osai la franchir malgré l'envie que j'avais de revoir Bellatryx. Je poursuivis ma route, incapable de rebrousser chemin, m'enfonçant de plus en plus loin dans la forêt. La pluie se mit à tomber à grosses gouttes, puis en traits de plus en plus fins et cinglants. Je ne me rappelle pas combien de temps j'ai marché avant d'apercevoir la petite chapelle. Catherine n'avait pas manqué de nous en parler, mais je n'avais pas prêté attention à son emplacement.

Je poussai la porte avec un soupir de soulagement. Le tonnerre et les éclairs commençaient à me rendre nerveuse.

– On a de la visite, Adhara !

Je faillis m'étouffer d'émotion. C'était la voix de Bellatryx. Bellatryx qui occupait mes pensées presque en permanence, avec qui j'étais, pour cette raison, plus intime qu'avec la plupart des campeurs avec lesquels je vivais, mais qui n'en savait évidemment rien.

Le frère et la sœur étaient assis à même la vieille table face à la porte, jambes croisées à l'indienne sous leur tunique. Ils avaient allumé une bougie pour s'éclairer et je trouvai que leurs visages tournés vers moi ressemblaient à ceux de jeunes prêtres antiques.

– Bonjour ! Je… je ne voulais pas vous déranger, mais il pleut… dehors.

Mes cheveux dégoulinaient, mes vêtements étaient détrempés, ce qui ne m'empêchait pas de vouloir me justifier à tout prix de cette intrusion. Adhara s'adressa à moi avec gentillesse :

— Viens, tu ne nous déranges pas. Prends ma cape, là sur le banc et essuie-toi.

— Est-ce que quelqu'un t'a suivie, Joal... Mellon ?

Il eut une hésitation, regarda Adhara qui lui fit un léger signe et Bellatryx répéta sa question en supprimant mon nom de famille.

— Est-ce que quelqu'un t'a suivie, Joal ?

Longtemps mon prénom avait été une source d'agacement pour moi, et si j'avais appris à m'en contenter, ce n'était pas pour autant que je l'aimais. Les filles de ma génération portent des noms comme Nathalie, Isabelle, Caroline et Sylvie. Je ne sais pas ce que j'aurais donné pour connaître pareil bonheur. À l'école, personne ne s'appelait Joal et, surtout, personne n'était obligé d'expliquer où ses parents avaient été pêcher une idée comme ça. C'est par la voix claire de Bellatryx, dans la pénombre de la chapelle du mont Unda, que pour la première fois j'ai aimé mon prénom. D'autant plus qu'il l'avait dissocié de mon nom de famille, une marque d'intimité que la communauté n'accordait pas à n'importe qui. J'étais si énervée que je n'avais rien compris à la question qu'il dut répéter une troisième fois :

— Alors ? Quelqu'un t'a suivie ou pas ?

— Je ne pense pas. Je me promenais au hasard quand la pluie s'est mise à tomber. Je n'ai même pas cherché d'abri, tout à coup j'ai vu la chapelle et je suis entrée. Voulez-vous que j'aille jeter un coup d'œil dehors ?

– Non, non. On te croit. Bellatryx est un peu stressé, c'est tout.

– Pourquoi ?

Ils échangèrent un regard, mais ne répondirent pas. Je venais d'être prise en flagrant délit d'écorniflage. J'ai sûrement rougi, en tout cas, je me souviens d'avoir essayé de m'excuser sans trop m'excuser.

– Laissez faire. Ce n'est pas de mes affaires.

Je jetai un coup d'œil vers la porte, mais ce n'était pas nécessaire de l'ouvrir pour savoir qu'il tombait des cordes, il n'y avait qu'à écouter tomber la pluie sur le toit.

– Allez, assieds-toi, Joal. Tu ne vas pas partir maintenant. Tryx et moi on parlait d'un champignon. Peut-être même que tu pourrais nous aider.

– Un champignon ?

– Oui, que j'ai trouvé chez Aldébaran.

– Qu'est-ce que ça a d'anormal ? Il y a des gens qui sont prêts à manger n'importe quelle cochonnerie !

Pour ma part, je refusais de manger des champignons frais que je considérais avec tout le mépris approprié aux moisissures.

– C'est une espèce que je ne connais pas.

– Il pourrait être vénéneux ! ? Vous pensez qu'Aldémachin en a mangé par erreur ?

– Ça se pourrait.

– En avez-vous parlé à quelqu'un ?

Bellatryx fit la grimace.

– Ce n'est pas vraiment le moment.

Adhara leva les yeux vers moi.

– Penses-tu que Catherine saurait de quel champignon il s'agit ?

– Peut-être, mais aux dernières nouvelles, elle ne voulait plus venir ici. Je ne sais pas pourquoi.

Adhara soupira.

– Moi, je le sais. J'ai entendu Altaïr lui interdire de remettre les pieds chez nous ; je peux comprendre qu'elle n'ait pas envie de revenir. Demande-lui simplement si elle accepte qu'on se voie ici.

La jeune fille défit le ruban qui retenait le médaillon celte qu'elle portait à la taille.

– Donne-lui ceci de ma part. Je viendrai ici au lever du soleil après-demain avec le champignon et j'attendrai deux heures.

– D'accord. Je pense qu'elle va accepter. Est-ce que tu vas venir aussi… Bellatryx ?

– Oui, évidemment !

Je sentis les battements de mon cœur s'accélérer. J'entendis Adhara dire que la pluie avait cessé. C'était bien le dernier de mes soucis.

– Regardez, ce sont les amanites tueuses.

Dans un vieux Larousse illustré que Catherine avait apporté avec elle, se trouvaient plusieurs dessins de champignons, dont trois amanites mortelles, la phalloïde avec son chapeau vert, la blanche printanière et sa cousine, l'amanite vireuse, blanche aussi. Sous leurs bonnets tachetés, la familière amanite tue-mouches rouge et blanche et la sombre amanite panthère étaient qualifiées de simplement vénéneuses. Seule amanite attestée comestible sur cette planche, l'amanite des Césars qui brillait d'un bel orangé pâle.

Nous étions arrivés aux premières lueurs du jour, croyant être les premières, mais Adhara nous attendait avec un panier contenant un pain aux noix fraîchement levé, de la confiture de mûres et du beurre de chèvre. Devant la chapelle, dans une gamelle cabossée déposée à même un feu improvisé, Bellatryx faisait chauffer du lait aux amandes.

Habituée aux tranches de pain carré, blanches et lisses, et au beurre d'arachide homogène de nos déjeuners au camp, je commençai par regarder les aliments offerts avec suspicion, mais la délicieuse odeur du pain fut la plus forte. Adhara s'amusa de mon changement d'attitude subit.

– Antarès boulange pour nous depuis toujours. Il fait le meilleur pain à des milles à la ronde, je n'ai jamais vu personne y résister…

Le frère et la sœur s'étaient joints à notre repas pour ne pas nous donner l'impression que le déjeuner était pour nous toutes seules, ce qu'ils auraient considéré comme impoli. Une fois notre repas terminé, Catherine prit le champignon que lui tendait Bellatryx, sortit le dictionnaire de son sac à dos et s'y plongea pendant que nous restions assis près du feu à écouter la forêt se réveiller. Quand elle eut terminé ses recherches, elle avait une réponse. Elle nous désigna la planche dans le dictionnaire.

– Regardez bien. Ces trois amanites sont mortelles, mais elles ne poussent pas ici, sauf l'amanite vireuse, qu'on appelle aussi l'ange de la mort. L'équivalent au Québec de l'amanite printanière serait l'amanite bisporigène qui ressemble comme deux gouttes d'eau à certaines lépiotes comestibles.

– On dirait le champignon que j'ai trouvé chez Aldébaran.

– Pas tout à fait.

– Non ? Qu'est-ce que c'est, alors ?

– C'est l'*Amanita magnivelaris*. L'amanite à grand voile. Regardez à la base du pied sa volve ressemble à celle de l'amanite vireuse, mais elle porte un anneau plus ample, comme une étole. Elle est belle, vous ne trouvez pas ?

– Tu es sûre de ça ?

– Oui, Adhara. D'ailleurs, il s'agit d'une espèce mortelle qui pousse au pied des hêtres et... des chênes, et il y a une colonie près de chez vous.

Catherine se tut, puis reprit :

– Mais ce serait surprenant que ce soit elle qui ait causé la mort d'Aldébaran. Les symptômes ne ressemblent pas du tout à ceux d'une crise cardiaque.

– Ils ressemblent à quoi ?

– Plusieurs heures après en avoir mangé – et pas des tonnes, moins de deux onces c'est suffisant –, on se met à avoir mal à l'estomac, à avoir des sueurs froides et la diarrhée. Ça se calme et ça recommence pendant une dizaine de jours, parfois le double, avant d'entraîner la mort. Bien sûr, c'est le cœur qui finit par lâcher, mais ce n'est pas rapide comme une crise cardiaque.

– Aldébaran aurait très bien pu être malade sans qu'on le sache. Il lui arrivait souvent de rester enfermé chez lui pendant des jours quand il était sur un projet.

– Il y a bien un docteur qui l'a examiné ?

– Le vieux docteur Chapdelaine est venu constater le décès. Ça ressemblait à une crise cardiaque, les gens l'ont attesté et c'est ce que le docteur a écrit sur la déclaration.

– Sans faire d'examen plus poussé ?

– Il n'avait aucune raison de soupçonner une autre cause de décès.

– Il y a quelque chose que je ne comprends pas très bien…

– Oui, Joal ?

– Ça change quoi qu'il soit mort en mangeant un champignon ou d'une crise cardiaque ? Le résultat est le même.

Adhara m'a répondu d'une voix exagérément douce :

– C'est toujours mieux de savoir.

Avant de partir, Catherine ne put s'empêcher de demander :

– Comment va Hermès ? Est-ce qu'il a parlé
de moi ?

Adhara nous donna brièvement quelques
nouvelles. Le testament avait été reconnu
valide, ce qui impliquait certains changements
et le climat était assez tendu dans la communauté.

– Est-ce qu'on peut faire quelque chose ?

– Non, je ne vois pas. Mais on pourrait se
revoir ici de temps en temps, si vous voulez.

Je me souviens avoir lancé avec humeur :

– Facile encore ! On n'a pas le droit d'aller
vous voir et, si j'ai bien compris, Altaïr ne veut
pas que vous sortiez de la communauté.

– Ça ne nous empêche pas de sortir à nos
heures comme vous pouvez voir.

– Mmm…

Adhara retira de sa gaine un couteau qu'elle
portait à la hanche et se dirigea vers la dalle sur
laquelle était gravé le mot *trabiculare*. Rien en
apparence ne laissait deviner que la dalle pouvait
être descellée, pourtant elle la souleva avec une
facilité déconcertante, découvrant un espace
entre le plancher et le sol en terre battue.

Elle leva les yeux vers moi.

– Intéressant, non ? C'est Bellatryx qui a
découvert cette cachette. La chapelle sera notre
point de chute. Pour communiquer, on n'aura
qu'à se laisser des messages ici.

– Et s'il y avait un cas d'urgence ? Par exemple, si Altaïr vous empêchait de sortir pour de bon ?

– Ce n'est pas si dramatique, Joal ! Mais si jamais les choses empiraient, on chargerait Mahal de vous avertir.

Il n'y avait rien à ajouter. Nous nous sommes séparés sur le seuil, eux d'abord, parce que l'heure tournait et que le soleil était déjà haut, nous ensuite. J'emportai avec moi l'image du visage grave de Bellatryx, guettant nos réactions quand Adhara avait suggéré de garder le contact. Se pouvait-il qu'il ait souhaité autant que moi que nous nous revoyions ? Cette simple impression allait nourrir mes pensées pour des jours à venir.

⚜

– Tu dois bien avoir un couteau, Samuel ! Tous les gars ont un couteau, voyons ! Pourquoi mon propre frère ferait-il exception ?

– Je te dis que je n'en ai pas ! Regarde, toi-même. Je n'ai aucun couteau sur moi ni dans mon sac à dos, ni dans l'armoire, ni sous mon lit. C'est quoi cette lubie, encore ?

– Je me demande ce que j'ai bien pu faire pour avoir un jumeau pareil ! Peux-tu aller chercher Nicolas et Juliette, au moins ? Ils doivent être dans la grande salle à pendre des petits bonhommes ; on se retrouve à la chapelle du château de Céans. Laisse faire pour le couteau, je m'en occupe.

115

Samuel avait levé les yeux au ciel, mais ce n'était pas mon jumeau pour rien. Je savais qu'il serait à la chapelle tout à l'heure, dévoré de curiosité comme je l'étais moi-même. Tout au long du chemin qui nous ramenait au camp, Catherine et moi, j'avais été obsédée par l'idée qu'il devait nécessairement y avoir une cachette aussi dans notre propre chapelle. Peut-être même qu'avec un peu de chance, elle ne serait pas vide. Si j'avais eu un couteau sur moi, j'y serais allée directement, mais je n'en avais pas et je préférais que Catherine ne sache rien de mon idée. Je lui en voulais encore de m'avoir trahie et je n'avais pas envie de partager ma trouvaille avec elle.

Quand je suis entrée dans la chapelle, le saint appuyé sur son balai me regardait de ses yeux las de travailleur manuel. La niche voisine était toujours vide. Je me dirigeai vers la dalle médiane, le cœur battant, un couteau à pain dans une main, ma lampe de poche dans l'autre, et je restai là, indécise.

Je ne sais pas si j'ai attendu les autres par délicatesse ou pour ne pas être seule à accuser le coup si jamais la cache était vide.

– Booooh ! Alors, c'est quoi ce mystère ?

– Tu m'as fait peur, crétin !

Samuel me regarda d'un air supérieur.

– Avoir su que c'est un vulgaire couteau à pain que tu voulais, je t'aurais dit où aller le chercher !

– C'est tout ce que j'ai trouvé, idiot. Où sont Juliette et Nicolas ?

– On est là ! Qu'est-ce qui se passe ?

Je fis le tour de la pierre, cherchant à trouver un interstice où il serait plus facile de glisser la lame, mais ses contours épousaient parfaitement ceux des pierres voisines. Après quelques tentatives infructueuses, à mon grand dépit, je dus expliquer ce que je cherchais.

Nous avons passé ensuite plusieurs heures à piocher sur la pierre avant de nous apercevoir qu'il fallait plutôt déplacer les dalles de coin pour dégager celle du centre sans effort. Dessous se trouvait une boîte à biscuits en métal. En l'ouvrant, un parfum de vanille s'en échappa. Il y avait un calepin noir, du genre qu'on utilisait à l'école primaire pour écrire les devoirs et les leçons qu'on avait à faire. Très énervée, je levai la tête pour demander :

– Pensez-vous que ça pourrait être la suite du journal ?

– Ouvre, on verra bien !

– Ce n'est pas l'écriture du frère François et ce n'est pas en français non plus !

Ils se penchèrent au-dessus de mon épaule pour regarder. Sur la première page du calepin, dans une graphie soignée, il y avait une phrase en langue étrangère :

Noli fras ire, in te upsium redi,
in interne homme habitat veritas.

Nicolas remarqua :

– Certains mots ressemblent à du français.

– Je crois que c'est parce que c'est du latin.

– C'est quoi le rapport ?

– Le français vient de là. Pour le début, je ne sais pas trop, mais ensuite on dirait quelque chose comme « un homme interne habite la vérité ».

Je me mis à regarder Samuel avec surprise et un brin d'agacement. D'où lui venaient donc ces connaissances que je n'avais pas, *moi*, sa jumelle ? Je me souviens d'avoir pensé que, n'étant pas amoureux comme je l'étais, Samuel avait plus de temps pour s'intéresser à autre chose, mais enfin il n'y avait pas si longtemps que ça que j'étais amoureuse !

Juliette s'impatientait :

– Tourne la page, Joal, la suite va sûrement nous aider à comprendre.

À la page suivante, il y avait trois mots en langue étrangère : *canere*, *vigilare* et *trabiculare*. Le premier nous était complètement inconnu, le second figurait aussi sur la dalle où était caché le calepin, et le troisième, Catherine l'avait vu dans la chapelle du mont Unda. Le reste du calepin était rédigé dans la même langue. Juliette suggéra que nous allions consulter Marie-Josée, la seule parmi nous à avoir assez de connaissances pour traduire au moins la mysté-rieuse phrase, sinon l'ensemble du texte.

Chapitre XI

Le chant d'Amorgen

Il FALLAIT qu'elle parle à quelqu'un. Catherine aurait été la confidente idéale, mais elle était loin. Et puis, même si Maïte l'intimidait, le fait qu'elle ait insisté pour que le testament soit authentifié lui inspirait confiance. Maïte deviendrait peut-être, qui sait, une alliée dans son opposition aux manières autoritaires qu'Altaïr commençait à imposer. Elle n'avait pas eu d'écho de sa brève conversation avec Sirius, mais elle savait qu'il ne se tenait pas pour vaincu.

Adhara prit son courage à deux mains et se rendit au pavillon des invités où vivait Maïte. Quand la jeune femme vint lui ouvrir, Adhara reconnut la voix qui psalmodiait :

Je suis le vent qui souffle sur les eaux de la mer
Je suis la vague qui se casse sur le rocher
Je suis le tonnerre de la mer
Je suis le cerf et le taureau à sept cornes
– Bonjour, Maïte Bainadelu.
– Bonjour, Adhara.
Je suis la larme du soleil
Je suis la plus belle des fleurs

Adhara hocha la tête en signe d'acquies-
cement et dit :

– C'est magnifique, n'est-ce pas ?

– Tu connais ce chant ?

Le temps d'écouter encore quelques vers…

Je suis le lac dans la plaine
Je suis la voix de la sagesse […]

… et elle répondit, toute heureuse :

– C'est une litanie du *Livre des Invasions*.
Aldébaran l'aimait beaucoup.

– Je vois que tu es bien renseignée. Ma
grand-mère appelait cette litanie une *lorica*.

– Je connais cela. Aldébaran me l'a dit aussi.

– Je regrette de n'avoir jamais parlé avec lui,
je regrette vraiment, tu sais ! Et je suis contente
de te voir.

– Vous avez dit que vous me parleriez des
Celtes le jour où nous nous sommes rencon-
trées dans la forêt. Vous rappelez-vous ?

– C'est vrai. Où est passé votre médaillon ?

– Je l'ai offert à une amie.

– Laissez-moi faire de même alors, ce sera
un pacte d'amitié entre nous.

Maïté ôta le pendentif qu'elle portait au cou
et le posa dans sa main, comme un petit animal.

– Vous voyez, Adhara, la croix est formée
de quatre branches qui symbolisent les quatre
éléments présents dans tout ce qui existe : la
terre représentant l'équinoxe d'automne ; l'eau,
le solstice d'hiver ; l'air, l'équinoxe du printemps, et le feu, le solstice d'été. L'anneau qui
les relie, symbole de la connaissance, est

constitué de trois cercles ayant chacun leur signification propre.

Adhara écoutait avec attention. Elle s'intéressait aux cultes et aux religions comme des sujets révélateurs des craintes et des espoirs des hommes, tout en gardant une pleine mesure de doute à portée de la main.

– À l'extérieur se trouve Keugant, le cercle divin où seuls les dieux peuvent aller. Au centre est Abred, le cercle des migrations qui figure notre passage sur terre, et le cercle intérieur est Gwenwed, le cercle de la lumière blanche où nous allons lorsque nos nombreux passages en Abred se terminent. L'ensemble des rayons des quatre éléments et des quatre levers et couchers héliaques des solstices d'hiver et d'été, donne l'Étoile à huit rais incarnant le cosmos qu'on appelle parfois le Moulin de la Grande Chanson.

– C'est beau.

– Beau ?

– Oui. C'est une belle symbolique. Je la trouve… apaisante.

– C'est une façon de voir les choses. Es-tu croyante ?

– Non. Enfin, pas au sens strict. Pas comme Aldébaran, par exemple, qui ne se contentait pas d'étudier les religions anciennes, qui en était comme imprégné.

– On dirait que ça te rend nostalgique.

– Non. J'ai appris à toujours faire une part au doute. C'est un enseignement qui me vient de ma mère. Je voulais vous dire, je suis contente que vous ayez demandé de faire authentifier le testament. Je n'étais pas certaine qu'Aldébaran pouvait avoir écrit ce testament-là.

– Tu avais l'impression de bien le connaître, n'est-ce pas ?

– Oui.

– C'est toujours comme ça, et la plupart du temps, on se trompe.

– Ah bon !

– On pense connaître les gens parce qu'on vit près d'eux, mais ils ne nous disent pas tout ce qu'ils pensent, loin de là ! Ils nous cachent souvent des choses qu'ils aiment… trop ou qui les exaspèrent et ils ont l'air de beaucoup aimer des choses qui les intéressent au fond moyennement. Les humains sont toujours plus compliqués et plus opaques que ce qu'ils laissent paraître.

– Ce que vous dites, c'est qu'il faut toujours se méfier ?

– Il ne s'agit pas de méfiance, mais de conscience. Il faut savoir que chaque personne choisit les choses qu'elle accepte de révéler et celles qu'elle préfère taire.

– Il y a des choses que vous ne dites pas, même aux personnes les plus près de vous ?

– Oui, comme toi.

– Je n'ai pas l'impression de cacher des choses aux gens que j'aime.

– Shaula était-elle au courant de tes inquiétudes au sujet du testament ?

– Non…

– As-tu dit à Bellatryx que tu en discuterais avec moi ?

– Non…

– Pourquoi l'aurais-tu fait, d'ailleurs ? Tu avais tes raisons. Ni Shaula ni Bellatryx n'ont à t'en vouloir pour ce que tu choisis de leur taire. Tu ne le fais pas par hypocrisie. Pas plus que tu ne leur montres le même côté de toi. Tu es la fille de Shaula, c'est normal que tu n'agisses pas avec elle comme avec ton frère. Aldébaran t'enseignait ; tu connaissais de lui sa manière d'expliquer les choses, mais savais-tu comment il percevait sa famille et était perçu d'elle ? L'as-tu déjà vu rire avec ses amis ? L'as-tu vu regarder les femmes qu'il a aimées ? En outre, sa perception de la communauté était certainement fort différente de la tienne, ne serait-ce que parce qu'il l'a connue avant toi, qu'il n'y occupait pas la même place et que ses rapports avec les gens étaient d'une autre nature.

– Que faites-vous de l'intuition ?

– Parles-en aux êtres qui ont été trompés. Crois-moi, Adhara, on ne connaît jamais vraiment les gens que l'on côtoie même quand on les aime beaucoup. Surtout quand on les aime. Savoir cela et surtout accepter qu'il en soit ainsi, c'est le commencement de la sagesse.

– Vous devez être une excellente avocate, Maïte Bainadelu. Avez-vous déjà défendu des accusés ?

– Non. Ce n'est pas ce que j'ai envie de faire dans la vie.

– Pourtant, ça doit être captivant, la Cour, la Justice, tout ça. Croyez-vous que des gens oseraient se servir d'un champignon mortel pour tuer quelqu'un ?

– Peut-être. Mais les propriétés des champignons sont bien connues. La personne qui choisirait ce moyen mériterait de se faire prendre, si tu veux mon avis.

– À moins qu'il n'y ait pas d'autopsie.

– Oui, bien sûr. Mais, de nos jours, les médecins légistes ne laissent pas passer grand-chose, je t'assure.

Adhara n'osa pas aller plus loin. Elle ne regrettait pas d'être venue, Maïte était une femme extraordinaire.

– Bon, je vais y aller. Est-ce que ça vous dérange si je reviens vous voir ?

– Au contraire, ça va me faire plaisir. Reviens quand tu veux, Adhara.

⚜

Altaïr avançait sur le sentier en pente, en ruminant sa contrariété. Il avait quarante-neuf ans et découvrait avec étonnement et dépit que son souffle n'était plus aussi puissant ni son corps aussi obéissant qu'avant. Il s'arrêta pour calmer son cœur qui frappait à grands coups, mais résista à l'envie de s'attarder, car il ignorait combien il lui faudrait de temps pour atteindre son but et il n'était pas familier avec cette montagne comme il l'était avec le mont Unda.

Lorsque l'inclinaison de la pente s'adoucit, oubliant sa mauvaise humeur Altaïr se laissa aller à rêver à ses projets. Il avait sacrifié sa vie à la communauté, il avait vécu avec une femme qu'il n'aimait pas et il avait eu deux enfants du désir que cette femme avait de lui. Un grand feu à l'intérieur de sa poitrine lui signifiait qu'il n'était que juste qu'il tire enfin parti de la vie ; son tour était venu.

D'abord confuse, cette idée s'était peu à peu précisée au cours des voyages où il cherchait des livres de référence pour les membres de la communauté. Ces expéditions en ville lui conféraient du prestige auprès des personnes qu'il rencontrait dans les lieux où le conduisaient ses recherches. À plusieurs reprises, il avait pu sentir leur curiosité et leur admiration à son endroit et il s'était même permis quelques aventures amoureuses dont il n'avait pas tiré autant de plaisir qu'il espérait. La faiblesse d'Altaïr n'était pas la sensualité, mais l'orgueil.

À partir de ces fugitives rencontres, il avait compris qu'il pouvait exercer une forte ascendance sur les gens et s'était dit qu'un jour, il utiliserait ce don.

Il était arrivé à destination. Il se trouvait devant un petit temple de pierre qui avait d'évidents liens de parenté avec les deux autres chapelles du lac aux Sept Monts d'or. C'était la chapelle du mont Noir. Elle était très délabrée, une partie d'un des murs s'était même effondrée, entraînant un pan de toit. La forêt l'enserrait de ses buissons et de ses plantes grimpantes, la transformant en créature hybride, moitié minérale, moitié végétale.

– Tu en as mis du temps, Altaïr.

– Ne prends pas ce ton avec moi. Je ne suis pas enchanté d'avoir eu à marcher des heures pour qu'on se rencontre loin des oreilles indiscrètes.

Une ombre sous un large capuchon, voilà tout ce qu'Altaïr apercevait dans la pénombre, mais il n'avait pas besoin d'en voir plus puisqu'il connaissait la personne qui se trouvait devant lui.

– Je n'aime pas l'attitude d'Adhara. Elle est rebelle.

– Elle ne peut pas faire grand-chose contre toi sans aide et Maïté est en train de gagner sa confiance. Quand elle voudra de l'aide, c'est vers elle qu'elle va se tourner.

– J'espère qu'elle réussira mieux que Sirius. Je redoute davantage son entêtement que celui de Shaula. Avec ma femme, il a toujours été facile de m'entendre. Avec Adhara, ça ne l'a jamais été, même quand elle était enfant.

– Soyons optimistes ! Les nouveaux membres devraient commencer à arriver bientôt, ensuite cela peut aller très vite si nous voulons.

– J'en déciderai en temps et lieu. Tu as les documents ?

– Oui, voilà.

– Je veux que nous revoyions tout ensemble et que tu les fasses revoir par Maïté. Il faut que ce soit inattaquable au point de vue légal.

— Tu t'inquiètes pour rien !

⊷⊶

— Vous partez, Hermès ?

Shaula avait ouvert sa porte et regardait son ami, une expression tendue sur le visage. Elle savait qu'Hermès ignorait ce qu'étaient des vacances. Quand il sortait sa vieille valise de cuir, attachait ses cheveux et enfilait un complet qui, malgré sa corpulence, lui donnait un air des plus respectables, c'était parce qu'un collègue avait sollicité une rencontre ou parce qu'il devait participer à un congrès. Ces dernières années, il s'était montré plutôt sélectif, trop heureux de la tranquillité dont il jouissait au sein de la communauté.

— Oui. J'espère ne pas avoir à m'absenter trop longtemps.

— Entrez. J'ai un délicieux moût de mûres à vous faire goûter et, si vous voulez, je peux faire un sandwich pour vous donner des forces avant de prendre la route.

D'habitude, Hermès ne résistait pas à pareille tentation. Son refus poli inquiéta Shaula qui, plutôt que de le questionner, attendit qu'il s'explique.

— Je dois aller à Québec et j'aimerais que vous soyez très attentive à ce qui se passe pendant mon absence.

– Encore cette inquiétude au sujet d'Altaïr ?

– Si vous voulez. Je n'aimerais pas que les règles tacites qui ont assuré la bonne entente dans la communauté toutes ces années changent sans que nous nous soyons tous mis d'accord.

– Bien sûr, Hermès. L'argent ne changera rien à nos habitudes, je vous le garantis. Combien de temps serez-vous absent ?

– Je ne sais pas.

– Partez tranquille, je vous promets que tout va bien se passer.

Hermès posa un baiser sur sa joue et partit sans se retourner, de peur que Shaula ne devine à quel point il était inquiet.

Chapitre XII

N'allez pas au dehors

LA GRANDE SALLE était pratiquement déserte. Pouf et le petit Paul préparaient à manger au bout de la table. Pouf n'était pas quelqu'un de très loquace, c'était même un sujet de plaisanterie entre nous. À la question « Où est passé tout le monde ? », je ne m'attendais pas à une réponse très élaborée, mais, quand même, son laconique « Parti ! » me prit de court.

— Je vois bien, mais pour aller où ?

— Je sais pas.

— Tu n'aurais pas une petite idée ?

— Non.

Voyant que le rouge commençait à me monter aux joues, Juliette prit le relais.

— Bon, mettons qu'on t'aide. Ils sont partis, genre : a) en Mongolie, b) au Népal ou c) juste au grenier ?

Pouf leva les yeux sur nous – sans doute pour évaluer ses chances de survie si on lui tombait dessus tous les quatre en même temps –, et je fus frappée par leur vivacité. Son silence n'était pas de la lenteur d'esprit.

– À la chapelle, peut-être.

– On en vient, ils ne sont pas là. Pourquoi seraient-ils à la chapelle, d'ailleurs ?

– J'ai entendu Laurent parler de... vin de messe.

– Ils sont tous partis ensemble ?

Cette fois, Pouf ne répondit pas et s'en fut d'une démarche souveraine vers la cuisine, son chaudron plein de patates sous le bras, le petit Paul sur les talons. C'était inutile d'insister.

Ce fut Samuel qui nous mit sur la piste.

– Si Laurent s'intéresse au vin de messe, ce n'est sûrement pas pour la messe.

– Fameuse déduction !

Ignorant ma remarque, habitué qu'il était à mes persiflages, mon jumeau continua :

– Il faut qu'on trouve le vin, c'est là que Laurent se trouve.

– Où est-ce qu'il pourrait y avoir du vin, à votre avis ?

– Voyons, Nicolas, réfléchis ! Dans la cave. Tu as déjà entendu parler de grenier à vin, toi ?

Sur cette brillante repartie, Juliette nous précéda en direction de la porte de la cave. Il n'y avait pas de lumière au sous-sol. À partir du pied de l'escalier, nous avancions à tâtons, nos têtes époussetant à notre insu les toiles d'araignée du plafond bas. Finalement, une lueur et des bruits confus nous parvinrent du fond de l'obscurité.

Devant nous se trouvait une sorte de boudoir, meublé de vieux divans dont les pieds s'enfonçaient dans la poussière d'un tapis. Une lampe à l'abat-jour de soie éclairait les occupants, affalés comme des ivrognes, bouteilles de vin plus ou moins vides à la main. On aurait dit un saloon. Ils étaient presque tous là : Stéphanie et Lola, Marc, Charlotte, Laurent, Estelle et Judith, Simon, Ignis, Daniel et Alain, Maïna, Luc, Marie-Josée et le grand Louis. À voir l'allure des plus vieux et l'état des lieux, ils avaient découvert la réserve depuis quelques heures déjà.

Samuel s'avança jusqu'à un mur couvert d'alvéoles : quelques-unes étaient vides, mais il y avait suffisamment de bouteilles pour que la cuite se poursuive pendant des jours. Je connaissais assez mon frère pour savoir qu'en pareille situation, son sens des responsabilités prenait le dessus. De fait, il fit un clin d'œil aux petites et les invita à le suivre, ce qu'elles firent sans protester, car elles s'embêtaient plutôt dans cette cave humide. Juliette enguirlanda Laurent pour les avoir entraînées avec eux tandis que Nicolas et moi nous emparions de Marie-Josée. Le but était de la dessoûler le plus vite possible afin qu'elle soit en état de nous fournir ses services de traductrice. C'était vraiment faire montre de peu de compassion mais, vu sous un autre angle, comme la pauvre Marie-Josée ne supportait pas l'alcool, nous lui avons sans doute épargné de plus grandes douleurs.

De toute façon, les autres ne firent pas long feu au sous-sol : le crime était commis, l'expérience faite et, à ma connaissance, après que Richard (qui avait fini par avoir vent de l'affaire) eut fait une mise au point costaude, indiquant que si on voulait se saouler, on devrait le faire au grand jour à l'avenir, plus personne ne descendit boire en cachette.

⁂

Selon une règle que nul n'avait énoncée, mais que tous respectaient, le dortoir des filles n'était pas plus accessible aux garçons que celui des garçons ne l'était aux filles. Les activités mixtes, comme manger, jouer aux dominos, faire des batailles de coussins se passaient en général dans la grande salle où se trouvait le foyer, mais lorsque nous voulions nous retrouver entre nous et qu'il pleuvait, le grenier était devenu notre lieu de prédilection. Or, le lendemain de la beuverie collective qui avait mis Marie-Josée hors d'état de nous aider, une sorte de saison des pluies s'abattit sur la montagne.

Quand notre traductrice reprit figure humaine ce matin-là, Samuel et Nicolas furent envoyés en mission aux cuisines pour rapporter des biscuits soda, réputés pour leur vertu apaisante sur les estomacs barbouillés. Pendant ce temps, Juliette et moi lui appliquions des serviettes d'eau fraîche sur le visage pour compléter la résurrection. Puis nous sommes montés au grenier tous les cinq, moi en tête avec le précieux calepin, suivie de Marie-Josée qui était elle-même suivie de Juliette, de Nicolas et de Samuel, portant bougies et dictionnaires.

Après nous être confortablement installés, Marie-Josée ouvrit le calepin qu'elle parcourut pendant un temps qui nous parut interminable. Ensuite, elle fit quelque chose de complètement inattendu : elle l'approcha de son nez et nous dit, un rire dans la voix :

— Il sent la vanille !

— On n'avait pas besoin de toi pour nous en rendre compte, figure-toi donc !

— C'est bien du latin si c'est ça que tu veux savoir, Samuel. Mais il y a une différence entre reconnaître une langue et la traduire et je n'ai jamais traduit de textes écrits en latin. Faudra trouver quelqu'un d'autre, les enfants !

Je protestai avec énergie :

— C'est bien toi qui nous as dit ce que voulait dire *vigilare*, non ? Et qui connaissais les différents emplois de *trabiculare* ? Ça veut dire que tu peux traduire le latin, non ?

— N'exagérons rien ! Je n'ai eu qu'à associer le mot *vigilare* à son équivalent français le plus proche et j'ai regardé dans le dico où c'était écrit en toutes lettres que l'origine de vigilance venait de *vigilare* qui veut dire veiller. C'est tout !

— Ben voilà !

— C'était un simple exercice de déduction, Nicolas, tout le monde peut le faire.

Juliette décida d'intervenir. Elle avait pu observer, pendant les tournois de Petit bonhomme pendu, à quel point Marie-Josée aimait les mots : leur forme, leur musique, leur origine, leur évolution. Laisser passer la chance de traduire un texte aussi mystérieux, ça ne lui ressemblait pas. Elle avait probablement peur de ne pas être à la hauteur. Juliette se dit qu'il fallait juste ne pas lui mettre trop de pression et lui laisser la porte ouverte pour qu'elle puisse revenir sur sa décision sans avoir l'air ridicule.

— Tu as raison. Les gens ont tendance à tout mélanger. Surtout les gars ! Faudrait quand même pas te demander l'impossible. On devrait redescendre les dictionnaires.

— Pourquoi si vite ? Vous pourriez en avoir besoin.

— Non, sûrement pas ! On pensait qu'avec tes connaissances tu aurais pu nous aider, trouver certains mots peut-être. Pour nous, c'est du chinois, mais si c'est pareil pour toi, c'est pas grave.

— C'est vrai que je parle espagnol, que je connais un peu d'italien, que ce sont des langues romanes comme le français. Ça facilite les rapprochements, mais une langue, ce n'est pas seulement des mots.

Juliette leva un sourcil interrogatif.

— Ah bon ! C'est quoi alors ?

— C'est une façon particulière de dire les choses. Il faut tenir compte de tout l'aspect sémantique…

Nous nous sommes bien gardés de l'inter-rompre, même si nous ne comprenions pas du tout de quoi il était question. Nous nous contentions de la regarder avec respect dans l'espoir qu'emportée par son sujet, elle finisse par changer d'idée.

– ... le mot *canere* qu'il y a au sommet du triangle, par exemple, c'est l'ancêtre du mot latin *cantare*. Il était employé dans la langue augurale et magique, c'est écrit ici, en toutes lettres. Il a d'abord voulu dire célébrer les exploits d'un personnage. En italien, *per cantare* signifie aussi célébrer avec des chants et en espagnol, pour chanter on dit *para cantar*. Ça n'a pas grand-chose à voir avec *to sing*, le verbe anglais, ni avec *singen*, le verbe allemand, vous savez pourquoi ?

Quatre « non » empressés retentirent sous les combles.

– ... parce que l'anglais et l'allemand appartiennent à la famille germanique des langues indo-européennes. Comme vous voyez, ce n'est pas chinois.

– Est-ce que ça veut dire que tu es d'accord pour traduire le texte ?

Marie-Josée prit un air exaspéré qui ne réussit pas tout à fait à cacher son plaisir.

– Je veux bien y travailler *à mes heures perdues*, mais je vous avertis, je ne passerai pas le reste des vacances là-dessus. Je vais faire une tentative parce que vous insistez. Ce qui veut dire : INTERDICTION de me demander où c'en est rendu, de vous plaindre que ça ne va pas assez vite, d'insister pour que je continue si je

décide d'arrêter et INTERDICTION ABSO-
LUE de me le reprocher si jamais vous décou-
vrez que la traduction n'est pas exactement ce
que vous attendiez qu'elle soit.

– D'accord.

– C'est pas tout, Juliette ! Je n'ai pas encore
donné la condition la plus importante de toutes.

– Qui est ?

– Arrêtez de m'interrompre si vous voulez
le savoir.

Il y eut un temps d'arrêt que personne
n'abrégea, obligeant Marie-Josée à poursuivre.

– Vous allez être mes esclaves.

Quatre « quoi ? » scandalisés firent vibrer
l'air du grenier.

– Ce qui veut dire que quoi que je veuille,
vous serez obligés de me le fournir. C'est non
négociable !

Je coupai court en acquiesçant pour les
autres. Il serait toujours temps de discuter plus
tard le sens de l'expression « non négociable » si
jamais Marie-Jo poussait trop son avantage.

– On est d'accord. À condition que tu nous
traduises maintenant la phrase qui se trouve au
début du calepin.

Déjà Marie-Josée oubliait qu'elle ne voulait
pas qu'on lui dise quoi faire. Elle passa plusieurs minutes à compulser les dictionnaires et
quand elle leva finalement la tête, c'était pour
nous offrir une traduction qui paraissait
presque aussi mystérieuse en français qu'elle
l'était en latin.

N'allez pas au dehors, c'est en vous-même qu'il
vous faut aller,
car là habite la vérité de l'homme.

Samuel exprima notre déception commune :
— Ça ne nous avance pas beaucoup !

Je ne sais pas à quoi nous nous attendions au juste, mais Marie-Josée n'avait pas de temps à perdre avec ça.

— Laissez-moi travailler, les autres pages devraient nous aider à comprendre. En général, c'est comme ça pour n'importe quel livre. Allez-vous-en maintenant ! J'ai besoin de calme. Vous avez entendu ? J'ai besoin de *calma*, *pace*, *tranquilidad*. Ouste !

Confinés au château depuis des jours à cause de la pluie, nous avions l'impression que, par une curieuse alchimie, les minutes étaient devenues des heures. Marie-Josée n'avait rien exigé de nous encore, elle semblait prise au jeu, quittant le grenier seulement pour aller grignoter un morceau puis pour aller dormir, toujours tard dans la nuit.

Ce fut Stéphanie qui, de la salle de musique où elle s'installait d'habitude, l'aperçut en premier. Elle déboucha dans la grande salle, tout excitée.

— Venez vite, venez, Bambi est dehors !

Nous nous sommes tous précipités, moi plus vite que les autres parce que je soupçonnais que c'était Mahal. Il se tenait près d'un sapin, les yeux tournés dans notre direction. Je cherchai Catherine du regard. Elle n'était pas là. Je filai mettre mes bottes et mon coupe-vent et sortis malgré le déluge, non sans avoir rempli mes poches de pommes, mais quand j'arrivai dehors, il n'était plus là.

Nous étions toujours en mauvais termes Catherine et moi, ce qui ne nous inclinait ni l'une ni l'autre à faire preuve de bonne foi. Quand je lui eus fait part de la situation, nous nous sommes disputées. Elle était certaine qu'il se passait quelque chose de grave dans la communauté pour qu'Adhara ait eu recours à Mahal. Elle voulait partir sur-le-champ et insistait pour que nous y allions seules toutes les deux. Je trouvais que ce n'était pas intelligent de nous passer de l'aide de Samuel, de Nicolas et de Juliette qui étaient, de toute façon, dans le secret. Et je trouvais dangereux de partir à la presque fin du jour alors que la pluie des derniers jours avait certainement rendu le sentier glissant et dangereux. Pour sortir de l'impasse, on finit par céder chacune une partie du terrain : nous partirions le jour même, mais tous les cinq.

— Où croyez-vous aller comme ça ?

Richard se tenait devant la porte, nous barrant la sortie. Il était livide, en proie à une colère presque palpable. Au moment où il avait surgi, nous avancions à la queue leu leu en essayant de faire le moins de bruit possible, habillés de pied en cap pour affronter la pluie, nos sacs à dos bourrés d'articles de survie.

Il ne se trouvait pas là par hasard. Quelqu'un l'avait forcément prévenu de nos intentions à son retour du village où il était allé amadouer les créanciers. La fatigue de la journée, sans doute mêlée à la peur rétrospective de perdre cinq de ses protégés en forêt à la nuit tombante, expliquait, je suppose, son inhabituel mouvement de colère.

– Alors ? Personne ne veut parler ?

Certains que nous aurions le temps de faire un bout de chemin avant que quelqu'un s'aperçoive de notre départ, la question nous prit au dépourvu. Qui allait parler d'abord ? Et pour dire quoi ? Mensonge ou vérité ? Fallait-il plaider l'assistance à personnes en danger alors qu'on ne savait même pas nous-mêmes à quoi nous en tenir ? Ou un exercice de survie en forêt dans des conditions extrêmes ? Je scrutai les yeux de Richard, cherchant ce qui serait le mieux, mais comme rien ne venait, je tentai une feinte :

– On n'en pouvait plus de rester enfermés avec cette pluie. On ne voulait pas t'inquiéter, juste aller dormir à la chapelle pour changer. Ce n'est pas un crime que je sache !

– Le sentier principal est à peine praticable. Vous êtes vraiment inconscients, ma parole ! Catherine, c'est toi la plus vieille, tu n'as pas réfléchi aux conséquences ?

– ...

– Ce n'est pas toi qui m'as parlé de la fameuse « loi de la montagne » ? Que personne ne devait y circuler à la nuit tombée ? Je crois que c'est ton vieux professeur qui fait des potions qui t'a appris ça, non ?

Samuel, qui était derrière moi, s'était avancé.

– C'est ma faute.

– Ah bon !

– Je voulais leur montrer la Dame blanche.

– La Dame blanche ! Voyez-vous ça ! C'est par temps de mousson qu'elle se montre, celle-là ?

Avant que Samuel n'ait eu le temps de réagir, une voix narquoise le fit à sa place.

– Il n'y a pas de Dame blanche par ici. Il n'y en a jamais eu.

Richard se tourna vers la voix, aussi surpris que nous. Assis dans l'escalier, Martin nous regardait d'un air posé. Jusque-là, je croyais qu'il n'y avait rien de particulier à dire sur Martin. Il avait seulement quelque mois de moins que Samuel et moi, mais nous n'étions pas proches pour autant. Il n'était ni grand, ni petit, il avait un visage quelconque et on ne savait pas grand-chose de ce qu'il aimait parce que dès qu'il s'était acquitté de ses tâches dans le groupe, il disparaissait.

– Ah ! Et qu'est-ce qui te rend aussi sûr de toi ?

– Je le sais, c'est tout.

– J'ai entendu son cri.

– Comment as-tu su que c'était son cri ?

– Je le sais, c'est tout !

Richard s'interposa :

– C'est très intéressant tout ça, les gars, mais ce n'est pas ce soir que vous allez tirer cette histoire au clair. Écoutez-moi bien, maintenant, tous. Depuis votre arrivée ici, je ne vous ai jamais rien imposé, je m'en suis remis à votre jugement. J'aimerais que vous vous en remettiez au mien ce soir. Bonne nuit.

Richard partit, traînant sa jambe accidentée. Il aurait dit n'importe quoi d'autre, on aurait peut-être cherché à s'esquiver. Mais cette façon qu'il avait eue de nous remettre à notre place nous empêchait de le faire. Abandonnés à nous-mêmes devant la porte d'entrée, nous ne bougions pas. Jusqu'à ce que Juliette demande, excédée :

– Vous avez l'intention de dormir ici ou quoi ?

Je jetai un coup d'œil à Catherine, la seule à mon avis qui risquait de vouloir partir quand même. Mais non, elle avait compris le message. Elle se contenta d'un bref commentaire :

– C'est bon, on va attendre demain. Richard va se calmer.

Chapitre XIII

L'Ailleurs

Hermès tirait sur sa pipe d'un air de chat repu. Devant lui, la tête un peu penchée, charmante sous ses cheveux blancs coiffés à la Grace Kelly, Louise avait posé son menton dans ses mains en coupe. Ils étaient attablés dans un petit café près de l'université.

— En es-tu certaine ?

— Je n'ai trouvé aucun juge du nom de Bainadelu, mais ça ne veut rien dire. Peut-être exerce-t-il ailleurs ? Après tout, Bainadelu est un nom étranger.

— Je me demande de quelle nationalité ça peut être ?

— Je crois que c'est basque, à cause du prénom de sa fille. Maïte est le diminutif de Maïtena qui signifie Marie. Je peux faire des recherches si tu veux.

— Tu ferais ça pour moi ?

— Avec plaisir, tu le sais bien d'ailleurs.

Hermès pris une autre bouffée. Il était bien auprès de Louise, il se sentait compris, apprécié. Leur amitié datait du collège. Chaque visite d'Hermès faisait renaître la délicieuse éventualité d'un plus grand attachement que tous deux reportaient à la prochaine rencontre. De prochaine rencontre en prochaine rencontre, quarante ans s'étaient écoulés et l'amour qui aurait pu en résulter, enfermé dans une bouteille, était resté intact et inabouti. Hermès finit par rompre le silence dans lequel ils aimaient se couler, entre deux bouts de conversation.

– J'ai rendez-vous avec la mère d'Aldébaran.

– Au fait, comment s'appelait-il avant de prendre un nom d'étoile, ce garçon ?

– Jean-Pierre. Tu fais bien de m'en parler. Mme L'Heureux ne connaît probablement pas son fils sous son nom d'étoile, comme tu dis.

Géraldine L'Heureux connaissait depuis longtemps le nom que Jean-Pierre portait dans la communauté. Ils entretenaient tous deux des relations qui, pour être épisodiques, n'en étaient pas moins chaleureuses. Tout en ayant largement dépassé la quatre-vingtaine, Géraldine avait la gourmandise et la vivacité d'une femme qui aurait eu la moitié de son âge. Hermès apprit bien des choses intéressantes cet après-midi-là en mangeant des gâteaux.

– Peut-être, monsieur de Véies, vous êtes-vous dit que sa famille ne faisait pas preuve de beaucoup d'attachement envers Jean-Pierre en acceptant qu'il soit enterré là-bas ? Je me trompe ?

Hermès était sous le charme.

– Je n'ai entendu personne porter un tel jugement. Au contraire, le fait que vous ayez respecté son choix a été très bien reçu.

– Mon mari voulait que Jean-Pierre prenne la barre de la compagnie, mais je savais que ce n'était pas une bonne idée. Ce n'est jamais bon que les enfants succèdent à leurs parents s'ils n'en ont pas envie. À chacun ses passions, vous ne croyez pas ? Je l'ai encouragé à suivre son propre chemin. On se voyait au hasard de ses déplacements, quand il rentrait de voyage et à chaque fois qu'il venait voir le docteur Li.

– Le docteur Li ?

– Oui, un ami de la famille, brillant cardiologue. Jean-Pierre souffrait d'une affection au cœur. C'est pour cette raison qu'il était si sage. Pas d'alcool ni de tabac, ni épouse ni enfants. Vous vous imaginiez qu'il était raisonnable de nature ?

– ...oui, honnêtement, c'est ce que je pensais.

– Quel cœur pur !

– Que pensez-vous du fait que Jean-Pierre a légué tout son argent à la communauté ?

Si cela la dérangeait, Géraldine s'appliqua à ne pas le laisser paraître. Après un court silence, ses fossettes réapparurent aux deux extrémités de son sourire.

– C'est très bien comme ça. Jean-Pierre n'avait pas à s'inquiéter pour sa famille, nous avons tous largement de quoi vivre ; je suppose qu'il a fait ce qu'il jugeait le plus approprié.

– Il n'a pas précisé ce que nous devions faire de son pavillon et de ses objets personnels dans son testament. Vous en avait-il déjà parlé ?

– Oui, il me semble. Attendez que je réfléchisse… Ça y est ! Ça me revient. Il voulait que ce soit sa filleule Adhara qui en hérite. Un jour il m'a dit qu'il aimerait qu'elle suive ses traces. Mais comme lui-même avait refusé de mettre ses pas dans ceux de son père, ça le gênait un peu d'en parler.

– Adhara avait commencé à suivre son enseignement.

– Tant mieux ! Il m'a aussi souvent parlé de vous, vous savez.

Hermès rougit, se racla la gorge et demanda :

– Vous avait-il également parlé du père d'Adhara, Carl Kontarsky ?

– Vous voulez dire Altaïr ? Quelquefois. Mais vous détournez le sujet. Seriez-vous timide ?

Il sourit :

– Qu'est-ce que Jean-Pierre vous a dit à propos de lui ?

– Qu'il était le père d'Adhara et le conjoint de Shaula, c'est à peu près tout.

– Comment l'avez-vous trouvé la dernière fois que vous l'avez vu ?

– Il avait l'air heureux. Il préparait un voyage d'études pour l'automne. Les nouvelles suivantes sont venues de vous, Hermès. Ça a été votre coup de fil m'annonçant la mort de mon fils.

⁂

Trois messages attendaient Hermès à son retour à l'hôtel. Louise l'invitait à souper, un collègue qui avait appris qu'il était à Québec voulait lui parler à tout prix et Shaula lui avait fixé un rendez-vous téléphonique pour être certaine de le joindre. D'abord rappeler Shaula. Cela faisait presque deux semaines qu'il était parti et il avait bien besoin d'être rassuré sur ce qui se passait sur sa montagne.

⁂

La pluie, encore et toujours. Les membres de la communauté restaient dans leur pavillon, tant le sol était boueux. Adhara fut donc surprise de voir sa mère se présenter à la porte, protégée par un large capuchon. Ce qui s'était passé la veille devait finir par faire des vagues, mais si tôt ? Elle se dépêcha de faire entrer Shaula qui lui dit sans attendre :

– Il faut qu'on parle toutes les deux. J'ai eu une conversation avec Hermès de Véies hier.

– Je ne savais pas qu'il était rentré.

– Il n'est pas rentré, on s'est parlé au téléphone. Ce qu'il m'a dit te concerne.

147

– Tu es allée au village spécialement pour l'appeler ?

– Oui. Tu dois aussi te douter que les échos de la dispute que tu as eue avec Altaïr sont arrivés jusqu'à moi ? Ton père était hors de lui. Quand je suis rentrée, il m'a dit que sa propre fille le soupçonnait de *meurtre*. Je n'avais jamais vu Altaïr dans un tel état. Pourquoi as-tu dit une chose pareille ?

– Ce n'est pas ce que j'ai dit.

– L'as-tu insinué ?

– J'ai seulement dit *qu'il se pourrait* qu'Aldébaran soit mort après avoir mangé un champignon vénéneux, qu'on devrait demander une autopsie, et Altaïr s'est tout de suite mis en colère. Alors, à la blague, je lui ai demandé s'il avait la conscience tranquille.

– À la blague ? Vraiment ?

– Peut-être pas, je ne sais pas, je voulais le provoquer, je trouvais qu'il avait une attitude étrange, qu'il avait une tête de coupable.

– C'est du délire, Adhara ! Altaïr ne connaît rien aux champignons, il aurait été bien en peine d'en trouver un pour empoisonner Aldébaran. Ensuite, un empoisonnement, ça provoque des symptômes qui n'auraient pas pu passer inaperçus.

– J'ai repassé les événements des centaines de fois dans ma tête. La semaine de sa mort, Aldébaran a remis nos séances de travail à deux reprises. Il a passé tout son temps enfermé dans son pavillon et quand il en est sorti, il a eu une crise cardiaque, drôle de coïncidence ! S'il avait été malade, on aurait très bien pu ne pas le savoir.

Shaula poussa un soupir.

– Voyons, Adhara ! Ça vaut la peine d'être élevée parmi des chercheurs et des scientifiques pour tirer une conclusion aussi prématurée !

– Toi et Hermès n'avez pas voulu qu'Aldébaran soit incinéré. Tu redoutais quelque chose toi aussi, non ?

– Disons qu'Hermès m'avait un peu contaminée avec ses doutes.

– Je n'ai pas commis de crime, tu sais. J'ai seulement suggéré qu'Aldébaran soit exhumé et qu'on fasse une autopsie.

– Ça ne s'est pas arrêté là.

– Je me suis un peu énervée et il s'est mis en colère, comme s'il avait quelque chose à se reprocher.

– Les sentiments que tu éprouves envers ton père t'ont amenée à conclure trop vite. Tu lui dois des excuses.

– C'est hors de question.

Shaula connaissait bien sa fille, elle changea brusquement de cap.

– Veux-tu savoir de quoi nous avons parlé, Hermès et moi ?

En disant cela, elle observait les réactions d'Adhara, droite et grave, les joues empourprées, si déterminée et tellement belle.

– C'est à toi qu'Aldébaran destinait ses objets personnels et son pavillon. Tout est à toi maintenant.

– Altaïr ne m'en a rien dit.

– Ça ne figure pas dans le testament.
Hermès l'a appris par la mère d'Aldébaran.

– Hermès a rencontré la mère d'Aldébaran?

– Heureusement qu'il est moins impulsif
que toi. Il m'a dit que vous aviez partagé vos
doutes et une fois rendu à Québec, il a cherché à
éclaircir certains points.

– Sa mère ne peut pas savoir ce qui s'est
passé. Elle ne connaissait rien de sa vie ici.

– Adhara, ma belle Adhara! Tu sautes
encore aux conclusions! Et tu te trompes
encore. Mme L'Heureux connaissait bien la vie
de son fils. Elle sait qui tu es et elle sait également qu'Aldébaran souhaitait que tu prennes sa
relève.

– Elle en sait des choses pour quelqu'un
dont Aldébaran n'a jamais parlé.

– Hermès a appris qu'Aldébaran se faisait
suivre depuis des années pour des problèmes
cardiaques. Le docteur Chapdelaine était au
courant de son état, c'est pourquoi il n'a pas fait
faire d'autopsie.

– Bon, je me suis peut-être laissée empor-
ter. N'empêche, c'était toi son amie et la
personne en qui il avait confiance, pas Altaïr. Je
ne comprends pas pourquoi c'est à lui qu'il a
confié ses intentions.

– Ton père ne s'est jamais intéressé au type
de recherches qui nous occupent tous ici, mais il
n'est pas pour autant un membre inutile dans la
communauté. Pendant que Véga, Deneb,

Sirius, Capella, Hermès, moi ou un autre élaborons des théories et rédigeons des articles, Altaïr s'occupe de notre approvisionnement en livres et en documents.

– Je ne vois pas où tu veux en venir.

– Aldébaran avait, comme la plupart d'entre nous, un intérêt limité pour les questions d'intendance, il a très bien pu se dire qu'Altaïr était le plus compétent pour organiser ses funérailles et prendre les dispositions qui assureraient la paix financière à la communauté. Je ne te dis pas que c'est le cas, mais c'est plausible.

Adhara voyait apparaître des enjeux qui lui avaient échappé jusque-là. Mais le malaise qu'elle ressentait demeurait, comme la manifestation d'un instinct que la raison ne peut ni expliquer ni calmer.

– Iras-tu t'excuser ? Je sais que c'est difficile, mais Altaïr ne mérite pas tes accusations.

Adhara déglutit avec effort. Même s'il lui en coûtait, elle ne voulait pas s'enferrer dans une attitude qui la desservirait tôt ou tard, surtout si l'avenir lui donnait raison. Elle releva la tête et sourit à sa mère.

– Je vais y aller, c'est promis.

***

La pluie tombait toujours, une vraie malédiction. Le lendemain de notre expédition avortée, Richard nous demanda d'aller le rejoindre dans son bureau.

– Comme ça, vous aviez décidé de fuir ?
C'est la bouffe qui ne vous plaît pas ? Remar-
quez, je vous comprends. Pouf a beau être
doué, le macaroni au fromage, ça commence à
faire. Mais j'ai obtenu un nouveau crédit auprès
des fournisseurs, dès que le sentier aura séché
un peu, on va remplir nos armoires. Vous restez,
dans ces conditions ?

Quelqu'un a peut-être souri, mais pas trop.
On ne voulait surtout pas avoir l'air de prendre
la situation à la légère. En particulier Catherine,
dressée telle Athéna sur le sentier de la guerre.

– Très drôle, mais ça ne change pas notre
décision. Il faut qu'on parte.

– Ah oui ! La Dame blanche. C'est bien ça ?

– En fait, non, pas tout à fait.

– Enfin, un peu de franchise ! Je me
demandais justement ce que je vous avais fait
pour mériter vos mensonges.

Samuel se dépêcha de défendre son honneur :

– Pour la Dame blanche, je te jure que je
n'ai pas menti.

– Mais vous n'alliez pas voir si elle était
dans la chapelle, hier soir ?

– Non.

– Quelqu'un veut me dire ce qui se passe ?
Toi, Catherine ?

Les explications vinrent par bribes. Vue sous
cet angle, l'histoire avait l'air passablement
baroque.

– Si je résume, un chevreuil vous est apparu
pour vous prévenir que vos amis couraient un

danger imminent dont ils ne pouvaient vous avertir autrement, l'accès à la chapelle leur étant interdit ? Pour le chevreuil, je peux comprendre, on a déjà reçu un message par son intermédiaire, mais la chapelle, elle n'est pas sur leur montagne que je sache, elle est sur la nôtre. Et quelqu'un peut m'expliquer pourquoi ce sont les chevreuils qui font les commissions dans ce pays ?

Après avoir débrouillé les principaux fils de l'histoire, nous sommes arrivés au bout de nos explications avec le sentiment que nous avions peut-être exagéré. J'admis que j'avais pu confondre Mahal avec un autre chevreuil tant son apparition avait été brève. Richard, tout en ne mettant pas notre bonne foi en doute, s'opposait toujours à ce qu'on parte, estimant que même si nous atteignions la chapelle après une improbable traversée dans la forêt des pluies, nous allions être tellement transis et à bout de forces que nous ne serions pas en état d'aider quiconque. Il était prêt à intervenir personnellement si c'était nécessaire, mais certainement pas avant que les sentiers soient redevenus praticables. Après un bref conciliabule – pour sauver notre honneur –, nous avons accepté de faire comme ça.

Ce soir-là, au terme d'une journée qui avait été prodigieusement longue, Marie-Josée est descendue, sa traduction à la main. On s'est poussés pour lui faire une place, Charlotte a ronchonné, les petits ont grimpé sur les genoux des plus grands ou se sont nichés dans les interstices du sofa, Richard a mis une bûche au feu et peu à peu le brouhaha s'est calmé.

– Je n'ai pas pu tout traduire, je vous avais prévenus, mais j'ai fait du mieux que j'ai pu. Vous allez voir, c'est intéressant.

⁂

– Il voulait fonder une nouvelle religion ?
– Non, Juliette, tu n'y es pas du tout.

J'attendais la suite, croyant que, comme à son habitude, Luc allait dire quelque chose de complètement absurde. Depuis notre arrivée au camp, il nous avait fait rire des tonnes de fois en gardant son sérieux. Mais rien ne vint et Juliette reprit :

– Mais les chapelles ?
– Elles ont un rôle à jouer, c'est sûr, sauf que ce n'est pas clair. Le calepin contient une sorte de carte.

Stéphanie demanda :

– Comme une carte géographique ?
– Non, plutôt comme pour une course à obstacles.
– Comme un genre de rallye ?
– Ouais, c'est ça, ou de chasse au trésor.

Nicolas demanda s'il pouvait y avoir d'autres chapelles dans les environs.

– Je pense que oui, mais il y a des tas de symboles à déchiffrer encore.

Luc était un adolescent brillant. Le journal du frère Isidore l'avait intéressé, mais le calepin c'était encore mieux, c'était quelque chose à quoi se mesurer.

Il n'allait plus cesser d'y travailler.

———✦———

Il fallut encore trois jours pour que la pluie cesse et deux de plus pour que le sentier redevienne praticable. À ce moment-là, l'urgence de remplir les armoires et le frigo était telle que nous avons tous été réquisitionnés par Richard pour transporter les sacs de nourriture du pied de la montagne jusqu'aux cuisines du château.

Et enfin, la vie reprit son cours. Le matin où nous sommes partis pour le mont Unda, la forêt n'avait pas fini de sécher. Une entêtante odeur de feuilles en décomposition et de terre moisie nous montait à la tête. Nous approchions du but quand je m'avisai qu'on avait besoin d'un plan.

— S'il n'y a pas de message d'Adhara dans la chapelle, qu'est-ce qu'on fait ?

Catherine haussa les épaules :

— Elle a sûrement eu le temps d'aller déposer un mot, maintenant.

— Et sinon ? Si ça va vraiment mal et qu'elle n'a pas pu sortir de la communauté ? S'ils sont prisonniers, tous les deux, elle et Bellatryx ?

Catherine partageait mon inquiétude, mais elle ne voulait surtout pas le montrer.

— Arrête de dramatiser, Joal !

– Je ne dramatise pas, tu sauras, je prévois, c'est très différent !

– Dans ce cas, j'irai voir ce qui se passe. Si j'arrive seule et que je demande à parler à Hermès, ça aura l'air plus naturel que si on débarque tous les cinq.

– Tu n'as pas peur d'Altaïr ?

– Il ne va quand même pas me manger !

– Si tu y vas, j'y vais avec toi.

– Non.

– Essaye de m'en empêcher !

– Tu es inquiète pour ton petit Bellatryx ?

Samuel, qui venait d'apercevoir une forme inattendue dans une fondrière, se tourna vers nous à ce moment-là :

– Regardez ! Il y a quelque chose de bizarre là-bas ! On dirait un animal blessé…

Je tournai la tête et vis un chevreuil qui nous jetait des regards affolés.

– On dirait Mahal !

Catherine nous fit signe de ne pas bouger.

– Il a peur. Restez ici, je vais m'approcher et lui parler doucement pour qu'il ne panique pas. Je vous ferai signe de venir quand ce sera le temps.

Il n'y a pas à dire, Catherine avait la manière. Je l'entendais lui parler et, à la place de Mahal, j'aurais eu confiance moi aussi.

– Tout doux, Mahal, mon beau. N'aie pas peur, on va s'occuper de toi.

Elle le caressa longuement à l'encolure et finit par nous appeler.

– Il faut aller chercher de l'aide, des pelles pour le dégager et des courroies. Je ne crois pas qu'il ait une patte cassée, mais je ne peux pas vérifier tant qu'il est dans cette position. Joal, j'aimerais que ce soit toi qui ailles là-bas. Demande des bandages propres et si possible des herbes calmantes. Hermès a sûrement ce qu'il faut.

Je partis comme une flèche. Arrivée à la porte de Belisama, je me dirigeai vers la bâtisse à la galerie en cèdre rouge où je savais trouver une bonne partie de la communauté. Il régnait une atmosphère étrange dans la salle. Beaucoup de visages m'étaient inconnus et, au lieu du silence studieux habituel, les gens discutaient en faisant beaucoup de bruit. Je finis par apercevoir Bellatryx, assis près de la jeune femme à la cicatrice qui nous avait mis en garde à propos du lac. Je fus tout de suite en alerte. Que n'ai-je écouté mon instinct, ce jour-là ! Mais ceci est une autre histoire. Quand il me reconnut, il s'avança à ma rencontre d'un air légèrement ennuyé.

– Ça fait longtemps…

– Oui, la pluie nous a empêchés de venir. Ça va ?

– Oui. Et au camp, ça va ?

– On dirait que vous avez de nouveaux membres ?

Bellatryx répondit d'un ton détaché :

– Ce sont des visiteurs.

– Ah bon ! Écoute, on a trouvé Mahal blessé dans la forêt. Il nous faut de l'aide pour le sortir de là… et des herbes calmantes, est-ce qu'Hermès est chez lui ?

– Non. Il est en voyage.

La femme se mêla alors de la conversation :

– Est-il loin d'ici ?

– Je dirais… une vingtaine de minutes de marche.

– Joal Mellon, je te présente Maïte. Maïte, Joal Mellon.

Bellatryx crut approprié d'expliquer :

– Elle fait partie du groupe de campeurs installés pour l'été dans la montagne voisine.

Son ton, la façon qu'il avait de donner mon nom au complet alors qu'il ne me fournissait que le prénom de la femme, me fit l'effet d'un vent froid.

Quand elle s'éloigna, j'en profitai pour demander à Bellatryx des nouvelles d'Adhara que je ne voyais nulle part.

– Je ne sais pas toujours où est ma sœur. Je ne suis pas son chien de poche !

Blessée par son attitude, je m'éloignai et, quand Maïte me fit signe de prendre la tête des secouristes, je ne regardai même pas s'il était parmi eux. Une fois sur les lieux, je m'installai en retrait pour réfléchir à tout ça. Me désoler serait plus exact. J'espérais que Bellatryx viendrait s'excuser, mais je ne le vis nulle part. Finalement, Samuel me tapa sur l'épaule.

– Viens, Joal, il faut qu'on parte si on veut arriver au camp avant la nuit.

– Et Mahal ?

– Il est trop faible pour tenir sur ses pattes. Il n'y a pas trente-six solutions, il va falloir que les garçons reviennent le chercher après lui avoir fabriqué un brancard.

– Il n'est pas en danger, au moins ?

– Je ne sais pas. Selon Cath, la nuit pourrait être déterminante.

Chapitre XIV

L'heure propice

Comme promis, Adhara était allée présenter ses excuses à Altaïr qui les reçut avec froideur, adoptant l'attitude de quelqu'un pour qui aucune excuse jamais ne peut effacer l'offense. Elle ne s'attendait pas à de chaudes retrouvailles, mais un signe de sa part, lui disant que ses excuses avaient été entendues et acceptées, lui aurait peut-être donné envie de reconsidérer l'opinion qu'elle avait de lui. Au lieu de quoi, elle se sentait humiliée et impuissante. L'idée d'aller voir Catherine lui traversa l'esprit, mais elle répugnait à mêler des gens du dehors aux problèmes de sa communauté.

À la tombée du jour, ses pas l'avaient finalement ramenée devant le pavillon de ses parents. Altaïr ne semblait pas y être. Elle frappa à la porte et se trouva devant Shaula qui retourna aussitôt au centre de la pièce où une valise pleine de vêtements était ouverte sur la table. Elle allait et venait les cheveux en désordre, dans une tunique froissée, elle qui avait toujours une apparence soignée ; des traces de larmes salissaient ses joues.

Rien ne l'avait préparée à voir sa mère dans un tel état. Elle prit l'enveloppe que lui tendait Shaula et l'ouvrit avec nervosité.

« … *nous sommes tous auprès d'elle…*

— Il faut que je parte, Adhara.

« … *mais, bien sûr, c'est ta présence qu'elle réclame…*

— J'ai demandé à Véga de m'emmener jusqu'au village avec le vieux scooter.

« …*espérant que cette lettre te parviendra à temps.* »

— L'autobus passe très tôt demain, je ne veux pas le manquer.

— Où vas-tu dormir ?

— Ça n'a pas d'importance.

Adhara rétorqua avec plus d'impatience qu'elle n'aurait voulu :

— Voyons, tu ne vas pas rester plantée devant l'arrêt en attendant l'aube !

— Ne t'inquiète pas pour moi. Les propriétaires du casse-croûte louent des chambres aux voyageurs qui passent la nuit au village.

Les membres de la communauté parlaient très rarement de leur famille entre eux, comme s'il n'y avait pas eu d'avant ou d'ailleurs. Vers huit ans, Adhara avait voulu savoir d'où ses parents venaient et Shaula lui avait parlé des siens et du peu qu'elle savait des parents d'Altaïr. Une porte s'était ouverte sur la famille Gozzoli qui s'était tout doucement refermée au moment où la fillette commençait à peine à assouvir sa curiosité.

– Ça fait longtemps que tu savais pour Fabiola ?

– Oui, mais je ne savais pas que son état s'était autant détérioré.

– Je peux y aller avec toi, maman ?

– Non, Adha. Je ne sais pas combien de temps je serai là-bas. Ça peut être très long et ce sera certainement très dur.

– Justement !

– Je préfère que tu découvres l'Italie en d'autres circonstances.

Shaula ajouta d'une voix qu'elle voulait assurée mais qui sortit comme un misérable couinement :

– Pour tes noces, peut-être ?

Cela rappela à Adhara les arrangements nuptiaux d'Altaïr et elle se renfrogna. Un cognement à la porte leur indiqua que l'heure tournait. Véga était arrivée. Shaula fourra tout ce qui traînait autour de la valise dans celle-ci, passa en vitesse des vêtements de voyage et posa deux baisers sur les joues de sa fille en lui recommandant de veiller sur son frère.

Moins d'une semaine plus tard, une fournée de jeunes dans la vingtaine débarquait sur le mont Unda. Prise de court par l'arrivée d'un si grand nombre de personnes – ils étaient plus nombreux que toute la communauté réunie – Capella, la doyenne, s'en plaignit à Altaïr qui s'empressa de la calmer, ce qui n'était pas chose si difficile, Capella étant d'un naturel débonnaire.

Après le départ de Shaula, Altaïr était venu lui parler d'un groupe d'étudiants qui désiraient rencontrer les membres de la communauté. Ça ne s'était encore jamais produit, mais tout le monde ici s'attendait plus ou moins à ce qu'une telle demande finisse par arriver, car la plupart étaient bien connus des étudiants. Ils en avaient parlé à l'occasion, se moquant de Deneb qui était contre l'idée et avait coutume de dire, d'une voix qu'elle voulait prophétique mais qui n'arrivait qu'à faire sourire ses collègues : « Rappelez-vous Dian Fossey. Les étudiants qu'elle a reçus sur sa montagne ne lui ont apporté que souci et déception. » Sur quoi Aldébaran rétorquait invariablement : « Ce n'était pas *sa* montagne, Deneb. Et ce n'étaient pas *ses* gorilles non plus. »

Les jeunes devaient s'installer sous la tente dans le jardin des Mythes, mais la pluie inin-terrompue qui avait commencé à leur arrivée contraignit Altaïr à changer ses plans. Certains furent reçus dans les pavillons des membres, d'autres s'installèrent dans la bâtisse à la galerie en cèdre rouge.

Un programme de conférences et de débats, élaboré en vitesse par Véga, tenait tout le monde très occupé. Plusieurs, jugeant que c'était seyant et confortable, adoptèrent la tunique. Ils se mêlaient volontiers à la vie de la communauté, donnaient un coup de main pour les repas. Quand Joal vint chercher de l'aide pour secourir Mahal, la plupart des volontaires étaient en fait des étudiants.

Trop heureux d'être l'objet de l'intérêt admiratif de leurs invités, les membres de la communauté assurèrent Capella qu'ils étaient d'accord pour que leurs hôtes prolongent leur séjour quand ceux-ci en firent la demande. Très sollicitée pour donner des conférences et animer des discussions auxquelles elle prenait beaucoup de plaisir, Capella se réjouissait que l'expérience tourne aussi bien.

Après le départ de sa mère, Adhara se mit à fréquenter Maïte. Bientôt Bellatryx prit l'habitude de se joindre à elle et quand les étudiants débarquèrent sur le mont Unda, Maïte les entraîna tous les deux à sa suite pour qu'ils participent aux conférences et aux débats.

C'est dans cette étrange atmosphère d'exaltation intellectuelle que se trouvait Adhara le jour où Mahal fut retrouvé blessé. Quand elle apprit ce qui s'était passé, elle se rendit en vitesse dans l'appentis adossé aux cuisines où on l'avait porté.

Il était couché sur le flanc et haletait, une lueur d'affolement dans les yeux. Elle le fit boire, lui parla à voix basse dans l'espoir que cela l'apaiserait, puis elle s'adossa au mur, sa main traînant dans la fourrure du chevreuil, et s'endormit.

Elle fut tirée de son rêve par des voix assourdies de l'autre côté de la cloison. Il faisait nuit noire. Elle se redressa, la main toujours posée sur l'encolure de Mahal qui respirait avec régularité.

– C'est maintenant qu'il faut agir.

– Je ne sais pas. Deneb risque de s'y opposer. Elle va demander qu'on attende le retour de Shaula et d'Hermès, et Capella va peut-être juger plus prudent de dire la même chose. Adhara et Bellatryx vont se ranger à leur avis, c'est couru d'avance.

– Si j'étais toi, je ne m'en ferais pas trop pour ton fils et ta fille. Ils passent leur temps avec Maïte.

Adhara sursauta. L'hexagramme du tonnerre lui traversa l'esprit : le temps des catastrophes était venu.

– Ces jeunes ne sont pas ici en touristes. Ils sont venus pour se joindre à notre communauté, obéir à d'autres règles, vivre autrement. Si on ne fait pas cette assemblée bientôt, il risque d'être trop tard.

– Sais-tu quand Hermès doit rentrer ?

– J'ai appris par Louise qu'il prolongeait son séjour, mais je ne sais pas combien de temps.

– Bon, qu'est-ce que tu proposes ?

– Tu devrais annoncer que les jeunes aimeraient être reçus comme membres associés avant leur départ. Ça va nous donner la majorité quand le temps d'adopter les statuts et les règlements de la communauté sera venu. Shaula doit-elle rentrer bientôt ?

– Dans sa dernière lettre, elle écrit qu'il est fort possible qu'elle reste là-bas tout l'été.

Adhara eut beau se faire encore plus attentive, la conversation se termina dans un inaudible murmure. Elle était en état de choc. Il fallait qu'elle parle à Bellatryx.

───※───

– Laisse-moi dormir !
– C'est important, il faut que je te parle !
– Tu me parleras demain !
– Non ! C'est trop grave.

L'adolescent s'assit carré dans son lit, ses cheveux épars sur son torse qui commençait à prendre du volume. Son petit frère devenait un homme.

– Altaïr est en train de manigancer des plans pas catholiques.

– Quoi ?

– Savais-tu que les étudiants vont s'installer ici pour de bon ?

– Où ça ? Y a pas de place, voyons !

– Réveille, Tryx ! La communauté possède la montagne au complet, qu'est-ce qu'il te faut de plus comme espace ?

– Ben, s'il y a de la place, pourquoi pas ? Je les trouve bien moi, les nouveaux. La vie est pas mal moins ennuyante depuis qu'ils sont là.

– Tu ne comprends pas ? Ils ne sont pas venus ici pour les conférences. Ils sont ici parce qu'Altaïr les a fait venir.

– Ça change quoi ?

– Tout ! Altaïr va se servir d'eux pour diriger la communauté.

– Pourquoi il ferait ça ?

– Enfin, tu m'écoutes. Ces étudiants sont ici pour rester.

– Tu l'as déjà dit !

– J'imagine que tu as remarqué qu'ils sont plus nombreux que nous. Altaïr va s'arranger pour qu'ils votent les statuts et règlements qu'il a préparés pour que la communauté devienne une entité légale. Tu comprends ?

– Pas du tout.

– Pour que l'argent laissé par Aldébaran serve à la communauté, il faut qu'elle existe aux yeux de la loi et pour ça, il faut qu'elle ait des statuts, ce qu'elle n'avait pas avant.

– Oui…

– Avant, la communauté se contentait d'exister à nos yeux à nous. Maintenant qu'elle doit être officiellement reconnue, je pense qu'Altaïr a décidé de profiter de la situation pour prendre le pouvoir en quelque sorte.

– Maintenant je comprends… Mais, primo, est-ce que tu es sûre ? Et deuzio, est-ce que ça va se faire cette nuit ?

– J'ai surpris une conversation tout à l'heure. C'est pour bientôt, c'est clair. Et ce n'est pas tout. Il se pourrait que Maïte ait quelque chose à voir là-dedans.

– T'es folle !

– Ce n'est pas sûr, j'ai dit ça se pourrait.

– Eh bien ! Moi je suis sûr que t'es folle.

Bellatryx passa devant Adhara en l'ignorant, alla aux toilettes et se recoucha sans daigner lui adresser un regard.

– Tu as l'air fatigué, Adhara. Ça va ?

– Oui, oui. […] J'ai veillé Mahal encore cette nuit, c'est pour ça. Changement de propos, Shaula n'apprécierait pas qu'on tienne un Conseil en son absence.

– C'est bien normal, mais je ne crois pas qu'il s'agisse de débattre de quelque chose d'important. Altaïr veut simplement souligner la participation des jeunes aux conférences en en faisant des membres associés.

Adhara sourit ; elle ne voulait pas que Maïte devine ses soupçons. Tout en marchant, elles aperçurent Capella, assise à l'ombre d'un vieil érable, sa tête, aux cheveux blancs presque ras, studieusement penchée vers l'avant. Quand elle sentit une présence, elle leva le menton, plongeant ses yeux bleus aux paupières lourdes dans ceux de Maïte.

– Je révisais un de mes articles en attendant le Conseil.

– C'est presque l'heure. Vous venez ?

– Bien sûr. Je trouve ça très gentil de la part d'Altaïr d'avoir pensé à honorer nos invités. C'est une jolie idée, cela plairait sûrement à Hermès et à Shaula. Dommage qu'ils soient absents.

S'apercevant de la présence d'Adhara, elle ajouta à son intention :

– Vous me faites penser à votre mère, mon enfant. Aussi posée qu'elle. Vous devez avoir hâte de la revoir ?

Cette question qu'Adhara jugea un peu enfantine lui déplut. Elle se contenta d'acquiescer d'un bref signe de tête et partit devant sans attendre, laissant Maïte avec la doyenne.

Mahal mourut cette nuit-là.

Chapitre XV

Danser sur un volcan

À LA MOUSSON avait succédé la torpeur. Partout sur la montagne sévissait une touffeur de canicule. Une partie des étudiants avaient quitté les lieux avec l'intention de revenir s'installer définitivement à la fin de l'été. Une quinzaine, tous des garçons, étaient restés. Une fois le gros des troupes reparti, les membres de la communauté étaient revenus à leurs occupations habituelles.

La poignée d'étudiants qui étaient restés s'affairait à construire un pavillon au fond du jardin des Mythes. Bellatryx était heureux ainsi entouré de garçons un peu plus âgés que lui, ce qui ne lui était jamais arrivé. Le fait de bénéficier de l'attention de Maïté comptait aussi pour beaucoup dans ce sentiment de bonheur, tout de même légèrement assombri par la situation ambiguë de leur différence d'âge.

Malgré mon peu d'objectivité d'alors, je m'efforce de rapporter ce qui touche à Bellatryx avec le plus d'honnêteté possible. Mais il s'agit d'une situation qui me touche d'une façon si personnelle et si intime, comment savoir si je ne m'égare pas ?

Au lever du jour ce matin-là, on pouvait déjà sentir que ce serait la journée la plus chaude de l'été sinon de la décennie. Chacun se protégeait du soleil, économisant ses énergies pour durer jusqu'au soir où, avec un peu de chance, le vent finirait peut-être par se lever. Même la construction du pavillon avait dû être interrompue. Les garçons s'étaient rassemblés sous le grand pin qui baignait la fontaine du jardin des Mythes de son ombre généreuse. Certains s'y trempaient les pieds, d'autres y laissaient flotter leurs bras à la dérive. Personne ne prévoyait bouger avant le retour d'un peu d'air frais. Bellatryx était avec eux, immergé jusqu'au torse, le menton appuyé sur ses bras qu'il avait croisés sur le rebord.

Adhara eut soudain envie d'aller aux toilettes. Elle se dirigea rapidement vers le pavillon le plus près du jardin, celui des invités qu'occupait Maïte depuis son arrivée. Elle frappa à la porte, mais n'obtenant pas de réponse et son envie étant devenue pressante, elle entra et fonça aux toilettes. En ressortant, un gémissement la figea sur place. Immobile, elle entendit la plainte se reproduire. Adhara n'avait jamais été témoin des gestes intimes entre un homme et une femme. Elle monta sans faire de bruit les marches qui conduisaient à la mezzanine où se trouvaient les chambres. La porte d'où émanaient les plaintes était entrebâillée.

Altaïr tournait le dos à la porte, ses fesses bien découpées contractées vers l'avant. Le devant de son corps semblait collé au dos de Maïte, qui était nue aussi. Adhara ne voyait pas le visage de la jeune femme, mais le balancement de son corps indiquait qu'elle ne gémissait pas de douleur. Ils étaient tous les deux couverts de sueur et si absorbés que rien ne semblait pouvoir les dessouder l'un de l'autre. Elle vit les mains de son père, enfouies à la croisée des cuisses de la jeune femme, remonter vers ses seins en lui arrachant une longue plainte. Tout ça était à la fois sauvage, révoltant et étrangement beau.

Adhara se détourna, blême de colère. Son père avec une autre femme que sa mère ! Son propre père avec Maïte ! La colère montait en elle, comme s'il ne s'agissait pas d'un sentiment mais d'un aliment. Elle la sentait peser dans son ventre, avant de monter, monter, jusqu'à lui obstruer la gorge. Son premier mouvement avait été d'aller chercher Bellatryx, pour qu'il voie lui aussi de quoi son père et Maïte étaient capables, mais elle ne ferait que provoquer sa souffrance et ce n'était pas ce qu'elle voulait. Elle s'enfuit dans la direction opposée au jardin, courut jusqu'à la porte de Belisama, puis au-delà, et malgré l'effort que la chaleur écrasante imposait à son cœur, elle ne cessa de courir qu'une fois arrivée à la chapelle.

Là, elle se laissa tomber sur le banc et attendit que son cœur se calme. Ses yeux finirent par tomber sur la dalle qui devait servir de boîte aux lettres. Elle ne s'en était finalement servie qu'une fois, pour informer Catherine de la mort de Mahal. Elle n'était pas revenue depuis, il se pouvait que Catherine lui ait laissé un mot. Elle souleva la pierre. Effectivement, il y avait un message. Elle le prit et s'approcha de la lumière du vitrail pour le lire. À sa grande surprise, le mot n'était pas de Catherine. Et, bien qu'il n'ait été écrit ni de sa main ni de celle de Bellatryx, il était signé de leur nom.

Ne vous inquiétez pas pour Mahal, tout va bien. On a beaucoup à faire avec nos invités, on vous donnera des nouvelles quand ils seront partis.

Adhara et Bellatryx

Quelqu'un avait remplacé son message par celui-ci, de toute évidence pour tenir ses amis à distance de la communauté. Quelqu'un d'assez près d'eux pour connaître le système de communication qu'ils avaient imaginé. Or, Adhara et Bellatryx n'en avaient parlé qu'à une seule personne.

L'envie lui vint de courir confronter Maïté. Il fallut qu'elle fasse un énorme effort pour calmer les battements de son cœur qui s'affolait. Elle revint sur ses pas jusqu'à la dalle, y remit le message et replaça la pierre.

Altaïr était assis à sa place habituelle, Maïte à sa droite comme elle en avait pris l'habitude depuis son arrivée. Aucune trace de leurs gestes de l'après-midi ne subsistait sur leur visage sinon une légère lassitude qui aurait aussi bien pu être causée par la chaleur. À la gauche d'Altaïr, la place de Shaula était nouvellement occupée par un Bellatryx qui ne semblait pas peu fier de cette promotion.

Depuis le départ de Shaula, Altaïr avait veillé à ce que la nourriture soit plus abondante et plus fine. Le vin avait fait son apparition au repas du soir. Les demandes des membres, achat d'un meilleur papier pour la rédaction de leurs rapports, menus travaux d'entretien des pavillons, renouvellement du choix musical, tout était un peu mieux qu'à l'ordinaire. Altaïr, secondé par Sirius, veillait au moindre détail, et surtout au contentement des membres, anciens comme nouveaux. Rien ne lui échappait.

Même s'il ne paraissait exercer aucun contrôle sur ses enfants, qui se trouvaient la plupart du temps en compagnie de Maïte, il était informé de leurs allées et venues par celle-ci. C'est la raison pour laquelle ce n'était pas tant l'absence d'Adhara au repas du soir qui l'inquiétait que le fait que ni Maïte ni Sirius pas plus que Bellatryx ne pouvaient dire où elle se trouvait. Il avait cru un moment qu'elle avait pu s'attarder avec un des jeunes nouveaux de la communauté – la plupart de ces garçons étaient assez intéressants et assez bien de leur personne pour tourner la tête d'une fille de seize ans –, mais en balayant les tables du regard, il constata que tous étaient là. Tous sauf Adhara.

La nuit était tombée, mais la chaleur ne se dissipait pas pour autant. Altaïr avait fait préparer de grands bols de salades variées, il y avait abondance de viandes froides, de fromages et de fruits, et des pichets de vin blanc frais qui furent les seuls à obtenir du succès. Le ventilateur du plafond ne suffisant pas à la tâche, les gens s'étaient levés les uns après les autres pour aller à la recherche d'un souffle qui les rafraîchirait.

Bellatryx se décida enfin à quitter la salle, la dernière gorgée de sa première coupe de vin avalée, laissant Maïte et Altaïr seuls au bout de la table. Celui-ci gronda :

— Où peut-elle être ?

— Elle ne peut pas être très loin. Et quand bien même, qu'y a-t-il de si grave à ce qu'elle ne soit pas toujours sous tes yeux ?

— Elle est peut-être allée voir ces jeunes campeurs. Tu sais comme moi que la tranquillité de la communauté repose sur notre discrétion. Shaula a su la préserver toutes ces années ; j'entends faire de même.

— Je vois que tu ne connais pas ta fille, Altaïr. Adhara est la personne la plus réservée que je connaisse. Elle a confiance en moi, et si quelque chose ne va pas, je suis certaine qu'elle va se confier à moi.

— Fasse que le ciel t'entende ! Nous ne sommes qu'au début de notre projet. Son succès dépend de chaque geste que nous posons, de chaque décision que nous prenons. Et j'ai besoin de tranquillité d'esprit pour agir. Trouve-la et arrange-toi pour qu'elle te garde sa confiance. Lui as-tu parlé de Sirius ?

– Ce serait la pire chose à faire en ce moment.

– Elle lui en veut encore ?

– Bien sûr qu'elle lui en veut.

– J'avais pourtant recommandé à Sirius de ne pas la brusquer.

– Il va nous falloir réfléchir sur la façon de faire les choses. Sirius ne renoncera pas facilement à Adhara. C'est ta fille et il se trouve qu'elle est aussi très belle. Cela nous aurait beaucoup simplifié la vie si elle était partie en Italie avec Shaula. D'un autre côté, tant de choses ont déjà joué en notre faveur, à commencer par le départ inattendu de ta femme. Tout ne peut pas être toujours facile quand on a de l'ambition.

– Crois-tu vraiment que le départ de Shaula pour l'Italie est une question de hasard, Maïte Bainadelu ?

Maïte s'empressa de battre en retraite.

– Je me suis mal exprimée, Altaïr. Je voulais simplement dire qu'on n'a rien sans mal.

Elle approcha la main de sa joue, mais Altaïr se recula avec empressement.

– Je n'ai pas la tête à ça pour le moment. Avertis-moi si tu apprends où est Adhara.

Maïte n'était jamais en terrain conquis avec Altaïr, elle se garda d'insister, ne tenta aucune manœuvre de séduction supplémentaire. Quand Altaïr était assouvi, il en avait pour des jours à rester indifférent à ses charmes.

Elle savait qu'il était inutile de demander une nouvelle fois à Bellatryx où il pensait que se trouvait sa sœur, il n'en avait probablement pas la moindre idée et, sait-on jamais, il pourrait se mettre à s'inquiéter. Après avoir revisité tous les endroits où il était possible qu'Adhara se trouve, Maïte se dirigea vers la chapelle.

⚜

Adhara avait beaucoup et librement couru la campagne lorsqu'elle était plus jeune. Elle connaissait le Camp du lac aux Sept Monts d'or pour y avoir joué avec Bellatryx entre sa neuvième et sa treizième année, moment où sa curiosité s'était déplacée vers les livres. Il y avait près de quatre ans qu'elle n'était pas retournée sur ce mont. La dernière fois, Mahal était de l'expédition, se souvint-elle avec tristesse. Une fois traversée la forêt des pluies, elle hésita entre le sentier qui menait au lac et celui du camp. Il se pouvait que les campeurs soient allés se baigner, mais le détour était considérable et, par cette chaleur, elle préférait économiser ses forces en montant directement au camp.

La plupart des jeunes étaient effectivement déjà au lac. Ils s'y étaient rendus tôt et avaient l'intention d'y passer la nuit, mais quelques-uns s'attardaient encore. Luc, que la chaleur n'avait pas réussi à arracher aux énigmes du calepin, était installé dans le bureau de Richard où le soleil n'entrait pas directement grâce au feuillage d'un énorme chêne. Pouf était passé lui porter une boisson fraîche avant de partir rejoindre les autres. Il avait commencé à s'intéresser davantage à nous ; il lui arrivait même de nous parler spontanément d'autre chose que de repas, c'est dire qu'il faisait du progrès !

Juliette et moi avions décidé de faire des *popsicles*. J'avais la tête dans le congélateur, cherchant à vérifier où en était le processus de congélation, quand Adhara apparut à la porte.

– Bonjour !

Juliette était juchée sur le comptoir et regardait Adhara sans dire un mot. La tête à peine sortie du congélateur, je clignai des yeux pour m'assurer que je n'avais pas la berlue. Adhara se tenait sur le seuil, très droite dans une tunique de toile plaquée contre son corps par la sueur.

– Bonjour, Joal, est-ce que Catherine est là ?

– Elle… elle est au lac avec les autres… mais nous partons les rejoindre bientôt. Veux-tu venir avec nous ?

Juliette était descendue de son perchoir. Vexée que je ne l'aie pas présentée tout de suite, elle s'en chargea elle-même :

– C'est toi Adhara ? Enchantée ! Moi, c'est Juliette. La *meilleure* amie de Joal. Nous n'avons pas eu de nouvelles du chevreuil blessé. Je suppose qu'il va bien maintenant. Pas de nouvelles, bonnes nouvelles, comme on dit par ici…

Indécise entre l'envie de faire taire Juliette et la satisfaction qu'elle dise à ma place ce que je pensais de son silence et de celui de Bellatryx, je n'étais pas encore intervenue quand Adhara se décida à parler.

— J'avais laissé un mot pour vous à la chapelle.

Juliette rétorqua froidement :

— C'est bizarre parce que justement, on y est allé et il n'y avait rien du tout !

— Quand ?

— Le lendemain de l'accident, le jour d'ensuite et l'autre après !

— C'est ma faute. Je ne suis retournée que plusieurs jours plus tard. Le lendemain de la mort de Mahal…

— Mahal est mort ? Catherine m'avait dit que s'il passait la nuit…

— Il a passé la nuit, mais ça n'a pas été suffisant. Je m'excuse…

— Les *pops* doivent être prêts. Si tu acceptes de porter la glacière jusqu'au lac, on pourra peut-être considérer tes excuses.

— Arrête, Juliette ! Bien sûr que j'accepte, Adhara. J'ai hâte de voir la tête de Catherine quand elle va te voir. Tu lui manques beaucoup… Comment va Bellatryx ?

— Il va bien… enfin, je crois.

Si j'en avais encore douté, j'aurais eu la confirmation qu'Adhara n'était pas venue faire une simple visite de politesse par cette simple hésitation. J'allai trouver Richard, qui devait descendre au lac avec nous.

– On part devant, Richard. Les *pops* sont dans la glacière. À tantôt.

Je ne lui laissai pas le temps de dire quoi que ce soit. Je ne tenais pas à ce qu'il apprenne trop vite la présence d'Adhara parmi nous ; je voulais d'abord qu'on sache pourquoi Adhara était venue et je ne le saurais probablement pas avant qu'on ait rejoint Catherine.

❦

La petite plage avait été transformée en bivouac. Presque tout le monde était dans l'eau. Ceux qui n'y étaient pas venaient juste d'en sortir ou étaient sur le point d'y entrer. Des toiles kaki – sans doute quelque surplus de guerre donné au frère Isidore dans les années quarante – avaient été tendues à la limite des arbres.

Éprouvées par la descente, Juliette et moi n'avions pas plutôt mis un orteil dans le sable que nous avions jeté short et t-shirt par-dessus bord pour nous retrouver en maillot de bain, prêtes à plonger. Adhara nous regardait faire sans bouger.

– Tu ne viens pas te baigner avec nous ?

– Non, je vais essayer de voir où est Catherine.

Je revins sur mes pas après avoir chuchoté à Juliette de ne pas m'attendre.

— Je vais t'aider à la trouver. Je me baignerai ensuite. Tu n'as pas ton costume de bain sur toi, je suppose ?

— Non. Je n'en ai pas.

— Tu n'as pas de costume de bain ? Tu veux dire que vous ne vous baignez jamais dans le lac ?

— Non, jamais.

J'allais de surprise en étonnement.

— Pourquoi ?

— Shaula ne sait pas nager et elle ne voulait pas qu'on vienne se baigner seuls, Tryx et moi.

La seule évocation de son nom me causa un pincement au cœur.

— Et ton père ?

— Je ne sais pas s'il sait nager et je m'en fiche.

⁂

La nuit était venue, nous avions passé de grands t-shirts sur nos maillots de bain. Chaque geste était fait pour nous économiser des efforts. Rassemblés autour d'un feu, munis de branches pointues, nous empalions des saucisses que nous glissions dans du pain. De temps à autre quelqu'un échappait son pain, en secouait le sable et y replaçait la saucisse sans plus de cérémonie. Adhara restait en retrait, mais il était évident qu'elle s'amusait du spectacle. Elle avait décidé qu'elle retournerait dans la communauté le lendemain, jugeant qu'il était de son devoir de veiller à ce qui se passait en attendant le retour d'Hermès, de Shaula, ou, si le ciel la favorisait vraiment, des deux.

Nous nous sommes endormis presque au bout de la nuit, repus de chansons et d'histoires. Notre réveil allait être brutal.

Lola n'était plus dans son sac de couchage, ni dans les alentours immédiats ni apparemment ailleurs dans les bois environnants. L'hypothèse qu'elle soit retournée au château était presque nulle. Peu à peu émergeait la possibilité qu'elle soit allée se baigner seule au lever du jour et que l'une des crevasses contre lesquelles Maïte nous avait mis en garde à notre première visite au lac l'ait engloutie.

Lola nous avait prouvé à maintes reprises qu'elle aimait prendre des risques, que pour elle l'intérêt résidait non dans le fait d'essayer quelque chose, mais de l'essayer comme si c'était la dernière chose qu'elle accomplirait de sa vie. Si elle escaladait un arbre, rien d'autre ne l'intéressait que la branche la plus haute de l'arbre le plus haut des environs. Si elle faisait la course avec d'autres nageurs, il fallait qu'elle atteigne au moins le milieu du lac, sinon l'autre rive. Il fallait qu'elle sente son cœur défaillir sous l'effort, qu'elle dépasse le bout de ses forces et là, dans l'imminence du danger, elle se sentait vivre.

Malgré le désarroi ambiant, c'était l'espoir auquel on se raccrochait : elle avait peut-être réussi à traverser le lac et se reposait de l'autre côté ou bien elle était en train de revenir vers nous à travers les bois qui bordaient le lac et nous empêchaient de l'apercevoir.

⚜

Plus Maïte s'approchait de la chapelle, plus elle était inquiète. Adhara était d'une nature si posée que le fait qu'elle ait disparu brusquement ne pouvait rien présager de bon. Lorsqu'elle fut arrivée, les lieux étaient silencieux et sombres. Elle entra et alluma aussitôt une petite lampe de poche, la dirigeant sans hésitation sur la dalle amovible. Le message qu'elle y avait mis se trouvait toujours dessous. Rien ne pouvait lui permettre de savoir avec certitude si quelqu'un l'avait lu, mais si Adhara l'avait fait, elle devait être sur l'autre mont à cette heure. Maïte froissa le message, le glissa dans la poche de sa tunique et repartit vers la porte de Belisama. Rien ne servait de s'énerver sans savoir. Et comme la nuit était tombée, elle verrait plus tard ce qu'il convenait de faire... ou de ne pas faire.

Chapitre XVI

Les absents

D E S'ÊTRE ENTRETENU avec la mère d'Aldébaran et d'avoir parlé à Shaula avait apaisé
les inquiétudes d'Hermès. Il partit souper avec
Léonard le cœur léger, anticipant de joyeuses
agapes.

Léonard était celui par qui était arrivée sa
première aventure amoureuse – ce dont il ne
pouvait quand même pas lui tenir rigueur – et une
des rares personnes qu'Hermès revoyait toujours
avec plaisir, en dépit des chemins professionnels si
différents qu'ils avaient pris. Alors qu'Hermès
était plus ou moins resté dans des contrées
théoriques, exception faite de sa passion pour les
plantes médicinales, Léonard, après avoir découvert les préceptes éducatifs de Krishnamurti, avait
choisi de se colletailler avec la vie. Il avait enseigné
dans différentes institutions pour finir par ouvrir
son propre collège, dans une ancienne institution
religieuse qui avait auparavant servi de lieu de
retraites fermées au bord d'un lac.

L'enthousiasme de Léonard le rendait
extrêmement attachant. Il était solide comme

une ancre de bateau, barbu comme un capitaine et avait parfois, quand il se laissait aller, des manières de pirate. Avec lui, Hermès savait que le repas serait aussi long et copieux qu'un festin, que le vin coulerait d'or dans leur gorge et les ferait rire jusqu'au cœur de la nuit.

De fait, son ami devait tenir toutes les promesses tacites que sa seule présence évoquait, le repas fut bon, la nuit fut longue, mais il y avait un élément inattendu au programme.

❦

Shaula était assise à la table des Fabbrizio, fatiguée autant par le décalage horaire que par les nombreuses correspondances qu'avait nécessitées sa venue dans la maison d'été de Fabio, le diminutif affectueux qu'elle donnait depuis toujours à sa jeune sœur. Le reste de la famille était arrivé depuis une semaine.

Fabiola était la seule de la famille à avoir réintégré le pays des Gozzoli, lesquels avaient heureusement assez de fortune pour venir en délégation à son chevet, alors qu'elle arrivait au terme d'une longue et insidieuse maladie. Elle avait rencontré son mari, le comte Fabbrizio, pendant un séjour en Europe après ses études. Ils avaient été touchés au cœur en même temps, s'étaient aimés d'un amour rarement observé, même dans la patrie de Roméo et Juliette. Les enfants ne venant pas, Fabio, dans sa hâte de donner un fils à Carlo, avait consulté un médecin et appris qu'elle souffrait d'une maladie rare, un affaiblissement de la structure osseuse qui était une grave contre-indication à la grossesse. La lettre reçue par Shaula arrivait après une vingtaine d'années de progression chaotique de la maladie. Elle ignorait ce qui avait pu déclencher le diagnostic fatal, combien de temps encore Fabio survivrait et surtout si elle tenait tant à sa présence simplement pour lui dire adieu ou pour qu'elles préparent ensemble le moment du passage.

Elle n'allait pas tarder à apprendre que c'était cette deuxième hypothèse qui était la bonne. Fabio avait neuf ans de moins que Shaula, laquelle avait longtemps été « sa » référence au monde. La nature indépendante de Shaula, la vivacité de son intelligence et son ouverture d'esprit avaient profondément marqué Fabiola, qui avait souvent regretté le choix de sa sœur aînée de vivre sur un mont perdu dans la campagne québécoise profonde. Résultat : elles n'avaient pratiquement pas eu l'occasion de se voir ces dernières années.

Quand sa famille était arrivée en grand appareillage, Fabiola avait cherché *sa* Bernadette des yeux et, ne la voyant nulle part, avait supplié Carlo de la joindre pour la convaincre de faire le voyage. Le jour où Shaula était arrivée, la famille se préparait à repartir après un séjour au cours duquel l'état de Fabiola s'était mystérieusement stabilisé. Dès qu'elle avait su que Bernadette viendrait, elle avait cessé de s'affaiblir.

– Ce n'est vraiment pas pour longtemps. Es-tu si occupé qu'une villégiature au bord du lac est inenvisageable ?

Ils avaient quitté la table pour l'atmosphère feutrée du piano-bar où ils réchauffaient, de la paume de leur main, l'un un calvados, l'autre un cognac. Léonard grillait un cigarillo, Hermès tirait voluptueusement sur sa pipe.

Il était tenté. Pour toutes sortes de raisons. L'alcool l'avait mis dans d'heureuses dispositions, il était curieux de découvrir le collège de Léonard. L'idée de rester plus longtemps auprès de cet ami, dont la présence chaleureuse lui faisait prendre conscience qu'il n'y avait aucun homme de son âge sur le mont Unda, lui plaisait et, enfin, il avait effectivement grand besoin de repos.

– Tu me jures que ça ne dépassera pas dix jours ?

– Je le jure ! Écoute, on fait comme ça : on se rend au collège ensemble, je te présente l'équipe qui effectue les travaux, je reste deux ou trois jours pour te mettre au courant de tout. Tu n'auras qu'à faire ta ronde sur le chantier le matin et le soir, le reste du temps tu es libre comme l'air. Je serai parti cinq, six jours en mettant les choses au pire. Le total ne dépassera pas dix jours. Alors, c'est oui ?

Léonard avait entrepris des restaurations majeures et, alors que les travaux battaient leur plein, il avait reçu un appel de Bretagne. Son père était décédé. Léonard avait dit à Hermès qu'il voulait assister aux obsèques et visiter la famille, ce qui était vrai, mais en plus compliqué. C'était le seul enfant des Châteaulin, et il devait prévoir non seulement du temps pour les funérailles, mais aussi du temps pour mettre la grande maison familiale en vente et convaincre sa mère de venir vivre au Canada avec lui. Avec un peu de chance, douze jours suffiraient, mais s'il en fallait plus, Hermès n'oserait quand même pas lui en vouloir pour ça.

⌁

Shaula n'avait pas vu sa famille depuis cinq lustres. Comme cette longue séparation n'avait pas été causée par une dispute, mais par la vie elle-même et les choix de chacun, les retrouvailles dans ce lieu si inattendu furent chaleureuses. Les frères et sœurs reprenaient naturellement leur place au sein de la tribu gozzolienne et Shaula, redevenue Bernadette, fit la connaissance de certains de ses beaux-frères et belles-sœurs et de la presque totalité de ses neveux et nièces. Puis, tout ce beau monde repartit comme il était venu en se promettant de se revoir très vite, ce qui ne se produirait assurément pas, laissant les deux sœurs en tête à tête.

Shaula avait vécu sans se soucier de ce qui advenait de sa famille, même Fabiola qui l'aimait plus que tous les autres réunis. Mais

189

d'être auprès d'elle, de se retrouver en Toscane, là d'où venaient les siens, Shaula avait tout à coup envie de rattraper avec Fabio un peu de tout ce temps qu'elle avait dispensé à d'autres dans d'autres lieux.

⁂

Le collège de briques, assis sur des pierres de taille, était entouré d'une couronne de vieux arbres. Son terrain descendait en vagues herbeuses jusqu'à deux énormes saules sous lesquels des chaises en bois contemplaient le large. Un petit ponton auquel était attachée une chaloupe était posé sur l'eau.

Léonard fut un hôte parfait, mais une fois Hermès bien installé, il lui tardait de partir. Il savait qu'il aurait beaucoup à faire en Bretagne. De son côté, Hermès avait décidé de ne pas prévenir Shaula de son absence prolongée. Il ne serait pas au collège assez longtemps pour qu'elle s'inquiète. Il ignorait évidemment les projets de Léonard tout comme le fait que Shaula avait quitté non seulement le mont Unda, mais le pays et même le continent.

Chapitre XVII

Le jour où vint la nuit

– SAMUEL va te raccompagner chez toi. Ça ne sert à rien de rester ici à t'inquiéter. Quelqu'un ira t'avertir aussitôt que nous aurons retrouvé Lola, je te le promets.

Nous avions passé la journée à sa recherche. Voyant que nous n'y arriverions pas seuls, Richard avait dépêché le grand Louis et Laurent au village pour obtenir de l'aide, et nous nous apprêtions à réintégrer le château de Céans. Rester au bord du lac ne ferait que compliquer la vie de tout le monde, particulièrement aux heures de repas.

Catherine aurait aimé faire la route avec Adhara, mais elle tenait à être là si jamais on retrouvait Lola blessée. Quand Richard désigna Samuel pour raccompagner Adhara, Catherine ne dit mot, se contentant d'aller la serrer dans ses bras. Je m'approchai aussi et lui fis un signe d'au revoir timide de la main. Elle me répondit par un sourire.

C'est en mettant les confidences de Samuel et celles d'Adhara en commun que j'ai fini par me faire une idée de la façon dont leur singulière amitié est née. Depuis notre arrivée au Camp du lac aux Sept Monts d'or, ils s'étaient vus rarement et avaient plus rarement encore eu l'occasion de bavarder. Samuel avait trois ans de moins qu'Adhara, une différence qui compte beaucoup à cette période de la vie, et le plus plausible aurait été qu'Adhara traite Samuel comme un jeune frère ou un lointain cousin, même s'il était toujours possible que Samuel, lui, tombe amoureux comme j'étais moi-même tombée sous le charme de Bellatryx, le frère et la sœur étant en tous points des êtres d'exception.

Ce n'est pas ce qui s'est produit. Ni Samuel ni Adhara n'avaient d'idée bien arrêtée ; ce qui se passa entre eux fut plutôt de l'ordre de l'indélibéré. Ils avaient marché en silence un long moment, puis Samuel avait fait des observations sur la nature, comme pour alléger leurs pas et leurs inquiétudes, et Adhara y avait répondu avec une spontanéité qui la surprit elle-même. Elle lui parla de sa vie dans la communauté, lui, de nos étés avec nos grands-parents. Ils en vinrent à évoquer Mahal, la peine causée par sa mort. La mort elle-même. Ils ne s'apercevaient pas de la longueur du chemin, ne sentaient pas la fatigue. Quand il y avait un silence, c'était davantage comme une pause que comme une gêne. Il n'y avait pas de place pour le malaise entre eux.

Arrivés à la porte de Belisama, ils étaient restés plantés l'un devant l'autre à poursuivre la conversation qui, lorsqu'elle finissait par languir, était reprise par l'un ou l'autre pour ne pas qu'ils aient à se séparer.

Avoir su cela à l'époque, j'en aurais certainement éprouvé de la jalousie. Samuel était *mon* jumeau et cette complicité était un peu la nôtre. J'étais plus exclusive et plus transparente que lui et, sachant cela, il s'est bien gardé de me parler d'Adhara.

Ils finirent par se dire au revoir puisqu'ils ne pouvaient pas rester plantés là pour l'éternité. Et, tandis que Samuel refaisait le chemin inverse le cœur joyeux, Adhara revenait dans la communauté, se préparant à pénétrer dans un espace qu'elle ne reconnaissait plus comme le sien.

Au lieu de regagner le pavillon qu'elle avait toujours partagé avec Bellatryx, elle se glissa jusqu'à la maison d'Aldébaran. Elle se doutait qu'Altaïr n'allait pas passer l'éponge sur sa disparition et s'attendait à sa colère. Comme elle tenait à ce que Maïté et son père continuent d'ignorer ce qu'elle savait, il fallait qu'elle soit bien préparée. Aussi se présenterait-elle d'elle-même devant Altaïr plutôt que de se faire interpeller comme une brigande. Elle ferait son apparition au souper.

Lorsqu'elle fut certaine que tout le monde était réuni pour le repas du soir, elle fit un arrêt à son ancien pavillon, enfila une tunique propre, et se dirigea d'un pas assuré vers la bâtisse à la galerie en cèdre rouge.

Le murmure des conversations vacilla, puis s'éteignit. Adhara se campa courageusement devant son père, lui présenta des excuses pour être disparue sans prévenir et promit de ne plus le faire. Il ne daigna pas sourire. Il se contenta de cligner des paupières, indiquant par là qu'il l'avait entendue. Adhara s'excusa également auprès de Maïte pour l'avoir inquiétée. Ignorant Sirius assis à la gauche de Maïte, elle alla ensuite s'asseoir à côté de Bellatryx et commença à manger, portant lentement à sa bouche une cuillerée de la soupe qu'Antarès venait de poser devant elle. Les bavardages reprirent. Adhara apprenait comment vivre à couvert.

⁂

— Tu déménages?

— Oui, Tryx. Aldébaran m'a légué son pavillon et d'ailleurs on ne peut pas laisser sa maison à l'abandon, il faut que quelqu'un l'habite.

— Oui, c'est vrai, mais…

Croyant que son frère cherchait à la retenir, elle lui servit l'excuse qu'elle avait trouvée pour faciliter son départ:

— Avec les nouveaux venus, il n'y aura pas trop de place pour loger tout le monde. S'il est bien aménagé, notre pavillon peut facilement en recevoir une demi-douzaine. Ça te ferait de la compagnie.

— Oui, c'est vrai, mais…

– Mais quoi, enfin ?

– Sirius a demandé le pavillon à Altaïr.

– Il ne peut pas, c'est à moi qu'Aldébaran l'a laissé !

– Papa ne devait pas être au courant, il lui a presque dit oui.

Adhara ravala sa colère. Elle ne voulait pas que Bellatryx soit mêlé à ça. Il aurait bien assez de choisir son camp, plus tard. Elle serra les dents et parvint à articuler :

– Ce n'est pas grave. Je suis certaine qu'Altaïr n'était pas au courant. Est-ce qu'il était très contrarié par mon absence, d'après toi ?

– Oui. Mais qui pourrait te résister, Adha ? Pas moi en tout cas. Et probablement pas Altaïr non plus. Ni Maïte. Elle était vraiment contente de te revoir. Je t'aime, tu sais. Tu es sûre de vouloir déménager ?

Adhara lui ébouriffa les cheveux et commença à faire ses boîtes.

Elle achevait de vider sa commode quand Maïte vint cogner à la porte. Bellatryx prit une pose avantageuse que la jeune femme ignora.

– Ton père aimerait te voir, Adhara, il t'attend chez lui.

Chez lui ! Adhara se retint de relever la soudaine exclusion de Shaula du pavillon familial. Il fallait qu'elle garde un profil bas, une attitude aimable. Elle profita de l'occasion pour s'informer de sa mère.

– Shaula a-t-elle envoyé de ses nouvelles pendant que j'étais partie ?

– Non, je ne crois pas. Veux-tu que je t'accompagne ?

– À bien y penser, Maïte, je préfère que vous ne veniez pas. Mon père et moi, on doit parler en tête à tête, mais je suis touchée, merci.

Maïte leva un sourcil étonné. Adhara n'avait pas coutume de se comporter avec une docilité aussi suspecte. Celle-ci sentit qu'il ne fallait pas qu'elle en fasse trop avec Maïte. Elle se reprit :

– Je suis certaine qu'il préfère me passer un savon sans témoin. J'y vais. Allez-vous m'aider à déménager tous les deux ?

Bellatryx ne répondit pas, Maïte fit un signe si vague qu'il pouvait vouloir dire n'importe quoi.

***

Altaïr était assis devant son secrétaire. Il regarda Adhara sans broncher, puis lui demanda sur un ton ambigu :

– Te rappelles-tu ses mécanismes ? C'est si loin. Tu devais avoir huit ou neuf ans, n'est-ce pas, la dernière fois que tu y as touché ?

Il dardait sur elle ses yeux brun doré. Il avait toujours eu belle apparence, mais l'âge lui seyait mieux encore.

– C'est loin tout ça, j'étais une enfant.

– Ça ne t'empêche pas de faire des fugues comme une enfant gâtée.

– Ce n'était pas une fugue. Je suis partie marcher en forêt et j'ai eu envie de me rendre au lac parce qu'il faisait si chaud. Les gens du camp s'y trouvaient, il était tard, j'ai préféré passer la nuit avec eux. Je n'ai pensé qu'ensuite que vous pourriez vous inquiéter.

— Ta mère a toujours refusé que vous vous baigniez là-bas. Pourquoi y être allée, dans ce cas ?

— Comme ça.

— Parlant de ta mère, je ne pense pas qu'elle revienne avant l'automne. Tu aurais aimé être avec elle, n'est-ce pas ?

Altaïr avait légèrement infléchi le ton, ce qui lui donnait une attitude presque humaine.

— Si ça avait été le cas, il serait trop tard de toute façon. Elle est partie et moi aussi j'ai des choses à faire.

— Quelles choses ?

— J'emménage chez Aldébaran. Il m'a légué son pavillon et ses travaux.

— D'où tiens-tu ce legs ?

Adhara devait faire d'énormes efforts pour garder son calme. Elle n'avait pas imaginé que ce serait si difficile. Elle répondit vite et bas :

— Hermès l'a dit à maman au téléphone avant qu'elle parte pour l'Italie. C'est la mère d'Aldébaran qui en avait parlé à Hermès.

— Ce n'est pas comme si c'était écrit dans son testament, tu t'en rends compte ?

— Je ne vois pas où est le problème. Le pavillon d'Aldébaran est libre. Il me l'a légué. Qui ça pourrait bien déranger si je m'y installe ?

— Si tu ne l'avais pas encore remarqué, la vie de la communauté s'est améliorée grâce aux efforts que *j'ai* faits. En revanche, j'ai décidé d'en profiter pour remettre quelques pendules à l'heure.

— C'est-à-dire ?

— Dans une très petite communauté, on peut faire ce que ça nous tente, ça ne dérange personne. Mais notre communauté va s'agrandir maintenant que plus de gens nous connaissent et qu'on a les moyens de s'agrandir. Tu comprends ça, j'en suis sûr… malgré ta fugue.

— Ce n'était pas une fugue.

— Bon, bon… Pour en revenir au pavillon d'Aldébaran, Sirius s'est lui aussi montré intéressé, et comme c'est assez grand pour quatre personnes, il est d'accord pour y habiter avec de nouveaux membres. Si tu acceptes l'idée de partager avec d'autres, je te donnerai la préférence puisque c'est ce qu'Aldébaran aurait souhaité. Sirius comprendra.

— Ce pavillon est à moi ! C'est un héritage personnel ! Il est hors de question que je le partage.

Elle vit dans le regard de son père qu'il évaluait ses chances d'être obéi. À ce chapitre, elles étaient nulles. Il opta pour la prudence.

— Bon, alors que proposes-tu ?

— Moi partie, il y a suffisamment de place dans le pavillon des enfants pour recevoir une demi-douzaine de nouveaux membres si c'est ça ton problème, et Bellatryx ne demande pas mieux que d'avoir la compagnie d'autres garçons.

– Oui, ça a du bon sens. Et pour ton pavillon, accepterais-tu Sirius comme colocataire ?

– C'est hors de question !

– Visiblement, tu lui en veux beaucoup de s'être servi de moi pour t'approcher.

– Ça n'a rien à voir. Je n'ai pas l'intention de partager mon héritage avec qui que ce soit.

Préoccupé par une autre question, Altaïr passa outre.

– Il y a autre chose.

Adhara espérait que ce n'était pas une autre demande impossible à satisfaire.

– Capella travaille à organiser des cours pour les étudiants qui veulent s'intégrer à la communauté. Elle pense que tu serais très capable de prendre une charge de cours cet automne.

– Pour enseigner quoi ?

– Les spiritualités antiques. Ce n'est pas ce que tu étudiais avec Aldébaran ?

– J'ai encore pas mal de croûtes à manger avant d'être prête à enseigner.

– Maïte est d'accord pour te donner une formation pédagogique abrégée et Capella te fait confiance. Qu'est-ce qu'il te faut de plus ?

– Je me sentirais plus à l'aise si c'était Hermès qui s'occupait de ma formation.

– Hermès n'est pas là.

– Je suppose qu'il va être rentré d'ici une semaine. Il ne s'absente jamais très longtemps.

– Il a beaucoup d'occupations et il ne rajeunit pas. Commence toujours avec Maïte, on verra ensuite.

Bellatryx mobilisa une douzaine de volontaires pour faire une chaîne humaine qui se relayerait les objets du pavillon des enfants jusqu'à celui d'Adhara. Ce fut le déménagement le plus amusant de l'histoire de la communauté ; les boîtes volaient de main en main, s'empilant comme par magie dans la pièce principale. Tendant une boîte à Adhara, Maïte lui demanda :

– Ça n'a pas été trop difficile avec ton père ?

– Non. Pas trop.

Adhara ne fit pas d'autres commentaires et Maïte se garda d'insister. Quand ils eurent terminé, celle-ci invita tout le monde à son pavillon. Ils étaient en route quand Adhara aperçu une lueur en bordure de la forêt.

– On dirait qu'il y a quelqu'un à la porte de Belisama. J'ai vu de la lumière.

Bellatryx lui répondit comme si elle était au courant :

– C'est Marc-Aurèle qui est de veille ce soir.

– Et il veille quoi, au juste ?

– C'est vrai, tu n'étais pas là quand ça s'est passé. Il y a des jeunes qui ont fait du grabuge dans les environs l'autre nuit. Ils ont cassé des bouteilles, ils ont fait un tapage d'enfer, ils ont même allumé un feu qui aurait pu faire brûler toute la montagne. Altaïr était tellement fâché qu'il était rendu au village pour rencontrer le maire avant même que les bureaux de la municipalité ouvrent.

– Et qu'est-ce qu'il a dit, le maire ?

– Qu'il ferait son possible pour trouver les responsables, mais que les jeunes, vous savez… et que durant les vacances, il y a les jeunes du village, mais il y en a bien d'autres aussi. En tout cas, Altaïr a décrété qu'il fallait que la porte soit gardée chaque nuit.

Le lendemain, Adhara rangeait ses vêtements dans la chambre qu'avait autrefois occupée Aldébaran, quand elle entendit frapper à la porte. Elle descendit rapidement, heureuse de la diversion. Se trouver dans cet espace intime en l'absence d'Aldébaran lui était difficile.

C'était Capella. Adhara n'avait pas très envie du ton et des airs protecteurs de la doyenne, mais elle fit un effort. La vieille femme jeta un regard aigu sur le désordre ambiant et Adhara crut nécessaire de se justifier.

– Je viens d'emménager, je n'ai pas l'habitude de vivre au milieu du désordre.

– Vous n'étiez pas bien au pavillon des enfants avec votre jeune frère ? Ce n'est pas un peu tôt pour vivre seule ?

– J'ai seize ans, Capella. Dans certaines cultures, l'âge de l'émancipation est arrivé depuis longtemps à ce stade de la vie.

– Oui, mais on ne peut pas dire que la communauté vous a préparée à vivre seule. Avouez que Shaula a toujours été très complaisante, comme si le fait qu'il n'y ait pas d'autres enfants autour de vous exemptait de discipline.

– Pourquoi vouloir me confier des responsabilités si mon éducation est aussi défaillante ?

– Ce n'est pas ce que j'ai dit, Adhara, ne déformez pas ma pensée. Vous avez beaucoup de potentiel. Aldébaran avait senti que vous pouviez devenir une grande anthropologue. Je n'ai pas ses connaissances, mais je peux vous aider à grandir, à ma manière.

– Je devrais me sentir flattée, je suppose ?

– Non. Je ne faisais que constater. Il n'est pas nécessaire que vous ayez réponse à tout, mon enfant…

Capella esquissa un sourire.

– … Et si oui, il n'est pas nécessaire que vous le fassiez savoir. Imposez-vous le silence. À la longue, le silence vous protégera et vous conseillera. Il donnera du poids à votre parole.

– Que pensez-vous de ce débarquement d'étudiants, Capella ?

– À vous entendre, ça ne fait pas beaucoup votre affaire.

– La vie était bien comme elle était. Avant la mort d'Aldébaran, je veux dire. Depuis, on dirait que rien ne va plus.

– La vie, c'est le mouvement, Adhara. On peut choisir de s'y opposer ou s'y laisser couler pour en être. Dans le premier cas, vous n'irez pas très loin et vous userez vos forces à cette seule fin : garder les choses en place, intactes. Dans le second cas, vous verrez beaucoup de pays, vous apprendrez des millions de choses, vous sentirez votre cœur battre dans votre poitrine. La communauté est restée trop longtemps à l'écart du monde ; inévitablement le monde l'a rattrapée. L'arrivée de ces nouveaux membres n'est pas si importante, c'est le défi qui l'est. À vous d'en faire quelque chose de bien.

— Peut-être, mais le mouvement nous force à laisser tant de choses derrière. C'est difficile.

— Ce que vous avez connu vous appartient à jamais. C'est inscrit dans notre âme. Notre mémoire peut défaillir, notre cœur cesser de battre, le soleil s'éteindre, notre âme saura encore. Mais tout ça est bien sérieux pour un jeudi matin. Je prendrais bien du thé, si vous en avez.

Adhara connaissait les habitudes d'Aldébaran. Elle trouva sans peine la théière d'étain martelé, les petits verres pour y couler le breuvage plusieurs fois à la manière arabe, ce qui enchanta Capella, qui la regardait faire sans mot dire. Elle n'avait pas méjugé l'enfant de Shaula.

À la fin de l'avant-midi, comme elle se levait pour partir, Adhara osa poser la question qui la tracassait depuis la veille :

— Dites-moi, Capella, c'est quoi cette histoire de sentinelle à la porte de Belisama ? Pourquoi est-ce qu'on aurait peur de quelques ados qui sont juste venus boire en cachette dans la forêt ?

– Ah ! C'est ce qu'on vous a dit ? Ce n'est pas bien grave, en effet. Mais si ça peut rassurer ceux qui sont inquiets, pourquoi pas ?

***

À la fin de la journée, Adhara, qui avait fini de ranger ses affaires, sortit le marteau et les clous pour poser sur la porte une couronne de vigne et de fleurs séchées que Shaula lui avait offerte quand elle avait douze ans. Lorsqu'elle avait dit à sa mère qu'elle avait ses premières règles, Shaula l'avait rassurée, lui avait réexpliqué toute l'histoire du nid et était revenue la voir un peu plus tard avec ce cadeau étrange. Elle lui avait alors expliqué que le temps était venu de préparer son entrée dans l'âge adulte et qu'à chaque anniversaire, elle lui offrirait un présent pour la maison qu'elle aurait plus tard. C'était une sorte de trousseau de noces, sans l'obligation des noces.

Shaula aimait les rites et quand elle s'engageait à faire quelque chose, elle tenait parole. Vint le coffre qui se remplit peu à peu de mille trésors, draps fins, lampe-tempête, appui-livres, livres rares, tuniques de soie et châles de cachemire, Shaula ayant multiplié les occasions d'y verser une belle pièce, puis une autre, et une autre encore, au gré de ses voyages en ville, guidée par son flair d'Italienne.

Une fois sa couronne posée, Adhara prit *Le livre des transformations* et s'assit à la table de la cuisine, comme elle l'avait fait plusieurs semaines auparavant. Avec de la chance, se dit-elle en souriant, il allait lui annoncer que les choses iraient en s'améliorant plutôt que le contraire. Elle ouvrit le livre au hasard et tomba sur *Tchouen*, le présage de la difficulté initiale. En bas le tonnerre, en haut l'eau insondable, disaient les deux trigrammes. L'abîme s'ouvre au-dessus du tonnerre.

Adhara lut l'oracle avec un détachement mêlé de curiosité. La situation semblait confuse et dangereuse, mais il y avait de l'espoir, une promesse de succès pour ceux qui feraient preuve de persévérance. Elle alluma une lampe et sortit dans la lumière du crépuscule.

Chapitre XVIII

Bamboula

LOLA était installée dans une chaise longue que Marc avait rafistolée pour elle. Son torse maigre émergeait d'une couverture grise que deux lignes de couleur vive essayaient vainement d'égayer. Son expédition au mont Noir s'était soldée par la déchirure d'un ligament au genou droit et la honte d'avoir mis le camp et la moitié du village sens dessus dessous.

Sur ses cuisses maigres, roulée en boule, dormait une petite bête de la grosseur d'un chat. Mais ce n'était pas du tout un chat. Quand il levait son museau pointu, son masque le dénonçait. C'était un jeune raton laveur que Lola avait découvert alors qu'elle était captive de la forêt, incapable de bouger la jambe. Elle avait d'abord cru qu'il était perdu, mais le manège d'un renard roux à proximité et le soin que le petit raton mettait à ne pas trop s'éloigner d'elle lui firent deviner que le reste de sa famille avait sans doute servi de repas au renard. Il lui avait tenu compagnie jusqu'à ce que les secours, c'est-à-dire nous, finissent par arriver, et n'avait montré aucune inquiétude quand, juché sur le ventre de sa protectrice, il avait fait le voyage en civière jusqu'au camp.

Les ratons laveurs sont réputés pour aimer les couleuvres, les grenouilles, les salamandres et les tortues, toutes ces bêtes que Lola affectionnait aussi. Pour éviter de voir son protégé s'en goinfrer, elle avait recruté Estelle et Judith. Sous ses directives, les petites ramassaient des fruits sauvages, des glands et des provisions de vers de terre, une activité dont elles raffolaient parce qu'elle enfreignait l'interdiction de toucher à ces sales bêtes et qu'elles devaient le faire à la brunante, après le bain et le pyjama, juste avant l'heure magique du feu. Quand on voyait passer les deux petits fantômes en robe de chambre et en pantoufles, l'un rose, l'autre bleu, boîtes de conserve au bout du bras, on savait que l'heure du feu approchait.

Nous avions choisi un endroit dégagé pour faire nos feux, là où les arbres étaient à une distance suffisante pour que leurs branches ne soient pas atteintes par les flammes. Un cercle de pierres à demi enfouies dans le sol en marquait l'emplacement. Régulièrement, l'un de nous était de corvée de cendre et de sable pour éviter, comme nous l'avait longuement expliqué Richard, que le feu ne se propage par en dessous, alimenté par l'épaisse couche d'humus du sous-bois.

Les premiers temps, les histoires que nous nous racontions autour du feu venaient de la ville, comme nous, mais au fur et à mesure que les vacances avançaient, d'autres histoires, inspirées de la montagne celles-là, les avaient remplacées. Le mystérieux calepin avait occupé plusieurs de nos soirées jusqu'à la disparition brutale de Lola. Nous avions aussi passé de nombreuses nuits à rêver de ce que nous deviendrions quand nous serions vieux, à vingt-cinq, trente ans, pendant que les petites, qui étaient à une éternité de ces préoccupations, dormaient sur nos genoux.

Certaines nuits, Ignis, notre maître de feu, le seul campeur non pure laine de la bande, se levait pour ranimer les braises. Il plaçait ensuite le plus gros morceau de bois disponible au sommet des bûches à demi calcinées. Par ce geste, il nous signifiait que la nuit serait longue.

Maïna demandait alors à l'un de nous de lui parler de ses rêves, ce que nous faisions volontiers dans l'atmosphère d'intimité créée par le feu. C'était une grande adolescente maigre, anguleuse de visage, lequel s'étirait encore sous l'effet de ses longs cheveux raides. Je me rappelle ses mains, tout le contraire du genre de mains que j'imaginais nécessaires pour convaincre une boule de cristal de parler. Elles étaient épaisses et noueuses, avec des ongles carrés. Des mains de fermière. Maïna ne clignait pas des yeux, n'interrompait pas la confidence, mais dès celle-ci achevée, elle s'emparait de notre main, et là, faisant courir la pointe sèche d'une branche sur nos paumes, elle confirmait ou infirmait nos rêves, annonçait les voyages, comptait les enfants que nous aurions. J'étais de celles qui connaîtraient les sommets et les abîmes de l'amour. À l'époque, cette prédiction m'enchantait, car j'étais persuadée que si j'atteignais les sommets, je saurais si bien aimer que personne ne m'en ferait redescendre. Elle m'avait compté deux enfants ; je n'en ai eu qu'un, qui n'a pas atteint l'âge de naître.

Elle n'a jamais dit ce qui devait arriver à Samuel qui, au moment où elle relevait la tête, pupilles agrandies par l'étonnement, avait doucement retiré sa main et refermé ses doigts sur sa paume. Samuel ne croyait pas à la bonne aventure.

Charlotte, dont la main portait semblait-il la ligne toute simple d'une mère de famille nombreuse, mais qui ne s'imaginait pas autrement qu'en reine de Saba, avait tout fait pour saper le prestige de notre voyante, en vain. Que ses dires nous aient plu ou non, ils nous attiraient comme l'aimant attire le fer. Notre route commençait à peine et nous étions avides d'indices pour nous orienter, quitte à les jeter aux oubliettes s'ils ne nous convenaient pas.

Le soir du retour de Lola, l'heure de l'histoire fut évidemment consacrée à ses mésaventures. La nuit précédant sa disparition, nous nous étions endormis presque à l'aube. Mais pas elle qui, épuisée par une infructueuse chasse aux tortues, s'était effondrée de fatigue sous le dais de toile. Elle avait ressuscité au premier rayon du soleil, fraîche comme la rosée du matin. Sa baignade dans le lac s'était transformée, comme nous l'avions supposé, en marathon de nage. Elle était parvenue à le traverser, non sans avoir eu plusieurs fois la frousse de couler à pic, pour mettre pied sur la rive peu hospitalière du mont Noir. À peine avait-elle repris ses esprits qu'elle s'était mis en tête d'escalader le mont, pour la bonne raison que nous ne l'avions encore jamais fait et qu'il était là devant, s'offrant à sa convoitise.

Le mont Noir était beaucoup moins avenant que notre montagne. Aucun chemin n'avait été tracé sur ses flancs bardés d'épinettes, à travers lesquelles se dressaient de loin en loin des talles de feuillus, et sa face du côté du lac était très abrupte. Lola n'allait pas se décourager pour si peu. Elle partit en diagonale mais, malgré son agilité indéniable, elle n'était pas équipée pour une excursion en forêt. Elle portait un simple maillot qui exposait ses bras et ses jambes aux branches pointues et de vieilles espadrilles de baignade usées à la corde. Au retour de son expédition, en voulant descendre dans le lit asséché d'un ruisseau pour passer de l'autre côté, là où l'espace lui semblait plus dégagé, elle avait glissé, s'accrochant à une branche qui avait cassé sous son poids. Incapable de reprendre son équilibre avec ses semelles trop lisses, elle avait dévalé la pente, infligeant à sa jambe une brusque torsion au moment de l'atterrissage.

Alors qu'elle tentait de se relever, la douleur lui avait coupé le souffle. Sa jambe ne pouvant plus la porter, elle avait dû se résigner à rester là où elle était tombée. Les heures passant, elle avait grignoté des racines qui se trouvaient à sa portée et, à la tombée du jour, s'était tant bien que mal abriée de feuilles pour ne pas trop souffrir du froid.

Avant de chercher à franchir le col qui avait eu raison d'elle, Lola avait atteint un plateau où se trouvait une poignée de vieux mélèzes qui entouraient un petit édifice de pierre en ruine. À ce moment du récit, Lola avait fait une pause, nous avait regardés à tour de rôle, achevant sa tournée sur Luc. Puis elle nous avait annoncé sans chercher à cacher sa fierté qu'il s'agissait sans l'ombre d'un doute d'une autre chapelle. Elle y était entrée et se souvenait d'y avoir vu des dalles pareilles à celles de la chapelle du château de Céans.

Chacun avait son passage préféré de l'aventure de Lola. Luc et Nicolas revenaient inlassablement sur la découverte de la chapelle, voulant connaître tout ce dont elle pouvait se souvenir. Judith, Estelle et le petit Paul réclamaient sans cesse des détails sur l'adoption de Zorro le raton laveur, qui dressait ses petites oreilles en se trémoussant quand il entendait son nom. Samuel s'intéressait à la chouette blanche que Lola disait avoir aperçue au crépuscule, et Richard à la traversée du lac de l'adolescente. Il comptait sur la frousse qu'avait eue Lola pour calmer ceux qui rêvaient encore de s'aventurer sur le lac en solitaire.

Richard avait eu la bonne idée de ne pas alerter les parents de Lola. Non qu'ils aient été particulièrement soucieux de leur fille – qui leur causait toujours tellement de soucis –, mais que quelqu'un d'autre la perde, et ils auraient probablement allumé les grands feux de l'Apocalypse pour le rôtir en cas de perte définitive. En outre, Richard n'avait pas pris d'assurances. La première chose qu'il fit – après avoir poussé un soupir de soulagement – lorsqu'elle revint sur une civière, portée par quatre hommes du village, fut de lui demander si elle voulait rentrer chez elle.

Lola revenait triomphante au camp et la dernière chose qu'elle voulait, c'était de se faire réexpédier chez ses parents. D'ailleurs, lui avait-elle dit précipitamment, inutile de les prévenir maintenant que tout s'arrangeait, ils s'inquiéteraient pour rien.

⚜

Le jour où nous avons retrouvé Lola, nous ne l'avions pas aussitôt aperçue, gisant bien vivante au fond de son ravin, que Samuel déclara qu'il partait communiquer la bonne nouvelle à Adhara. Une promesse est une promesse et, pour mon jumeau, y faire défaut ne faisait pas partie du tableau des possibilités.

L'envie de le suivre s'insinua en moi. En dépit du mauvais accueil qu'il m'avait réservé la dernière fois, malgré son air revêche, le

213

Bellatryx qui m'avait bouleversée dans la forêt des pluies, que j'avais cherché les jours où Catherine et Hermès travaillaient, qui avait prononcé mon prénom en me l'offrant comme un cadeau, ce Bellatryx-là vivait toujours en moi. Samuel n'était pas contre l'idée que je l'accompagne, mais il n'avait pas de temps à perdre avec mon indécision. Lola avait le visage sali et un peu cerné, mais elle était de toute évidence en assez bonne condition pour survivre. Je la saluai d'en haut et me mis à courir sur les talons de Samuel.

Cette randonnée silencieuse reste l'un de mes plus beaux souvenirs de jeunesse. Encore aujourd'hui, quand la vie me saisit à la gorge comme si elle voulait que je la lui rende, il me suffit de nous imaginer traversant la forêt côte à côte, le pas de mon frère un peu raccourci pour s'accorder au mien, et les battements de mon cœur s'apaisent.

Après la mystérieuse disparition de son message, il n'était pas question que nous abandonnions un mot pour Adhara à la chapelle et au hasard. Nous tenions à nous rendre jusqu'à elle. Nous nous sommes dirigés vers la porte de Belisama sans en avoir même discuté. Devant, se tenait un garçon que nous ne connaissions pas. Samuel choisit d'y aller avec doigté :

– Nous venons voir Adhara, peux-tu lui dire que nous sommes ici ?

– C'est vous, les campeurs ?

– Oui. Je suis Samuel et voici ma sœur Joal.

– Adhara n'est pas là.

Je m'empressai de dire :

– Peux-tu demander à Bellatryx de venir, dans ce cas ?

– Il... il est parti aussi.

– Où ça ?

Visiblement, le jeune homme était mal à l'aise.

– Au village.

Ce fut au tour de Samuel de demander :

– Ça fait longtemps ?

– Ce matin.

Je n'étais pas très enthousiaste à l'idée d'avoir fait tout ce chemin pour rien, mais le jeune homme restait en travers de la porte. Je finis par lui dire, d'un air qui commençait à être moins aimable :

– Si ça ne te fait rien, on va aller dire bonjour à Hermès avant de partir. Il n'est pas au village, lui, au moins ?

– Non. Il est en voyage. Écoutez, quand Adhara et Bellatryx rentreront, je leur dirai que vous êtes venus les voir. Ça va comme ça ?

– Quand reviennent-ils ?

– Ce soir.

Avant de partir, voulant savoir ce qu'il faisait là, je lui posai directement la question.

– Je surveille les environs.

– Pourquoi ?

– Il y a des jeunes qui viennent faire la fête dans le coin. Ils boivent, ils font un train d'enfer. L'autre nuit, ils ont allumé un feu qui aurait pu faire brûler la montagne.

— Vous les connaissez ?

— Le maire a dit qu'il ne savait pas, que ça pouvait être des jeunes du village, mais qu'il y avait plus de chances que ce soient des vacanciers.

— Tu veux dire des touristes ?

— Oui, je suppose. Ou des gens qui passent leurs vacances ici, mais qui ne sont pas du coin.

— Penses-tu qu'il parlait de nous ?

— Possible.

— C'est stupide ! Personne n'a rien vu ?

— Non. Ça se passe pendant la nuit.

Samuel ne voyait pas de raison de discuter plus longtemps.

— Peux-tu dire à Adhara qu'on a retrouvé Lola saine et sauve ? On lui avait promis de la tenir au courant. Merci. Tu viens, Joal ?

Il tourna les talons et commença à descendre sans plus prêter attention au jeune homme.

J'étais maintenant convaincue qu'Adhara et Bellatryx n'étaient pas absents. Samuel ne disait rien, mais je l'entendais ruminer. Au moment de quitter la zone de la forêt des pluies, un bruit que je ne pouvais associer à rien de connu me cloua sur place. Je me tournai vers Samuel avec angoisse :

— Qu'est-ce que c'est ?

— C'est la Dame blanche, c'est sûr et certain ! N'aie pas peur, il n'y a pas de danger.

Un froissement de feuilles, suivi du bruit mat d'un corps touchant le sol, me fit me retourner.

À quelques pieds de nous se tenait Martin, hilare.

– Ça vous a plu ?

Samuel comprit tout de suite, mais au lieu de se fâcher, il admit de bon cœur :

– Fameuse imitation !

– Pas mal, c'est vrai. J'ai un aveu à te faire.

– Un aveu ?

– Ce n'est pas à toi que je parle, l'araignée d'eau, c'est à Samuel.

– Dans ce cas, excuse-toi. Personne ne parle à ma sœur sur ce ton.

S'il avait voulu, Samuel aurait pu faire de la bouillie avec Martin, tant leur différence de taille était grande. Mais tout ça était dit sur un ton plutôt amical.

– Excuse-moi, l'araignée d'eau.

– Pourquoi l'araignée « do » ?

– À cause de tes grandes pattes.

– Je ne vois pas le rapport !

Samuel ne me laissa pas continuer. Il coupa court, sachant que s'il ne le faisait pas on y serait encore le lendemain matin.

– On t'écoute.

– Tu avais raison. Il y a une Dame blanche dans les parages.

– Je n'avais pas besoin de ta confirmation, même pas de la voir. L'entendre me suffisait, mais j'admets que ton imitation est à s'y méprendre.

– Je n'ai pas que des excuses à t'offrir. J'ai mieux, si vous êtes d'accord pour me suivre.

Samuel hésitait. Il avait fait une longue route pour se rendre au mont Unda et en revenir.

– Ça vaut le détour ?

– Si ça ne le valait pas, tu n'en aurais jamais entendu parler. Alors ?

– Est-ce que ça te tente, Joal ?

– Pourquoi pas !

– Bon, d'accord.

Martin se tourna vers moi, me fit un baisemain et me dit en se relevant :

– Merci, l'araignée.

Il était en forêt comme chez lui. Il s'était placé en position d'éclaireur et, non content de nous ouvrir la voie, il nous signalait toutes les curiosités qu'il repérait de son œil de faucon. Au moment où je commençais à être à bout de forces, nous sommes arrivés dans une petite clairière où se trouvait un abri de fortune adossé aux arbres. En entendant Martin siffler, un chevreuil qui ressemblait beaucoup à Mahal par la taille et les bois en sortit. Le garçon se plaça au centre de l'espace dégagé et l'appela doucement :

– Viens ici, Sylve.

L'animal se dirigea là où se trouvait Martin, qui sortit une pomme de sa poche et la lui présenta. Le chevreuil la renifla, mais n'y toucha pas avant que Martin lui caresse le museau et lui dise :

– Prends, c'est pour toi.

Quand il eut mangé sa pomme, Sylve se mit à suivre Martin, obéissant à ses mouvements. Il arrêtait, attendait, repartait au moindre signe du garçon. C'était si gracieux qu'on aurait dit une danse. Samuel et moi regardions la scène, bouche bée. Quand la démonstration fut terminée, Martin chuchota un mot à l'oreille du chevreuil qui disparut dans les bois.

– C'est... c'est... je ne sais pas quoi dire. C'est toi qui lui as appris tout ça ?

Martin se retourna comme pour vérifier qu'il n'y avait personne derrière lui et répondit à Samuel d'un air faussement humble :

– On dirait bien.

– Eh bien ! bravo ! Ça valait l'heure de marche que tu m'as soutirée et celle qu'on va faire en sens inverse. Tu es vraiment doué !

– Venez, ce n'est pas tout.

Après ce moment de grâce, nous étions prêts à lui concéder tout le temps supplémentaire qu'il voudrait, mais à peine dix minutes de marche plus tard et nous arrivions à la chapelle.

Martin nous fit signe de rester silencieux. Il me fit la courte échelle pour que je puisse regarder à l'intérieur. Par l'étroite et haute fenêtre embroussaillée de vigne qui faisait face à la niche habituellement vide, je vis un oiseau au visage blanc en forme de cœur. La fameuse Dame blanche. Je redescendis, et Martin et moi supportant chacun un pied de Samuel, il put enfin la voir de ses propres yeux.

Ce soir-là, on était si bien auprès du feu, sous une foison d'étoiles que, pour faire durer le plaisir, Ignis plaça le plus gros morceau de bois de la réserve au sommet. Ce fut à ce moment-là que Samuel mentionna l'incident de l'après-midi. Mon jumeau avait toujours eu une intolérance à l'injustice. Les insinuations du garçon à la porte de Belisama avaient fait leur chemin en lui, le mettant de plus en plus en colère à mesure qu'il prenait conscience des conséquences possibles de ces soupçons. Si jamais la montagne brûlait et que cela causait des morts, ce qui était toujours possible, il était plus commode de nous accuser nous qui n'étions pas du coin.

Je ne sais pas quelle fièvre nous prit, mais nous avons ressenti l'urgence de nous créer une ligne de défense. Une grande agitation régnait autour du feu. Le grand Louis, qui avait passé quelques étés chez les scouts, proposa qu'on se choisisse une figure protec-trice, un genre de totem. Ça nous parut être la chose à faire, mais comme ce n'était pas assez compliqué à notre goût, il nous fallait plus d'une figure pour contenter tout le monde. La première lignée à naître fut celle de la Dame d'exil. Une façon poétique de désigner la chouette de Samuel qui n'aurait pas dû se trouver sous nos latitudes.

Vint ensuite la lignée du Raton orphelin, sous l'égide de Lola, et une troisième, qui faisait symboliquement référence aux chapelles et aux messages qu'elles contenaient peut-être, la lignée des Mémoires.

Cela faisait beaucoup de chefs pour peu d'Indiens, mais notre camp prenait tout à coup une prestance qui nous remplissait de fierté. Nous, que nos familles avaient largués comme des paquets, que les gens de la montagne voisine voulaient transformer en boucs émissaires, nous avions maintenant une appartenance, librement choisie, une lignée pour nous défendre.

Chapitre XIX

Comme une île

ADHARA, qui n'était pas plus au village que le soleil se lève à l'ouest, ne sut pas que Samuel et moi étions venus. Altaïr avait demandé aux vigiles de s'en remettre à lui pour tout ce qui pouvait se passer lorsqu'ils étaient de faction à la porte de Belisama.

Quand Altaïr apprit que nous étions venus, il alla trouver Adhara. Depuis qu'elle habitait seule, elle avait gagné en maturité. Avoir un lieu à soi avait concrètement éloigné son enfance, le décor familier, les habitudes d'autrefois. Altaïr se tenait sur le seuil, observant son visage dont les lignes étaient aussi pures que son regard était indéchiffrable.

– J'ai appris que l'adolescente qui s'était perdue en montagne a été retrouvée. Elle va bien. J'ai pensé que tu aimerais le savoir.

Adhara faillit demander à son père de qui il tenait la nouvelle, mais elle se ravisa. Elle aurait mis sa main au feu qu'Altaïr était là moins pour la rassurer que pour vérifier sa réaction.

– Merci d'être venu me le dire. Si j'avais plus de temps, j'irais la voir.

Altaïr se dit que Maïte veillerait à ce qu'elle n'en ait pas davantage dans les mois à venir.

– Le pavillon d'Aldébaran te plaît ?

– C'est le mien, maintenant. As-tu eu des nouvelles de maman ? ou d'Hermès ?

– Non, désolé… ma grande.

Ma grande ! Ces mots, dans sa bouche et s'adressant à elle, sonnaient aussi faux que des fleurs de papier.

– Tant pis. Excuse-moi, il faut que je me prépare, Maïte m'attend.

– Bon, eh bien ! dans ce cas, je te laisse ! On se verra plus tard… mon ange.

Mon ange ! Tant d'hypocrisie, c'était dégoûtant !

Adhara s'arrêta devant la porte du pavillon des enfants et donna un long coup, deux courts, un long, pour avertir Bellatryx de descendre. Il avait pris l'habitude de l'accompagner chez Maïte et de rester quelques heures à faire des croquis et des études des deux jeunes femmes pendant qu'elles discutaient pédagogie.

Bellatryx passa la tête par la fenêtre de sa chambre. Ses cheveux balayaient le bord du châssis, la promesse d'une barbe faisait des points d'ombre sur ses joues et il avait de petits yeux endormis.

– Vas-y sans moi, Adha.

– Qu'est-ce qui te donne le droit de me laisser tomber, tout à coup ?

Bellatryx grogna, mais n'en répondit pas moins :

– Tu as ta vie, grande sœur, moi aussi.

– C'est tout ?

– Fatigante ! On s'en va en patrouille pour voir s'il y a eu d'autres dégâts dans les environs cette nuit. As-tu entendu quelque chose ?

– Non. Et toi ?

– Pas moi, mais Marc-Aurèle, oui.

– D'après moi, Marc-Aurèle prend ses rêves pour des réalités.

– C'est ça, tu as sûrement raison ! Dis bonjour à Maïte pour moi.

Il referma la fenêtre d'un geste rapide et silencieux. Adhara haussa les épaules et continua son chemin. Une fois n'est pas coutume, soupira-t-elle.

La présence d'étrangers dans la montagne ne l'inquiétait pas. Il y en avait eu à quelques reprises dans le passé, souvent des jeunes touristes de l'âge des étudiants qui habitaient ici et, à part des incidents mineurs, jamais cela n'avait troublé leur vie.

Maïte lui ouvrit la porte et Adhara la revit, nue, comme elle l'avait aperçue dans la chambre avec son père, et elle se sentit honteuse. Pourtant, elle n'y pouvait rien, cette image surgissait en elle lorsqu'elle ne s'y attendait pas.

– Tu arrives tard, quelque chose qui ne va pas ?

– Altaïr m'a un peu retardée.

– Ah ! bon. Tu es seule ?

– Bellatryx ne viendra pas.

Maïte fronça les sourcils et Adhara se dit, avec un évident sentiment de satisfaction, que la maîtresse de son père n'était pas en mesure de cacher complètement ses émotions et n'aimait pas être tenue à l'écart. Ensuite seulement, elle lui fournit des explications sur un ton mesuré :

– Excuse-moi. Tu ne peux pas tout savoir. Altaïr est venu me donner des nouvelles d'une fille du camp qui s'était perdue pendant que j'étais là-bas. On l'a retrouvée, elle va bien.

– Tant mieux. Qu'est-ce qui s'est passé ?

– Je n'ai pas de détails, je sais juste qu'elle va bien.

– Et Bellatryx ?

– C'est jour de chasse aux étrangers pour les jeunes mâles de la tribu. Bellatryx n'aurait pas donné sa place pour tout l'or des Incas. Pas même pour l'or de tes yeux.

Aussitôt qu'elle eut prononcé ces mots, Adhara regretta. Ne pas trop en dire. Jamais. Maïte fit celle qui n'avait pas saisi l'insinuation.

– La chasse aux étrangers ?

– En fait, c'est une patrouille de reconnaissance pour voir s'il n'y a pas eu d'autres rôdeurs dans les bois. Tu sais comment sont les jeunes mâles !

Au souper, les garçons racontèrent leur ronde de long en large. Ils n'avaient pas vu de traces des intrus, mais à leurs yeux ça ne voulait rien dire. Ils trouvaient la situation excitante et étaient convaincus que d'autres incidents allaient se produire.

Après souper, Bellatryx fit signe à Adhara.

– Viens, j'ai quelque chose à te montrer.

Adhara n'était pas allée dans le jardin des Mythes depuis que la construction du nouveau pavillon était en cours. C'est maintenant qu'elle s'apercevait à quel point elle avait été occupée ces derniers temps.

Ils entrèrent par l'allée de l'Aube. De la façon la plus inattendue qui soit, au bout du jardin, à la place du petit boisé de bouleaux qui faisait écran à la forêt toute proche, se détachait une longue bâtisse d'un seul étage en demi-lune. À chacune de ses extrémités se dressait une palissade à claire-voie. En empruntant l'allée de la Madeleine, on atteignait un abri de toile où quelques chevreuils se reposaient.

– Mais c'est Gaia ! Et Patoul ! Qu'est-ce qu'ils font ici ?

– Aimes-tu l'aménagement ?

– C'est pas mal, mais pourquoi cet abri ? Ils ont la montagne à eux.

– Avec ce qui se passe, on doit être prudents.

– Enfin, de quoi tu parles ?

– Je parle des gens qui viennent faire la bamboula sur notre montagne sans avoir été invités.

227

– Ça s'est produit une fois ! Et il n'est rien arrivé aux chevreuils que je sache.

– Blablabla… Tu as vu la clôture de chaque côté du nouveau pavillon ? On va la continuer pour qu'elle passe derrière les pavillons jusqu'à la porte de Belisama. De cette façon, on sera tous protégés.

Adhara regarda son frère, le feu aux joues, et lui demanda d'une voix contenue :

– Pourquoi est-ce qu'on devrait s'enfermer derrière des clôtures ?

– On ne sera pas enfermés ! On va pouvoir sortir quand on veut, mais les gens à l'extérieur ne pourront pas entrer comme dans un moulin.

– Je déteste l'idée d'un camp fortifié. On a toujours vécu en contact avec la montagne et il n'est jamais rien arrivé.

– Évidemment, c'est bien connu, je ne peux pas avoir de bonnes idées, moi !

– Es-tu obligé de toujours te sentir visé, Bellatryx ? Ce n'est pas parce que c'est ton idée que ça ne me plaît pas, c'est parce qu'elle nous coupe de la montagne.

– Tu n'y es pas du tout. On parle juste d'une clôture. Je ne vois pas ce que ça change.

– Mais ça change tout, voyons ! C'est comme si, au lieu de faire partie de la montagne, on se défendait contre elle.

– Bien sûr qu'on se défend. Avec une clôture, tu continues à faire ce que tu faisais avant, sauf que personne ne va venir sans notre permission.

– Altaïr est au courant, je suppose ?

– Oui. Ce n'est pas comme quand Shaula est ici et qu'il faut réunir le Conseil pour un oui et pour un non. Je suis allé le voir et il a trouvé l'idée géniale. D'ailleurs, toi aussi, mais comme tu es jalouse, tu ne veux surtout pas le montrer.

Adhara mit brusquement fin aux hostilités.

– J'admets que tu m'as prise par surprise et que j'ai mal réagi. Oublie ça, tu veux ?

– Tu sais bien qu'on ne peut pas rester fâchés, toi et moi. J'accepte tes excuses.

– Ce ne sont pas des excuses, Tryx, je t'ai juste proposé qu'on oublie ça.

Bellatryx tourna les talons, très grand seigneur. Il n'allait quand même pas s'abaisser à discuter les détails. Sa sœur lui avait donné raison, c'est ce qui comptait.

Jour après jour, la clôture gagnait du terrain. Adhara entendait les incessants coups de marteau et voyait se déplier les pals de bois comme un accordéon prenant son air. Sauf qu'il ne suffirait pas de pousser dessus pour qu'ils se rétractent.

La semaine avait été éprouvante. Adhara profitait d'une accalmie dans son horaire et dans les coups de marteau pour déjeuner dehors, de pain et de café au lait, quand une ombre s'interposa entre elle et le ciel.

– Bonjour, Adhara.

Répandant avec libéralité son sourire et son parfum, Sirius se tenait devant elle en tunique de soie.

– Qu'est-ce que tu veux ?

– Parler un peu avec toi. Ce n'est pas défendu, que je sache.

– Je n'ai rien à te dire. À moins que tu aies de nouvelles menaces à me faire ?

– Je t'ai déjà fait des menaces ? Moi ?

– Tu ne te rappelles pas ? Cherche un peu !

– Non, je ne vois pas en quoi le désir d'obtenir ta main était une menace. À moins que tu aies mal compris. Je ne veux pas ta main seule, Adhara, je veux que tu sois au bout de celle-ci.

– Je ne parle pas de ton absurde et prétentieuse demande en mariage ; je parle de la menace que tu m'as faite un jour de dire à Altaïr que j'étais allée chez lui pendant son absence. Tu ne te souviens pas ?

– Non, pas du tout. Invention de jeune fille impressionnable, peut-être ?

– Ça ne me surprend pas, tu n'as jamais eu l'intention de lui dire. Tu voulais me tester. Eh bien ! tu sauras que je ne marche pas au chantage !

Nullement impressionné, Sirius, qui était en cela fidèle à lui-même, lui servit un autre sous-entendu :

– Je ne voulais pas t'accaparer trop long-temps, mais je voulais que tu saches que je ne t'oublie pas.

Il lui faisait l'effet d'un serpent. Il s'approcha, effleura sa tête de ses doigts humides jusqu'à atteindre la nuque qui n'était protégée de lui que par un clair duvet échappé de ses tresses. Ce contact la troubla et cela la mit plus en colère encore. Elle se leva en secouant la tête pour chasser l'impression de ces doigts indésirables sur sa peau et, sans s'occuper du reste de son repas, alla se réfugier à l'intérieur. Quand elle fut certaine qu'il était loin, elle prit sa douche, enfila une tunique propre et partit voir Capella.

Son pavillon n'avait pas l'allure zen de celui de ses parents ; il était chaleureux et encombré, comme le sont en général les chalets. La doyenne, assise à la table, écrivait une lettre, une plume à la main. C'était une autre époque que celle du stylo, mais une jolie époque, se dit Adhara.

– Je vous dérange, Capella ?

– Non, non, pas du tout. Je continuerai plus tard, c'est tout.

Ce disant, elle essuya ses doigts tachés d'encre sur son tablier, comme une écolière.

– Que me vaut le plaisir de votre visite ?

– Besoin d'entendre une voix amie me dire que tout va bien. Ou que tout ira bien, demain.

– Tout va bien, Adhara, et je n'ai pas de crainte pour demain. Une tasse de thé peut-être ?

– Avec plaisir.

Capella ramassa son fourbi pour faire de la place.

– Vous prépariez un article ?

Adhara savait qu'elle avait publié quantité d'articles de vulgarisation au cours de sa carrière et un non moins grand nombre d'articles scientifiques.

– Non, j'écrivais une simple lettre.

– Excusez-moi, je ne voulais pas être indiscrète.

– Vous ne l'êtes pas, mon enfant. J'écrivais à ma cousine.

– Vous devez vous ennuyer de votre famille, parfois ?

– J'allais les voir de temps à autre, mais je revenais toujours ici avec plaisir.

– Pourquoi parlez-vous au passé ?

– Je n'ai plus beaucoup de famille. Ces dernières années, j'ai quitté la montagne très rarement.

– Vous devriez inviter votre cousine, l'endroit lui plairait sûrement, c'est tellement beau.

– C'est vrai.

– Alors ?

– Je suis en train de prendre d'autres arrangements. Ma cousine habite les États-Unis et, depuis quelques années, nous parlons de nous établir au bord de la mer ensemble.

– Ce n'est pas demain la veille, j'espère ?

– L'avant-veille, si on peut dire.

– Pas cette année, quand même ?

– Hmmmm.

Adhara sentit un vent de panique la gagner.

– Vous ne pouvez pas partir comme ça, Capella, voyons ! J'ai besoin de vous !

– Vous vous débrouillez très bien, mon enfant.

– Non ! Je ne me débrouille pas si bien que ça, pas du tout !

– Allons, allons, calmez-vous.

Le vent s'apaisa comme il était venu, et Adhara sentit le besoin de s'expliquer :

– La mort d'Aldébaran, le départ de Shaula, l'absence d'Hermès… tout ce monde qui débarque sans qu'on nous ait demandé notre avis… le nouveau pavillon, la clôture… tout ça me déplaît royalement, Capella. Et maintenant, vous qui parlez de partir…

– C'est vrai, ça fait beaucoup de changements en peu de temps, mais c'est la vie qui veut ça. Les jeunes remplacent les vieux. Vous allez trouver votre place et vos craintes vont disparaître.

– Quand partez-vous ?

– Pas avant octobre. Je m'offre un dernier automne sur le mont Unda.

– Vous vous entendez bien avec votre cousine ?

– Nous étions très proches étant petites.

Elle le disait avec une telle confiance, ne doutant pas une minute que ce serait pareil un demi-siècle plus tard, comme si le temps n'existait pas.

La liste des bouleversements qu'avait connus la communauté en un si court laps de temps n'était pas terminée. Elle s'allongea l'après-midi même quand trois hommes se présentèrent à la porte de Belisama.

Shaula les aurait sans doute reconnus si elle avait été là. Ils traînaient dans les mêmes cafés étudiants qu'elle et Carl à l'époque. C'était plutôt ses amis à lui que les siens d'ailleurs. Le plus grand, David, avait une stature de statue, une chevelure de Gorgone et un rire tonitruant que l'alcool faisait éclater en rafales. Le plus petit, Marcel, chétif et presque chauve, avait une voix remarquable, qui était le contraire même de son apparence. Au milieu se trouvait André, un être du centre, taille moyenne, traits moyens, capacités, ambitions et talents moyens.

Chapitre XX

Les lignées de Céans

NOUS ÉTIONS ARRIVÉS au camp avec l'éternité à tirer et déjà, dans une semaine, on entamerait la descente : nos quinze derniers jours au château de Céans. Jamais je n'aurais cru que le temps pouvait filer aussi vite ; d'habitude, quand je prenais la peine d'y penser, c'était parce qu'il avançait à pas de tortue. Et comme toujours quand on aperçoit la fin de quelque chose, ça commençait à être vraiment amusant.

Bien sûr, parfois la pensée de Bellatryx venait m'attrister, mais nous avions pas mal de choses à faire et ça me laissait moins de temps pour le chagrin. Je n'en regardais pas moins Charlotte et Laurent avec condescendance. Pour moi, mieux valait se consumer, même si cela ne devait jamais être payé de retour, que de s'accommoder d'un amour sans envergure. J'étais à l'âge où les demi-mesures n'existent pas plus que les nuances.

J'ai gardé l'habitude des relations compliquées, mais il y a longtemps que je ne porte plus de jugements aussi catégoriques sur les amours des autres. D'ailleurs, je n'ai pas une si grande expérience que je puisse l'étendre à tous les cas de figure. Dans ma vie, il y a eu mon amour du levant pour Bellatryx, mon amour du mitan pour Joseph et un troisième et dernier amour. J'ose à peine parler de cet amour du couchant tant il fut bref.

Fidèle à mes convictions d'adolescente, quand je considérais trente ans comme l'avant-poste de la vieillesse, j'avais enterré avec Joseph ce qui restait de mes désirs. Que dire d'aimer à soixante ans, dans ce cas ? Mes avantages passés, ce corps auquel j'avais accordé très peu d'attention puisqu'il n'en avait pas besoin, ma peau mate et mes cheveux sombres étaient arrivés, croyais-je, au bout de leur charme. J'avais des rides et des affaissements qui m'étonnaient. Quand je l'ai rencontré, j'ai été touchée au cœur, ce qui, mon expérience me l'avait appris, n'augurait rien de bon. Mais revenons au château.

Nos préparatifs commencèrent dès le lendemain. Il nous fallait d'abord choisir notre lignée, notre écu et la couleur de nos blasons.

Une vieille encyclopédie militaire, dénichée par Luc, trônait sur la table de la salle commune où nous allions à tour de rôle consulter le code héraldique. Il était d'une telle complexité que personne n'était trop sûr du résultat. Il fallait choisir une couleur et un métal, mais pourquoi diable devait-on aussi choisir une fourrure, et qu'est-ce que ça mangeait en hiver de la contre-hermine et du vair ?

Dans la lignée de la Dame d'exil, nous avions choisi un écu en forme de cœur, caractéristique de la face de l'effraie des clochers, l'argent était notre métal et l'azur notre couleur. La Dame blanche n'ayant pas d'aigrettes, Nicolas avait proposé de lambrequiner l'écu en utilisant les serres de l'oiseau, le ruban le plus long étant constitué par le doigt médian pourvu d'un ongle en forme de peigne.

La lignée du Raton orphelin arborait la forme triangulaire inversée de l'écu italien sobrement coiffé de deux petites oreilles rondes. L'or constituait le fond de l'écu, qui était barré en son milieu par un masque noir, couleur qu'en termes héraldiques on nomme sable. Cela nous semblait si bizarre, le choix de la couleur blonde du sable pour désigner le noir, que Marie-Josée était allée fouiller dans la bibliothèque pour tenter d'éclaircir ce mystère. Elle revint au bout de quelques heures, fière comme une montagne d'avoir pu remonter la filière. Ce sable-là descendait non de l'ancien latin *sabulum*, mais du latin médiéval *sabellum*, désignant la fourrure noire de la martre zibeline, une petite bête à fourrure apparentée au furet.

Finalement, la lignée des Mémoires était représentée par un grand beffroi flanqué de deux plus petits. Les tours étaient d'argent, leurs toitures étaient d'or de même que les cloches, dont on ne faisait que deviner la silhouette ronde à l'intérieur. Les lambrequins formaient de longs pavois pourpres au-dessus des clochers.

Notre patience ayant été épuisée par ce long exercice, il ne nous en restait plus beaucoup pour fabriquer nos tenues. Ça sentait l'improvisation, mais nous nous étions amusés comme des fous à rapailler vieux chaudrons, couvercles de poubelle, manches à balai, brosses à plancher, tentures, couvre-pieds, ceintures, plumes et boutons. Il n'y avait pas deux uniformes pareils, mais nous n'étions pas si nombreux pour qu'il soit nécessaire de nous distinguer par nos habits. La journée s'acheva au bord du feu, où nous nous sommes écroulés en nous appuyant les uns contre les autres dans nos accoutrements disparates.

Richard nous observait, une expression affectueuse dans les yeux. Malgré tout le mal qu'il avait dû se donner simplement pour nous nourrir, il n'avait ni regret ni rancune, au contraire, il semblait plutôt content de son sort. Pouf avait beau faire des miracles avec pas grand-chose, il ne pouvait quand même pas inventer le pain que nous mangions. Aussi, notre nourriture était-elle le fruit des minutieuses tractations de Richard. Il ne se contentait pas de négocier avec l'épicier revêche du village ; il faisait la tournée des maraîchers, producteurs de lait, éleveurs de volailles et pêcheurs de la côte. Il avait ouvert des comptes un peu partout, dont il payait d'infimes fractions pour pouvoir y inscrire de nouveaux achats, donnant toujours sans vergogne sa montagne en garantie. À sa place, j'aurais renoncé cent fois au moins.

Bien que le mystère qui l'entourait ait fini par s'éclaircir, je ne me souviens pas à quel moment de quel été. Un jour, on a su que Richard avait été un athlète reconnu et célébré. Plus tard, qu'il avait fait ses premières armes dans les piscines paroissiales qu'il fréquentait parce qu'il ne venait pas d'un milieu aisé. Pire que ça : il avait fait plus de familles d'accueil qu'il ne faut d'années pour atteindre la majorité.

La fréquentation de pères brutaux et de mères mesquines, de faux frères et de sœurs artificielles avait fait de Richard un homme rempli pour ses semblables de la sollicitude qu'on lui avait refusée. Il était incapable d'injustice ou de malveillance. Je crois que le fait de ne prendre pour acquis ni le toit qu'il avait sur la tête, ni le pain sur la table, ni l'affection de son entourage en avait fait un être continuellement reconnaissant.

Il n'élevait jamais le ton, ne gardait pas rancune et nous l'aimions beaucoup. Qui, en ce cas, eût été mieux que lui pour remplir le poste de commandeur des lignées de Céans ? Je ne vois pas. C'est Ignis qui en a eu l'idée ; nous étions tous d'accord et, avant d'aller nous coucher ce soir-là, Richard en a solennellement accepté l'honneur et la charge.

Le soleil chauffait nos chaises depuis plusieurs heures ce matin-là quand les premiers d'entre nous sont arrivés dans la grande salle avec, encore sur les joues, les marques éphémères de la nuit. En l'honneur de nos nouvelles appartenances, Pouf s'était fendu de sa recette secrète de pain doré. Il n'avait pas eu le cœur de tirer petit Paul du lit, lequel était venu le rejoindre plus tard, tout piteux de son retard, les yeux encore bouffis de sommeil, le dessin de l'oreiller embossé sur sa joue ronde. Ayant renoncé à s'asseoir pour manger avec les autres, il s'empressait de faire le service. Regroupés selon nos couleurs, nous inondions notre pain de sirop d'érable que l'on accompagnait de grands verres de lait en poudre, dont nous avions pris l'habitude de déguiser le goût crayeux avec du Quick.

J'avais rallié la lignée de la Dame d'exil moins par affinité pour les hiboux que par solidarité familiale. Notre clan comptait, en plus de Samuel et moi, de Juliette et de Nicolas, le grand Louis, Alain et Daniel, surnommés les inséparables, car toujours où était l'un était l'autre et, de façon plutôt inattendue, Laurent, qui avait décidé de faire ainsi savoir à Charlotte son intention de se passer d'elle. Aucun des membres n'étant doué pour reproduire notre blason, Juliette avait trouvé une parade en rassemblant suffisamment de vieux draps de coton blanc pour nous en faire des capes que nous avions nouées à notre cou avec des rubans bleus dépareillés, question de rappeler nos couleurs.

La lignée du Raton orphelin comptait Stéphanie, notre petite musicienne, qui était excellente en dessin et qui avait peint le blason de la lignée sur des écussons de bois fabriqués par Marc. Charlotte s'était jointe à la lignée dès que Lola avait annoncé sa création, jugeant que seule une maison dirigée par une fille méritait son adhésion. Laurent, qui n'avait pas encore fait acte d'indépendance, s'était joint à nous au moment où Charlotte avait voulu lui intimer l'ordre de la suivre. Elle avait beau être la plus belle d'entre les belles, plus belle que nous toutes réunies, il y avait des limites à ce que Laurent était prêt à faire pour ses yeux de chocolat et ses boucles d'or. Ses deux autres soupirants, les inséparables, étant déjà casés, elle jeta un regard pénétrant en direction d'Ignis. Ce n'était un secret pour personne, notre maître de feu intéressait Charlotte depuis le début, mais n'étant pas femme à accepter un refus et ne sachant pas trop comment le bel Ignis réagirait si elle lui faisait signe ouvertement, elle agissait avec circonspection. Tandis que Pouf joignait les rangs de la lignée du Raton à la demande du petit Paul qui voulait faire bande commune avec Estelle et Judith, Ignis était resté de marbre.

Maïna lui offrit de les rejoindre, elle et Catherine, dans la lignée des Mémoires, ce qu'il accepta avec plaisir sans un regard pour l'air courroucé de Charlotte. Luc était déjà de la lignée avec Marie-Josée. Le dernier campeur qui se joignit à eux fut Simon. Ce n'était guère surprenant. Simon ne voulait déplaire ni aux uns ni aux autres et ne prenait parti que coupé de toute retraite.

Une fois avalée la dernière goutte de sirop répandue sur son pain doré, Martin, qui n'avait pris les couleurs d'aucun clan, convoqua une assemblée aux Trois Vieilles avant la fin de l'heure courante.

Les Trois Vieilles étaient un grand arbre au tronc en torsade et à la peau calleuse qui se divisait en trois branches maîtresses colossales. À cause de la plainte ininterrompue qui émanait d'elles et de leurs faces nouées et tortueuses, on aurait dit trois vieilles mécontentes clouées au même torse. Tout le monde connaissait l'endroit, qui ressemblait vaguement à un auditorium avec ses pierres étagées formant des bancs.

Martin était le seul de toute la bande à ne porter aucun signe distinctif, à moins que l'on puisse considérer Sylve, qui se tenait sur sa gauche en mâchonnant une touffe d'herbe, comme un signe distinctif.

— Je pense que vous allez être d'accord pour qu'à notre première sortie, on se contente de faire de l'observation.

En disant cela, il posa son regard sur le gourdin que Laurent avait fabriqué, le fixa ensuite sur les lances de Daniel et Alain, de longs manches à balai au bout desquels ils avaient attaché de petits couteaux de cuisine, avant de finir sa course sur l'arc du grand Louis.

Laurent opina, abandonnant son gourdin, ce qui, venant de lui, n'était pas surprenant le moins du monde.

– En premier, jamais d'armes en mission d'observation. Ce qu'il faut, c'est investir la place aussi silencieusement qu'un renard et noter tout ce qu'on voit.

Charlotte demanda, l'air de s'ennuyer comme un dimanche :

– Qu'est-ce qu'on cherche ?

– Tout ce que les intrus ont pu laisser comme traces. Si on ne veut pas passer pour les fauteurs de troubles, ce que les gens de la communauté ont l'air de penser que nous sommes, il faut savoir a) qui est allé là-bas, b) ce qu'ils ont fait et c) s'ils ont l'intention de revenir.

Lola fit taire les petites qui babillaient et demanda :

– D'accord, et si vous vous retrouvez face à une gang de motards qui ne fait pas dans la dentelle, vous allez faire quoi, au juste ?

Encore incapable de marcher sans appui, elle ne pouvait évidemment pas faire partie de l'expédition. Le palanquin de Richard avait repris du service, mais il était encombrant à souhait, et Lola avait fini par se déplacer avec une canne trouvée au grenier. Juliette fit remarquer avec dédain :

— Ce n'est certainement pas le grand Louis avec son arc qui va effrayer des motards, ni Laurent avec son gourdin.

— On ne va se retrouver face à personne, l'idée c'est justement d'observer en secret !

— Qu'est-ce qu'on cherche ? Des pointes de flèche ?

— Très drôle, Luc, vraiment très drôle. Si des gens ont fait la fête, il reste forcément des bouteilles de bière, des restes de bouffe, et s'ils ont failli faire brûler la montagne, j'imagine qu'il doit y avoir des traces d'un début d'incendie.

— Avec leurs noms écrits dans les cendres ?

— Faites un effort, voyons ! Les bouteilles, elles ont bien été achetées quelque part, probablement au dépanneur du village. Et nous, on ne boit pas.

— Tu veux dire qu'on ne boit pas autre chose que du vin de notre cave personnelle ?

C'était Juliette qui venait d'ajouter son grain de sel.

Chapitre XXI

Sur d'autres rivages

Assis au bord de l'eau, le dos bien calé dans une des grosses chaises de jardin où il avait vite pris l'habitude de prendre ses aises, Hermès tenait à la main une lettre arrivée le jour même. Il avait beau être contrarié par le délai que Léonard lui annonçait avec mille précautions, il ne pouvait s'empêcher d'y trouver des avantages.

C'était clair comme un nez au milieu de la figure que ce félon savait avant de partir qu'il ne reviendrait pas aussi vite qu'il l'avait dit. Mais d'un autre côté, ce retard, c'était plus de temps pour se reposer et il en ressentait le besoin au fond de ses tripes. Ses forces déclinaient et elles n'étaient pas les seules : il y avait aussi sa vessie qui déclinait, sa peau qui déclinait, ses os, ses cheveux et son ouïe pareillement. On croit que seules les femmes souffrent d'être vieilles. Mais pas du tout. Les hommes aussi. Ils perdent en vigueur et en beauté et ils savent que ça n'ira pas en s'améliorant.

Hermès aurait dû se lever pour aller inspecter le chantier comme il le faisait matin et soir, mais une douleur à la hanche qui le tenaillait depuis quelques jours le convainquit de rester encore un peu devant le lac. Il se demandait si ça valait la peine d'avertir Shaula qu'il serait absent encore un peu. Léonard ne lui ayant pas laissé espérer quelques jours de retard, plutôt quelques semaines, cela voulait dire qu'il ne reviendrait pas avant la rentrée.

Autre chose occupait son esprit. Peut-être le temps était-il venu pour lui de quitter la communauté, peut-être ses inquiétudes au sujet d'Altaïr n'étaient-elles en fait que la crainte de l'homme vieillissant de se faire dire quoi faire par quelqu'un de plus jeune, qui organise les choses à sa manière. Des peurs de vieux loup, quoi ! Et puis, c'était loin le mont Unda, l'hiver y était rude et il allait sur ses soixante-dix ans. Il regarda autour de lui, le lac devant, les branches chevelues des saules et, derrière, la robe de brique du collège. Sa chambre, qui donnait sur le lac, était très confortable. S'il s'installait ici, il serait dans un lieu tout aussi paisible et tout aussi beau que là-haut dans la montagne, mais il aurait un ami proche et il serait plus près des hôpitaux : ça compte quand on devient vieux. Il s'ennuierait d'Adhara et de Bellatryx, c'est sûr, mais il y avait d'autres jeunes ici ; un collège, ça bouge tout le temps.

Il finit par se lever. Il avait tout juste le temps d'aller voir l'avancement des travaux avant le départ des ouvriers, quand une douleur fulgurante interrompit son geste.

— C'est comment là-bas, Bernadette ?

Shaula n'aurait su dire si sa cadette en avait pour quelques semaines ou plusieurs mois à vivre. Son état n'avait pas beaucoup changé, mais elle se sentait coupable à la seule pensée de faire le calcul. Sa petite sœur était condamnée, voilà tout ce qu'elle avait besoin de savoir. Hermès était certainement de retour dans la communauté et elle, elle avait un devoir à accomplir ici.

— Te rappelles-tu, Fabio, les dimanches où on allait au verger du Séminaire quand on était jeune ?

— Oui. On montait dans un escabeau et il fallait faire attention à ne pas échapper les pommes pour ne pas les gaspiller.

— Te rappelles-tu comment on se sentait ? Libres, heureuses, le monde à nos pieds.

— Oui, c'est vrai, c'était comme ça.

— Eh bien ! le mont Unda, c'était ça !

— Pourquoi est-ce que tu en parles au passé ?

— C'est toujours un endroit aussi merveilleux, mais les impressions s'adoucissent avec le temps. Quand on l'a découvert, il n'y avait qu'un chemin de montagne utilisé par les chasseurs du coin. C'était la fin de l'été, on était cinq ou six de la bande, et il nous restait quelques jours de vacances avant la rentrée universitaire. Dès que j'ai eu mis le pied sur cette montagne, j'ai voulu qu'elle m'appartienne.

Fabiola sourit. Elle reconnaissait bien là le caractère entier de Bernadette, qui ne tolérait pas la moindre demi-mesure. La preuve ? Elle se trouvait à des milliers de kilomètres de sa montagne pour l'aider à affronter sa mort.

— Posséder une montagne, c'était plus important que tout ? Plus important que l'amour ?

— Peut-être pas la posséder, mais l'habiter, je crois que oui, à l'époque. Ce qui comptait, c'était avoir un lieu à nous, les idées qu'on partageait, la manière dont on allait s'y prendre pour rester intègres. Enfin, ce genre de choses. Il n'y a pas eu de couples avant qu'on s'installe là-bas l'année suivante.

— Est-ce que tu aimais déjà Carl ?

— Oui. Je l'avais dit à Véga, mais personne d'autre ne le savait. Pas même Carl.

— Véga. C'est un joli nom. Qui est-ce ?

— Ma meilleure amie. C'est drôle, elle vient d'un milieu beaucoup plus pauvre que nous, mais je n'ai jamais senti la moindre différence entre nous. Jamais.

— Tu ne fais pas attention à ce genre de choses, toi.

— Ne crois pas ça, Fabio. Je ne trouve pas que c'est important, mais ça ne m'empêche pas de remarquer les différences. Véga est d'une classe à part. Elle voulait élever des chevaux. Finalement, pour mon plus grand bonheur, c'est l'anthropologie qui l'a capturée parce qu'on n'élève pas de chevaux sur une montagne !

— Ça n'a pas dû être évident de vous organiser. Je n'ai jamais pu savoir comment, parce que maman levait les yeux au ciel chaque fois que quelqu'un parlait de ta montagne à la maison et papa était si furieux qu'il sortait de la pièce.

— Je ne leur ai pas expliqué pourquoi j'avais choisi de vivre comme ça, ça n'aurait servi à rien, j'en suis encore convaincue aujourd'hui. Mais je suis contente de pouvoir t'en parler, Fabio. En vieillissant, je m'aperçois que la famille ne perd pas d'importance à mesure qu'elle s'éloigne dans le temps, elle en gagne.

Shaula laissa passer quelques secondes pour assurer sa voix et continua sur un ton enjoué :

— Bref ! C'était le début des années soixante, on avait le goût de faire les choses autrement et j'ai le sentiment d'avoir réussi. Il n'existe aucune communauté du genre en Amérique du Nord, tu sais. Elle a survécu à presque vingt ans de hauts et de bas. Crois-moi, pour une communauté qui n'est régie par aucune règle externe, c'est exceptionnel.

— Pour les maisons, vous vous êtes organisés comment ? Francesco disait à tout le monde que vous viviez dans les arbres comme des marsupiaux.

— Quand on est arrivés sur les lieux à la fin du printemps, on s'est installés dans des tentes. Les ouvriers qui venaient des villages environnants ont utilisé le bois de la montagne pour construire nos pavillons. À l'automne, ils étaient prêts pour qu'on s'y installe et, durant les sept ou huit années qui ont suivi, on a peu à peu apporté des améliorations surtout pour que ce soit plus confortable l'hiver. Il y a deux chutes sur la montagne, on en a utilisé une pour nous alimenter en eau. Au fond, Francesco n'avait pas tort. Quand on vit à une telle altitude, d'une certaine façon c'est comme si on vivait dans les arbres.

Shaula avait répondu à la question les yeux fixés sur la fenêtre qui s'ouvrait sur la riviera du Levant. Elle les reposa sur Fabiola et vit qu'elle s'était endormie. Malgré sa maladie, Fabio était toujours aussi gracieuse. Elle portait les cheveux courts, ses mèches brunes encadrant le visage aminci. Ses cils faisaient deux taches soyeuses sur ses joues et de sa bouche entrouverte sortait le souffle régulier du dormeur.

Shaula alla s'asseoir près de la fenêtre. Elle n'était plus autant attristée par son physique ingrat qu'elle l'avait été dans sa jeunesse. Le fait d'avoir été aimée, même brièvement, même une seule saison peut-être, d'avoir eu deux enfants d'une beauté remarquable, d'avoir accompli ce qu'elle désirait accomplir, la vengeait un peu de ses disgrâces. Mais la laideur n'est pas une offense qui se laisse oublier. Il lui arrivait encore d'en être blessée jusqu'au fond de l'âme, comme autrefois.

Son frère Francesco la précédait de trois ans dans l'écheveau familial. C'était le plus impitoyable de tous. Il avait pris Shaula en grippe depuis qu'elle était toute petite et ne ratait pas une occasion de l'humilier, mais à sa façon suave, pour ne pas attirer sur lui les foudres maternelles. Habiter les arbres, c'était bien sa façon de laisser entendre qu'elle descendait plus directement du singe que les autres membres de la famille Gozzoli. Dans l'intimité de leur salle de jeu, il l'avait surnommée *brutezza*, laide en italien.

Shaula n'aurait su dire si elle était devenue bienveillante pour ne pas, comme on dit, faire subir aux autres ce qu'elle ne voulait pas qu'on lui fasse, ou si elle avait été frappée de laideur et victime de méchanceté parce qu'elle était assez forte et capable de compréhension pour le supporter. Y avait-il une sorte de grand plan ou, à défaut, une sorte de justice ? Fabio se tourna dans son sommeil en gémissant. La douleur dans les os est la plus intraitable de toute, dit-on. Rien n'en vient à bout.

☙

Chaque fois que les mains du médecin le palpaient, la souffrance lui fouettait le cœur. Les ouvriers l'avaient trouvé évanoui sur le gazon devant le lac, il avait repris conscience dans l'ambulance et attendait maintenant un diagnostic qu'il imaginait assez sombre.

C'était très naïf de sa part de croire qu'on lui dirait aussi vite de quoi il souffrait, la preuve qu'il ne fréquentait pas beaucoup de médecins. Celui qui s'occupait de son cas partit dans un vol de sarrau sans prononcer un seul mot. Il dut attendre le lendemain pour apprendre qu'une opération s'imposait. D'ici à ce que cela se fasse, on le retournait chez lui. Les événements avaient tranché à sa place ; il ne pouvait pas retourner au mont Unda, chez lui, ce serait donc le collège. Il fallait qu'il avertisse Shaula.

❦

Elle ne reçut pas ce message. Antarès l'avait déposé avec le reste du volumineux courrier sur une table de la salle commune où chacun prenait les lettres qui lui étaient destinées. Altaïr avait ramassé l'enveloppe comme il le faisait en général pour le courrier de Shaula, omettant toutefois de la joindre à l'envoi qu'il lui avait réadressé.

Chapitre XXII

S'emmurailler

L'ENCEINTE, qui s'étendait des deux côtés de la porte de Belisama, faisait désormais des lieux habités par la communauté une entité distincte de la forêt. Il serait bientôt temps de passer à l'adoption de la charte.

Voulant à tout prix éviter qu'Adhara monte sur ses grands chevaux et entraîne avec elle d'autres membres parmi les plus proches de Shaula, notamment Antarès, Rigel et Deneb, Altaïr imagina de prévoir la présentation de la charte au cœur d'une semaine de festivités auxquelles assisteraient tous les nouveaux membres, ceux qui étaient restés et ceux qui devaient revenir sous peu.

Ce serait à la fois une fête et un rituel, qui jetteraient les bases d'un nouvel ordre. Il réfléchissait aux détails de la fête quand Adhara vint le voir.

– As-tu des nouvelles de Shaula ?

– Justement, je voulais t'en parler… ma grande.

L'épithète, qui était toujours précédée d'une hésitation, égratignait autant les oreilles d'Adhara que la première fois. Il était assis devant le secrétaire aux tiroirs secrets. Sirius était installé à la table de sa mère, comme s'il était chez lui, en compagnie des trois nouveaux qui suivaient Altaïr comme une sainte Trinité.

— On s'est parlé au téléphone, hier. Ta tante Fabiola est très faible ; Shaula ne la quitte pas d'une semelle, mais ça pourrait être encore long. Elle m'a dit de vous dire que vous lui manquez énormément, toi et Bellatryx, et elle s'est informée d'Hermès.

— Qu'est-ce que tu lui as dit ?

— Je ne lui ai rien dit de spécial pour ne pas l'inquiéter, mais j'ai demandé à Maïté de se rendre à l'hôtel où Hermès a l'habitude d'aller quand elle sera à Québec.

— Ce ne sera pas nécessaire, je m'en charge.

— Tu aurais certainement pu le faire, mais Capella désire passer la prochaine semaine avec toi. Il semble qu'elle a beaucoup de documents à te remettre, des notes, des livres, enfin, des tas de choses.

— Je ne serai partie que quelques jours.

— Je lui ai déjà dit qu'elle pouvait compter sur toi. Et Maïté doit aller à Québec de toute façon.

— On n'a qu'à y aller ensemble.

— Tu vas avoir bien d'autres occasions.

— C'est maintenant que je veux y aller.

— Ne fais pas l'enfant, j'ai horreur de ça !

Altaïr avait pris une voix coupante qui était davantage dans sa nature hautaine que ces mielleux « ma grande » et « mon ange » qui ne lui allaient pas du tout. Adhara fit exprès de le dévisager :

– Oui, je sais que ça te déplaît d'avoir eu des enfants.

– Ce n'est pas ce que j'ai dit. N'invente pas n'importe quoi. Ta mère est au chevet de sa sœur en Europe, Hermès n'est pas là, c'est à moi que revient la responsabilité de la communauté, que ça te plaise ou non, Adhara. Tu te plaindras à ta mère si tu veux à son retour, en attendant, c'est moi qui décide.

– En nous enfermant derrière une barricade, par exemple ?

– Une clôture pour protéger notre espace, tu appelles ça une barricade, toi ? Tu aurais intérêt à arrêter de tout exagérer, Adhara.

– Depuis quand est-ce qu'on a besoin de se protéger ? Quelqu'un a des hallucinations auditives, Bellatryx s'emballe et te voilà qui accepte la construction d'une barricade. On croit rêver !

Sirius crut bon de venir en aide à Altaïr :

– Quand on est arrivés ici, il n'y avait jamais personne, à part quelques gars du village qui trappaient dans la forêt des pluies, mais la ville se rapproche. Il va y avoir de plus en plus de curieux et d'importuns.

– Une poignée de jeunes qui sont venus faire la fête, ça ne justifie pas la construction de remparts !

– Les gens du village le disent, il y a beaucoup plus d'étrangers que par les années passées, cet été. Beaucoup plus.

– C'est dangereux ?

Marcel s'en mêla. Il s'adressa à Adhara de cette voix si étonnante de grâce dans le corps de quelqu'un qui en était tellement dépourvu :

– Ce n'est pas vraiment une question de sécurité, même si ça l'est un peu. Il s'agit bien plus de la protection d'un espace de vie.

Il croyait calmer le jeu, il ne réussit qu'à exaspérer davantage Adhara qui quitta le pavillon, furieuse. Elle marcha jusqu'à la porte de Belisama, se promettant que le premier qui essayerait de l'empêcher de sortir allait passer un mauvais quart d'heure, mais Marc-Aurèle, assis en compagnie d'autres garçons, lui prêta à peine un regard.

<hr />

– Qu'est-ce que tu fais ?

– Tu vois bien, je fais mes bagages.

– Pourquoi ?

Adhara s'était calmée. Repassant la porte de Belisama, elle était allée au pavillon des enfants voir son frère.

– Tu n'en croiras pas tes oreilles. Maïte m'a demandé d'aller en ville avec elle ! Tu t'imagines ! Je vais descendre jusqu'à Québec, Adhara !

Adhara pâlit. Elle fit un effort pour garder son sang-froid devant Bellatryx et sortit en vitesse. Si Shaula avait été là, ou Hermès, jamais les choses ne se seraient passées comme ça, jamais ! Elle sentit monter une rage si violente qu'elle en perdit quelques secondes le contact avec la réalité. Seul subsistait en elle le goût de faire mal à ceux qui la blessaient, son père, sa maîtresse, son propre frère. Le tumulte finit par s'apaiser, la laissant pantelante. Elle s'apercevait qu'elle était capable de haine et ça lui faisait peur.

— Adha ?

— …

Bellatryx l'avait suivie. Il se balançait d'un pied à l'autre, mal à l'aise.

— Je t'ai fait quelque chose ?

— Non.

— Menteuse !

— Ce n'est pas toi, Tryx. Enfin, pas toi directement.

Il lui fit la prise de l'ours, la menaçant des pires sévices si elle ne passait pas aux aveux. Il cherchait à la faire rire. De voir sa sœur aussi désemparée lui gâchait sa joie. Pour lui aussi, les choses avaient beaucoup changé et plutôt vite. Adhara était sa boussole ; tant qu'elle veillait, il pouvait faire le brave, sans elle, il n'était plus sûr de grand-chose.

— Si tu veux, je vais demander à Maïte qu'on y aille tous les trois. D'accord ?

— Non, laisse.

— Pourquoi ?

— Capella a besoin de moi ici.

– Ce n'est pas trois jours qui vont changer quelque chose dans sa vie, quand même !

– Maïte doit essayer de trouver Hermès et j'ai tout à coup eu envie d'y aller, mais c'est passé. Ne t'en fais pas pour moi, ça va aller.

Bellatryx n'insista pas. Au fond, il désirait faire ce voyage seul avec Maïte, autant pour le plaisir du voyage que pour l'occasion qu'il lui fournissait d'explorer les mystérieuses frontières des sentiments qu'il éprouvait pour elle.

Il l'attendait devant le pavillon des enfants, mal à l'aise. Habitué au confort ample des tuniques, le pantalon de toile, la chemise – même ouverte au col – et les souliers de cuir lui donnaient l'impression d'être emprisonné dans son linge. Il avait attaché ses cheveux en queue de cheval et portait son sac à dos sur une seule épaule avec un rien de désinvolture. Maïte arriva au volant du vieux scooter.

Le jour de leur départ, le hasard a voulu que nous allions au village acheter quelques trucs de dernière nécessité. Je les ai vus arriver, Maïte comme une olive noire dans sa robe légère d'où émergeaient ses jambes fines brunies par le soleil, suivie de Bellatryx. Je les ai vus descendre du vieux scooter que Maïte venait de garer sous l'auvent de la station service du village et s'installer dans une petite voiture rouge, sans doute louée. Bellatryx ne souriait pas, comme d'habitude, mais tout son corps irradiait. Je le voyais pour la première fois habillé comme nous, c'était aussi la première fois que je le voyais cheveux attachés, rien pour me guérir de lui.

Je n'ai jamais été poignardée et pourtant je sais exactement ce qu'est le choc, la douleur qui s'ensuit, le sang qui coule de la plaie. Je me demande encore comment j'ai pu rester debout sans défaillir, hébétée comme je l'étais, refaire le chemin en sens inverse, continuer à vivre même, malgré la perte.

Ils ont passé trois jours à Québec, allant et venant pour dénicher les accessoires de la fête, Maïte faisant de son mieux pour faire découvrir à Bellatryx les chatoiements de la ville. Il en est sans doute revenu encore plus amoureux d'elle, mais ce ne sont là que suppositions d'ancienne petite fille jalouse.

⁂

Le jour où ils sont partis pour la ville, il y eut un coup de feu dans la forêt, non loin de la bâtisse à la galerie en cèdre rouge, à l'heure du souper. C'était inhabituel, non pas à cause de la saison, mais parce qu'il n'y avait jamais eu de chasse sur le mont Unda depuis l'arrivée de la communauté. Altaïr fit un signe pour que chacun reste à sa place, se leva et se dirigea vers la porte. Quand il revint, Sirius était à ses côtés, droit comme un manche à balai qui aurait porté des plumes de paon. Il avait tué un coyote qui rôdait non loin des chevreuils, heureusement à l'extérieur des murs. Une fois assis, il eut un regard pour Adhara à qui il adressa un sourire presque gentil. Changement de tactique, se dit la jeune fille. Il tente une autre approche. Elle soupira. Évidemment, cette histoire de coyote n'allait pas en rester là. Tout au long du repas, les garçons s'excitèrent sur ce fait d'armes qui faisait monter en eux des instincts de chasseurs de mammouth. Les hommes de la communauté les écoutaient avec sympathie, les femmes avec l'air légèrement amusé de celles qui ont vu des tas de chasseurs de mammouth dans leur vie.

Adhara n'avait personne de son âge avec qui trouver cette situation idiote, aussi se leva-t-elle en abandonnant son repas. Les clôtures ne suffisaient plus maintenant, il fallait tuer. C'était tellement éloigné de ce qu'avait été sa vie d'avant. Le chant d'Amorgen se mit à lui trotter dans la tête. Tiens, c'est ce qu'elle allait faire, elle irait l'écouter. Ça la calmerait. La cassette devait être avec les autres cassettes d'Aldébaran dans le salon.

Elle n'y était pas. Adhara eut beau chercher partout, au fond des tiroirs, sur les étagères, dans les armoires, elle n'en trouva pas trace. Pendant sa recherche, elle s'aperçut que les livres d'Aldébaran sur la mythologie celtique n'étaient plus là non plus. Quand son énervement de ne pas trouver ce qu'elle cherchait se fut un peu calmé, elle sut. Elle le sut aussi clairement qu'elle savait que la nuit suit le jour.

Maïte lui avait fait entendre non sa propre cassette, mais celle d'Aldébaran, et ses connaissances sur la culture celte venaient directement des bouquins piqués dans le pavillon d'Aldébaran. Dire qu'elle était en train de chercher à amadouer Bellatryx comme elle l'avait fait avec elle. Adhara prit une tablette, un stylo et commença à écrire.

⎯⎯⎯⎯

Les garçons poursuivirent leur discussion jusqu'à une heure avancée de la nuit. David, qui avait plusieurs expéditions de chasse à l'orignal à son actif, en parla beaucoup, leur promettant d'aller aux coyotes avec eux. Personne n'avait d'armes, alors il leur promit aussi de s'en occuper. Quand ils allèrent se coucher, David avait bu tellement de vin qu'il zigzaguait dans le sentier, ivre et heureux d'être de quelque part. Il réveilla Marcel et André pour le leur dire.

Altaïr le vit passer. Il ne se couchait jamais avant que le dernier membre de la communauté ne soit endormi. Il devinait que la chimie était en train d'opérer dans les rangs. Tout allait bien de ce côté. Par contre, Adhara continuait de l'inquiéter. Il était près de trois heures du matin et la lumière n'était toujours pas éteinte chez elle. Que pouvait-elle bien trafiquer à pareille heure ?

⎯⎯⎯⎯

[...] Voilà ce que je voulais te dire. Quand j'ai vu arriver ces étrangers chez nous, et ensuite pousser ces murailles, j'aurais aimé que tu sois près de moi, mais maintenant je sais qu'il est bien que les choses soient comme elles sont. Je sais que je dois traverser ces moments toute seule, m'affranchir de toi, accepter ma peur et la vaincre. Ne t'inquiète pas pour Bellatryx, je veille sur lui comme sur la prunelle de mes yeux, occupe-toi bien de tante Fabio. Ta fille, Adhara XXX

Elle adressa l'enveloppe, la cacheta et la posa par-dessus celle qu'elle avait écrite à Hermès et adressée à son amie Louise, faute de savoir où il pouvait bien se trouver. Puis, elle attendit que le soleil se lève pour aller les porter à Antarès. Elle n'avait pas sommeil. Elle éteignit la lampe et alla s'asseoir à la fenêtre. Croyant tout le monde enfin endormi, Altaïr alla se coucher.

Chapitre XXIII

Un couple, la nuit

ILS ÉTAIENT PARTIS après souper, impatients d'en découdre avec les coyotes. Certains portaient une des carabines à plomb rapportées du village par David. De vraies armes auraient été impensables et, de toute façon, les jeunes ne savaient pas tirer. L'idée, c'était bien plus qu'ils soient présents pour faire l'expérience du rituel : la marche, le rythme, l'apprivoisement des bruits et des odeurs, l'attente. David se chargerait seul de tuer pour cette fois. Ils auraient bien le temps d'y venir.

– En veux-tu ?

Marc-Aurèle avait tiré une bouteille de son sac à dos et la tendait à Bellatryx en s'efforçant d'être discret.

– Qu'est-ce que c'est ?

– Vodka.

– Beurk ! Ça pue ! Non merci !

– Ça réchauffe, mais ce n'est pas pour les mauviettes.

– On en reparlera quand tu auras passé trois jours en ville avec une femme aussi belle que Maïte !

Bellatryx avait élevé la voix. Il était sur la défensive et Marc-Aurèle, qui avait cinq ans de plus que lui, flaira la vantardise.

– Qu'est-ce que vous avez fait?

– Ça, c'est personnel, tu sauras! Mais c'était... c'était... le septième ciel, tu connais?

– Évidemment! Vous l'avez fait combien de fois?

Bellatryx sentit le sang lui monter au visage et, pour chasser son embarras, il tendit la main en direction de Marc-Aurèle.

– Passe-moi la bouteille, j'ai soif!

– Combien de fois?

Marc-Aurèle tenait la bouteille dans les airs, affichant un sourire moqueur qui décida Bellatryx à lancer un chiffre pour mettre fin au supplice:

– Douze! Tu me passes la bouteille, oui?

Marc-Aurèle s'esclaffa:

– Douze! Vous n'êtes pas sortis de la chambre pendant trois jours, ou vous étiez douze à le faire? Je croyais que Maïte et toi étiez là-bas pour acheter des feux d'artifice, pas pour les allumer!

Bellatryx avait pris un risque et, de toute évidence, il s'était trompé. Il essaya d'arranger les choses:

– C'était pour rire. Je t'ai dit que je ne voulais pas en parler. Tu me la passes, oui ou non?

Ne voulant pas s'exposer une deuxième fois au ridicule, il porta la bouteille à ses lèvres, pencha la tête en arrière et se força à boire à longues goulées, près d'un quart de la bouteille. Il avait l'impression d'avaler du feu, mais ne se serait pas arrêté si Marc-Aurèle, soudain inquiet, ne la lui avait pas enlevée des mains pour la faire disparaître dans son sac. Il observait le visage de Bellatryx, mais comme il semblait normal, il se remit à marcher en silence. À mesure que le groupe avançait, l'excitation s'emparait des garçons.

Nous aurions presque pu nous croiser au milieu de la forêt. Nous avions passé tout l'après-midi sur le mont Unda à chercher des indices sur l'identité des jeunes qui étaient censés avoir failli mettre le feu à la montagne.

Après avoir donné l'ordre aux garçons de ne pas bouger, David s'était éloigné. Bellatryx se sentait de plus en plus mal. Il voyait la bouteille de vodka se promener de main en main, dans un brouillard qu'il était incapable de dissiper.

À mesure que la bouteille se vidait, le silence que les jeunes s'étaient imposé était entrecoupé de chuchotements, de ricanements et de rots. Une seconde bouteille, de vin cette fois, surgit d'un autre sac à dos.

David s'était suffisamment éloigné pour que le bruit fait par les jeunes ne soit plus qu'un vague murmure. Il se plaça de façon à ce que le vent ne trahisse pas sa présence en colportant son odeur et attendit, de toute sa patience de chasseur.

Les petits devaient être restés dans la tanière pendant que les parents étaient partis chasser.

David vit le couple s'avancer d'une démarche prudente, épaula et visa, coup sur coup, le mâle qui était un peu en avant et la femelle, plus menue, qui venait derrière. Quand les corps s'affalèrent, il tira un troisième coup de feu, puis un quatrième.

Les garçons restèrent figés sur place, brusquement dégrisés.

David revint, sourire aux lèvres. Il emmena les garçons voir les bêtes abattues et leur dit qu'il était inutile de s'embarrasser des cadavres. Des corps de coyotes n'étaient pas des trophées pour qui avait chassé l'orignal.

⚜

Les corps n'étaient pas là depuis très longtemps quand nous les avons aperçus. Ils étaient étendus l'un près de l'autre sur le flanc. Martin les examina, mais il savait déjà, à cause de la taille, de la position, qu'il s'agissait d'un couple, et tout de suite il s'inquiéta. On était en août et s'il y avait des petits, ce qui était probable, ils ne devaient pas avoir plus de trois mois et étaient encore trop jeunes pour subvenir à leurs besoins.

Martin n'eut pas à insister beaucoup pour nous convaincre qu'il fallait à tout prix retrouver les petits orphelins avant la nuit.

⚜

Bellatryx se sentait si mal qu'au lieu d'accompagner les autres au pavillon des enfants, il se rendit en titubant chez Adhara.

Elle l'installa sur le divan et lui prépara une infusion.

– C'est pour t'empêcher d'avoir mal à la tête demain matin.

– Merci, t'es fine.

– Je sais.

– Si t'étais pas ma sœur, tu serais aussi parfaite que Maï.

– Maï ?

– Maïte, voyons ! Je trouve son nom plus doux sans le « t ».

– C'est bon ?

– C'est dégueulasse !

– Tant mieux ! Ça t'apprendra à te saouler.

– Je l'aime, Adha.

Adhara leva les yeux au ciel. Elle n'avait vraiment pas besoin de ça en ce moment. Puis, elle se dit que c'était idiot de penser une chose pareille. Comme s'il y avait des moments appropriés pour avoir des problèmes ! Elle ne pouvait pas dire à son petit frère, qui vivait sa première passion amoureuse, que celle qu'il aimait ne méritait pas son amour, ça n'aurait rien donné. Mais comment le protéger ? Au moins, il fallait qu'elle vérifie l'ampleur des dégâts.

– Tu crois qu'elle t'aime aussi ?

– Je ne sais pas. C'est difficile à dire. Elle est tellement… tellement extra ! Je me sens comme

267

une fourmi à côté d'elle, tu sais. Comme si j'aimais le soleil.

Adhara poussa un soupir intérieur de soulagement. Puisqu'il parlait comme ça, c'est qu'il ne s'était rien passé encore. Tout n'était pas perdu.

– Dors, petit frère. On en parlera demain.

– Adha ?

– Oui ?

– Je t'aime.

– Je sais.

⊰⊱

Toutes les tanières que nous avions trouvées étaient vides. Cela pouvait être bon signe. En fait, ça ne l'était pas. La scène sur laquelle nous avons fini par tomber n'était pas belle à voir.

– Qui a bien pu faire ça ?

– Probablement d'autres prédateurs.

En répondant à Laurent, Martin examinait le piège qui avait entraîné la catastrophe.

– C'est un vieux truc tout rouillé qui doit dater du temps des Patriotes. Je me disais bien aussi ! S'il y avait des trappeurs par ici, ça fait longtemps que je m'en serais aperçu.

– Qu'est-ce qui a bien pu se passer, à ton avis ?

– Je suppose que les jeunes coyotes se sont aventurés dehors parce qu'ils avaient faim. L'un d'eux s'est pris une patte dans le piège, et au moment où les autres venaient voir ce qui se passait, ils ont dû être attaqués.

Stéphanie s'exclama, horrifiée :

– Par des chasseurs ?

– Non. Sûrement pas. Ce sont d'autres animaux qui ont fait ça.

Juliette conclut, péremptoire :

– N'empêche que ces petits sont morts parce que quelqu'un a tiré sur leurs parents.

C'est à partir de là que l'idée a fait son chemin. Samuel et Martin, qui connaissaient les animaux mieux que nous et savaient leur vie sans cesse menacée, semblaient les moins indignés. D'ailleurs, il est clair, avec le recul, que nous n'avons pas tous obéi aux mêmes motifs. Il y avait la tentation de faire cause commune, celle d'utiliser nos lignées toutes neuves pour réparer une injustice, celle encore de faire une action d'éclat. Ce qui est significatif, par contre, c'est que ces raisons convergeaient, nous donnant l'illusion d'une grande cohérence.

J'avoue que, pour ma part, j'avais des motifs plus troubles. Depuis que j'avais aperçu Bellatryx au village, tellement épanoui, tellement heureux sans moi, j'en gardais un goût amer. J'avais passé des heures à essayer de comprendre. Comment se pouvait-il qu'on puisse tellement aimer quelqu'un sans que ce soit, au moins un tout petit peu, de sa faute ? Est-ce que ce n'était pas ses yeux qui m'avaient bouleversée ? Il devait donc être responsable, parce que tout le monde doit être responsable de ce que font ses yeux, sinon qui le serait ? Et sa main qu'il avait posée sur mon épaule le jour de la mort d'Aldébaran ? Je n'avais pas inventé sa douceur, tout de même ! Ne trouvant pas de réponse acceptable, le fait tout bête qu'il n'avait mis aucune intention amoureuse dans ces gestes étant exclu dans mon esprit, je me suis mise à le haïr de me faire tant de mal. En m'ignorant, il me supprimait. Et comment ne pas haïr son assassin ?

Je ne sais plus trop comment les hostilités se sont ouvertes. Sans doute est-ce le fait qu'on voulait nous faire passer pour des fauteurs de troubles et des allumeurs d'incendie – alors que les membres de la communauté, eux, se permettaient de tuer des animaux sans égard au mal qu'ils faisaient – qui mit le feu aux poudres.

⋇

David avait fait naître le désir de la chasse dans le cœur des jeunes et ce désir continuait de couver. Bellatryx, amoureux, trouvait tout ce qui se passait autour de lui exaltant et la chasse aux coyotes non moins emballante que le reste. Il fut très vite question parmi les jeunes de retourner dans la forêt des pluies, seuls cette fois, afin de pouvoir manier leurs fusils en s'entraînant sur quelques écureuils ou ratons. Ce projet plus ou moins avouable était en cours d'élaboration quand notre délégation, c'est-à-dire moi, Laurent et Ignis, nous sommes présentés à la porte de Belisama.

Je savais que je prendrais la parole au nom des autres. Laurent argumentait quand il se sentait en sécurité, mais le moins qu'on puisse dire, c'est qu'il n'était pas des plus braves. À mesure que nous approchions du but, je le sentais qui se raidissait. Si Ignis et moi avions voulu être cruels, nous n'aurions eu qu'à lui demander d'être notre porte-parole : il se serait sûrement évaporé en sueurs froides. Ignis, je le savais, ne ferait jamais une chose pareille. Notre bel allumeur de feu ne s'abaissait pas à tourmenter plus petit que lui. Il aurait pu prendre la parole et l'aurait certainement fait avec beaucoup de classe, mais je ne lui en laissai pas la chance. À peine arrivée devant la porte transformée en guérite, je m'adressai au garçon qui était là en lui demandant sur le ton le plus aimable que je pus s'il connaissait les gens qui avaient chassé les coyotes dans la forêt des pluies. On ne s'était jamais vus. Il répondit en souriant :

– Bien sûr ! On en a tué deux dans la forêt en bas de la montagne. Avez-vous des pro- blèmes avec les coyotes ? Vous venez d'où ?

– On habite sur l'autre montagne. Vous en avez tué deux ? Des adultes ?

– Oui. Un couple. D'ailleurs, on se prépare à y retourner.

– Quand ?

– Vendredi soir.

Il ajouta avec une assurance comique :

– Je suis sûr que vous n'aurez plus de problème après ça, mais si vous en avez encore, on essaiera de faire quelque chose, d'accord ?

Ses joues devenaient roses quand il s'animait. J'eus soudain impérativement envie de savoir si Bellatryx y serait.

– Qui sera là ?

– On sera au moins une quinzaine.

– Ah bon ! Est-ce que celui qui dirige la communauté va y être ?

– Altaïr ? Non.

– Son fils, peut-être ?

– Bellatryx ? C'est sûr. Tu le connais ?

– […] Non, non. Bonne chasse !

– Merci ! Attendez ! Comment vous vous appelez ?

Je fis celle qui n'avait pas entendu ; Laurent et Ignis m'emboîtèrent le pas.

– Pourquoi tu ne lui as pas dit qui on est et ce qu'on faisait ici ?

– Parce que ce n'était pas nécessaire.

– Pourquoi ?

– On sait qu'ils ont l'intention de recommencer, on sait quand, on sait combien ils seront. Tu aurais voulu que je lui dise « Ah ! à propos, on a l'intention de vous empêcher de tuer encore » ?

Laurent ne répondit pas. Au bout d'un certain temps, Ignis sortit de son silence :

– Je croyais qu'on était venus ici pour discuter, justement.

Je me souviens lui avoir répondu avec d'autant plus d'impatience que j'étais de mauvaise foi :

– Moi aussi, figure-toi donc ! Jusqu'à ce que je m'aperçoive que ce n'était pas une bonne idée. Tu as vu la tête qu'il faisait quand il nous a dit « Bien sûr ! On en a tué deux » ?

Ignis me dévisagea avec ses yeux noirs incandescents :

– Ça ne me dit pas pourquoi tu as fait semblant que tu ne connaissais pas Bellatryx ?

– Ce n'est pas de tes affaires.

La route fut longue. Je savais que je l'avais vexé simplement parce que j'étais incapable de lui expliquer et tout aussi impuissante à lui mentir. Arrivé au camp, Ignis garda le silence. Laurent en dit le moins possible, me laissant me débrouiller toute seule avec mes histoires. Sans opposition, je n'eus qu'à convaincre les autres que j'avais fait ce qu'il fallait. Au moment d'établir notre stratégie, je pris part aux discussions, le cœur battant, impatiente de faire regretter à Bellatryx sa blessante indifférence. Il n'était évidemment pas question d'actes violents puisque c'est ce à quoi nous voulions nous opposer. Quand nos moyens d'action finirent par faire l'unanimité, tout fut mis en place très vite.

Chapitre XXIV

Pièges

QUELQUES HEURES avant la nuit, nous avons entendu au loin le bruit de leurs pas et de leurs rires qui se rapprochait.

Les garçons avaient travaillé des heures pour mettre les pièges en place. Il y en avait trois, à bonne distance l'un de l'autre. Nous avions convenu que dès que l'un des ennemis serait pris au piège, nous sortirions de nos cachettes pour entourer le groupe qui allait forcément se rassembler autour de la victime. Tout ça avait une allure de rituel guerrier mais, si nos calculs étaient bons, sans les inconvénients d'un véritable affrontement. Nous ne voulions pas que le sang coule. Nous voulions simplement avoir le dessus, ce qui en situation de conflit est un souhait très légitime.

Quand le bruit nous indiqua qu'ils étaient tout près, je ressentis une crampe affreuse dans le ventre. Tout ça n'était pas réellement un jeu. Ça pouvait mal finir. J'entendais la respiration de Juliette à mes côtés et je devinais sa peur.

Une poignée de garçons plus âgés que nous, dans la vingtaine peut-être, se trouvait devant nous. Ils parlaient fort, carabines en bandoulière, et ils avaient l'air de tout sauf d'habiles chasseurs. J'eus un doute. Ça ne pouvait pas être cette bande de garçons sans expérience qui avait tué deux coyotes adultes et, sans le moindre doute, méfiants. Il y avait erreur sur les tueurs.

Mais notre plan ne prévoyait pas qu'on se soit trompés. Nous n'avions rien planifié au cas où nous changerions d'idée.

C'est ce à quoi je réfléchissais quand un des garçons mit le pied dans un des pièges, se retrouvant brusquement jambes en l'air et tête en bas à trois mètres du sol. Il y eut des cris et un mouvement de panique dans le groupe, un des garçons saisit sa carabine, fit feu au hasard, un autre l'imita, réduisant à rien la majesté anticipée de notre mise en scène. Le garçon qui était suspendu par les pieds entre ciel et terre tournait rapidement à l'écarlate. Un de ses amis essayait de le rassurer. Personne parmi nous n'était encore sorti de sa cachette, craignant un autre tir des chasseurs les plus nerveux. Finalement, j'aperçus celui que j'attendais de toute ma colère, Bellatryx, occupé à grimper dans l'arbre qui tenait le garçon en otage. Les autres s'étaient approchés et il nous fut alors possible de sortir de nos abris.

Nous n'avons d'abord été que trois, moi, prise entre la peur et la colère, Luc, qui criait malgré l'évidence : « Paix ! mes frères, paix ! Nous ne vous voulons pas de mal ! » et Samuel, qui se demandait comment arrêter ce cirque. Les carabines se firent plus menaçantes. Trois d'entre elles furent pointées vers nous. Je levai les yeux vers Bellatryx qui cherchait à atteindre la branche où se balançait la victime, mais il ne regardait pas dans ma direction. Derrière moi, j'entendis Martin dire :

– Si vous ne tirez pas, je peux vous aider.

Bellatryx rétorqua du haut de son perchoir :

– Ne le laissez pas approcher. Gardez-le en joue. Félix, viens te placer à côté de Guillaume, je vais essayer de dénouer l'attache pour faire glisser François le plus doucement que je peux vers vous.

Félix s'avança d'une démarche hésitante, mais il n'avait pas fait trois pas qu'il disparaissait dans un sinistre craquement de branches. La fosse, notre deuxième piège, venait de fonctionner sans que nous l'ayons voulu, les choses allaient déjà assez mal comme ça. Heureusement, Samuel avait pris soin de tapisser le fond d'une épaisse couche d'humus. Une fois sa peur et ses cris calmés, le second prisonnier nous permit de reporter notre attention sur le garçon suspendu qui commençait à suffoquer.

Craignant qu'il n'arrive quelque chose de vraiment irréparable si elle n'intervenait pas, Catherine prit son courage à deux mains pour s'avancer jusqu'au pendu, advienne que pourra. L'un des garçons la ramena brutalement en arrière. Mon attention avait été détournée au moment où Bellatryx réussissait enfin à défaire le nœud principal qui maintenait le collet. La descente de François se fit sans autre incident. Pendant que le pendu reprenait des couleurs, Bellatryx s'assit à califourchon sur la branche, observant la scène.

À ses pieds gisait François pâle et haletant, non loin de la fosse où se trouvait Félix. Tout près de celle-ci, en demi-cercle, quatre de ses amis pointaient leurs carabines en direction de notre groupe. Bellatryx m'avait reconnue. Il s'adressa à moi :

– Qu'est-ce qui vous prend ?

J'ignore d'où me vint mon assurance tellement je me sentais survoltée, mais je me rappelle que je lui ai parlé en le regardant droit dans les yeux.

– Je ne savais pas que vous étiez des tueurs. Autrement, ces pièges ne vous seraient pas destinés.

– Et moi je ne savais pas que des campeurs de passage dans nos montagnes avaient la prétention de faire la loi ici.

– Vous avez le droit de vous servir de ces armes ?

– À ma connaissance, c'est aussi légal que vos pièges. Sortez Félix de cette fosse !

– Baissez d'abord vos armes !

– Sortez-le d'abord !

Marc fit un mouvement et les chasseurs tournèrent unanimement leurs armes vers lui.

– On se calme ! J'ai une échelle de corde dans mon sac à dos. Je peux ?

Il toisait Bellatryx.

– C'est bon. Va la chercher. Les gars, vous pouvez baisser vos armes.

Bellatryx descendit de l'arbre. Une fois qu'il eut mis pied à terre, il dénoua sa tunique qu'il avait attachée à la taille pour être plus libre de ses mouvements pendant l'escalade et marcha droit sur moi.

– Vous n'avez aucun droit de mettre des pièges dans la forêt des pluies. Je vous conseille de remonter à votre camp de base et de ne plus venir ici. Je croyais que vous ne pouviez pas être ceux qui ont allumé un feu sur le mont Unda, mais à ce que je vois, je me trompais.

– Cette partie de la forêt ne vous appartient pas plus qu'à nous et, pour ton information, on n'est pas plus « de passage » que vous. La montagne qu'on occupe appartient au directeur de notre camp.

– Pas pour longtemps si j'en crois ce qui se dit sur lui, Joal Mellon du château de Néant !

Je fus interrompue dans ma réponse, qui aurait certainement été cinglante, par le malheureux garçon qui émergeait de la fosse en répandant une horrible odeur de feuilles pourries autour de lui.

Puis la colère vint. Toute d'un bloc. Dure comme du granit. Comment avais-je pu tant l'aimer ? Soudain, j'avais besoin d'avoir le dernier mot. J'attendis que les deux groupes se soient reformés et je proposai une trêve. Comme il n'était quand même pas question de se hacher menu et de s'entre-tuer sur-le-champ, les deux groupes se préparèrent à partir, soulagés. Je fis un geste pour indiquer à Bellatryx que je désirais qu'il reste.

Puis j'attendis que tout le monde soit suffisamment loin pour ne pas nous entendre. Je m'approchai de Bellatryx de façon à l'obliger à se déplacer s'il ne voulait pas se retrouver trop près de moi. J'avançais un peu, il reculait de la même distance et, tout ce temps, pour détourner son attention, je lui parlais.

– Je regrette ce qui arrive, Bellatryx.

– On ne dirait pas.

– Personne ne t'a jamais dit qu'il ne fallait pas se fier aux apparences ?

– Ce n'est pas aux apparences que je me fie, c'est à mon instinct.

– Et qu'est-ce qu'il te dit, ton instinct, en ce moment ?

Bellatryx eut une hésitation :

– Si tu regrettes, ça veut dire que vous allez nous laisser tranquilles. Ça, au moins, c'est une bonne nouvelle.

– On a déjà été amis, tu n'es pas forcé d'être aussi désagréable.

– Ce n'est pas moi qui ai commencé !

– Mettons que c'est kif-kif ?

– À ce que je sache, on ne vous demandait rien avant que François et Félix manquent d'être tués par vos pièges à cons.

– Être tués ! Et quoi encore ? Tu ne manques pas d'imagination !

– Pas du tout. François aurait pu y rester. Catherine était de mon avis, d'ailleurs.

Je l'avais amené exactement là où je voulais qu'il soit. Je savourais d'avance mon pouvoir, mais j'attendis encore quelques secondes, le temps qu'il s'impatiente un peu, ce qui ne pouvait qu'ajouter à ma joie.

– Pourquoi tu m'as demandé de rester ?

– Je voulais te montrer quelque chose.

– Du genre « à quel point tu es collante quand tu veux » ? Tu me fais perdre mon temps.

– Attention !

Je n'avais eu qu'à faire un pas et à le pousser de toutes mes forces comme si je voulais lui éviter un danger. Il se retrouva prisonnier du troisième piège, une cage dissimulée sous les branches et dont la porte, faite d'une rangée de petits pieux pointus, était descendue et s'était fichée profondément dans le sol. C'était un piège sommaire qui ne résisterait pas plus de quelques heures à quelqu'un de déterminé, ce que Bellatryx était, assurément.

– C'est ça que je voulais te montrer : tu ferais mieux de ne pas être trop sûr de toi, Bellatryx, tu n'as pas le monopole de l'intelligence. À la prochaine.

– Qu'est-ce que tu faisais, Joal ? Encore un peu et je retournais te chercher.

Juliette était parfois vraiment exclusive, et là elle l'était au mauvais moment. Elle me dérangeait alors que j'étais en plein drame passionnel : mon côté sombre se réjouissait d'avoir eu le dessus d'une façon aussi incontestable sur Bellatryx, mon côté clair était atterré par sa cruauté. Étais-je donc si épouvantablement moche, si terriblement peu aimable, pour qu'il ne me laisse pas d'autre choix que la méchanceté ?

Mon indifférence devant la question de Juliette n'était pas pour la décourager de se mêler de mes affaires, au contraire.

– Toi, tu as fait un mauvais coup. C'est écrit sur ton front. Qu'est-ce que c'est ?

Comment me dérober ? Juliette était si péremptoire.

– Je me suis débarrassée de Bellatryx.

– Quoi ! ? Tu as quoi ?

Elle m'avait prise par les épaules et me secouait comme une poche de patates.

– Je me suis dé-bar-ras-sée de Bellatryx, tu es sourde ?

En disant cela, j'imaginais Bellatryx, fou de rage, me traitant de tous les noms ; mais ce duel entre lui et moi, au moins ce n'était pas de l'indifférence.

⋙⋘

Malgré la frousse que nous avions eue que ça tourne mal, l'idée de faire d'autres pièges ne tarda pas à nous venir. Les membres de la communauté avaient eu le culot de s'attribuer la forêt qui était jusque-là libre d'accès et de nous soupçonner de toutes sortes de méfaits. Nous ne pouvions pas les laisser faire.

Lola, qui restait fort préoccupée par le sort des coyotes, proposa qu'on dissimule, à proximité des lieux qu'ils fréquentaient, des dispositifs qui feraient du bruit si quelqu'un s'en approchait trop. Mais de fil en aiguille, la tentation de semer un peu partout des signes de notre présence s'imposa. Pouf et le petit Paul donnèrent le ton lorsqu'ils eurent l'idée de remplir avec du sirop un vieux ballon qu'ils avaient ensuite attaché à l'aide d'une corde sur la branche d'un frêne à l'entrée de la forêt des pluies, du côté du mont Unda évidemment. D'en bas, on ne voyait qu'un bout de corde traîner dans les airs, mais si on cédait à la tentation de tirer dessus, ce qui avait toutes les chances de se produire, le ballon s'ouvrait sous la pression, laissant couler une pluie de sirop sur la tête du curieux. Le dispositif avait demandé des heures de patiente mise au point et nous avions servi de cobayes à tour de rôle sous le ballon rempli d'eau, mais nos deux illusionnistes avaient fini par réussir.

Bientôt, la forêt des pluies fut parsemée de nos inventions. Marc et Stéphanie avaient uni leurs génies pour créer un coyote en bois, si réaliste à une certaine distance qu'un véritable coyote aurait pu s'y laisser prendre. L'œuvre achevée avait été remplie de ketchup dans la région abdominale, ce qui provoquerait inévitablement une explosion de « sang » si quelqu'un tirait sur la bête avec une carabine à plomb.

La lignée des Mémoires n'était pas en reste avec Ignis, le génie du feu, Catherine, le génie des potions, et Maïna, brillante metteure en scène. Assistés des autres membres de la lignée, ils mirent au point des effets d'optique pour attirer les curieux qui, en touchant à l'installation, déclencheraient un feu d'artifice.

L'anticipation est un bonheur sans pareil. Nous supposions qu'ils reviendraient bientôt, ne serait-ce que pour nous montrer qu'ils étaient chez eux dans la forêt des pluies, et même si nous n'allions probablement pas avoir le plaisir d'assister en direct à leur déconvenue, nous en avions déjà tiré un grand plaisir. Nous ne pensions pas à la gravité de l'affront ni au fait qu'il est imprudent de provoquer des gens quand on ne dispose pas des mêmes armes.

Cette subite activité qui nous avait tenus occupés du matin au soir, ces départs et ces retours, ces fous rires étaient louches. Richard aurait pu se douter de quelque chose, mais à mesure que la fin des vacances approchait, il était de plus en plus obnubilé par la recherche d'un moyen pour colmater ses dettes et garder sa montagne. Sa montagne, c'était notre bonheur.

Bellatryx, qui était encore un enfant avant cet été-là, changeait à vue d'œil. Son corps, mais aussi son esprit et son cœur subissaient une métamorphose. Il s'était fait des amis des nouveaux membres de la communauté et avait su s'en faire respecter ; il aimait une femme et croyait en être aimé en retour et il occupait une place à la table de son père ; toutes choses qui le définissaient un peu plus chaque jour.

Et comme la plupart des jeunes au moment de leur passage en territoire adulte, il était conscient de devoir faire certaines choses sans autorisation. Bellatryx s'arrangea donc pour préparer la nouvelle excursion dans la forêt des pluies dans le plus grand secret.

Chapitre XXV

Loin des yeux, près du cœur

– **A**S-TU une photo d'Adhara avec toi ?
Fabiola était dans une de ses bonnes journées. La fièvre qui l'avait isolée dans sa bulle au cours des derniers jours était tombée. Elle regardait la lettre que Shaula tenait à la main, curieuse de cette nièce à laquelle elle n'avait pour ainsi dire jamais pensé. Shaula alla chercher son sac, fouilla un moment et finit par en extirper une photo sur laquelle Adhara avait onze ans et Bellatryx, neuf. Ils avaient l'air de jeunes sultans dans leurs somptueuses djellabas, cadeau d'Aldébaran, posant devant une citrouille maladroitement sculptée. C'était en des temps plus heureux.

– La photo a été prise il y a cinq ans. Ils ont beaucoup changé. Mais tu sais, on est tellement occupés, on n'a pas vraiment le temps de prendre des photos.

Fabio l'écoutait en scrutant les traits des enfants. Elle fronçait les sourcils à la recherche d'une quelconque ressemblance avec sa sœur, en vain. Leur beauté était sans ombre. Elle lui tendit la photo en soupirant.

– Ils sont magnifiques.

– Oui. C'est vrai. Et ils le sont encore plus en grandissant.

Shaula ne le disait pas pour se vanter. La phrase était sortie toute seule comme une claire évidence. Fabiola sentit la jalousie s'emparer d'elle et balayer tous les autres sentiments sur son passage. Elle était plus jeune, plus belle, plus aimée que Bernadette, et pourtant rien n'avait réussi dans sa vie et tout marchait, croyait-elle, dans celle de sa sœur. Elle ferma les yeux.

Shaula en profita pour quitter la chambre. Quand Fabio tombait ainsi endormie ou faisait comme si, ce qui revenait au même, elle pouvait compter sur une heure ou deux de liberté. Parfois elle allait chez le marchand de glaces de Viareggio, parfois elle s'installait au balcon et suivait le mouvement des voiles dans le golfe de Gênes. Elle descendit s'asseoir au jardin.

Sa première réaction en lisant la lettre d'Adhara avait été la panique. Elle était si loin, et Fabio ne comprendrait pas qu'elle s'en aille maintenant, elle qui maintenait son corps en état de *statu quo ante bellum*, mais qu'un rien pourrait anéantir.

Shaula déplia la lettre et la relut en s'efforçant de calmer son cœur. Une clôture autour de la communauté ! Des étrangers dans la place ! Un nouveau pavillon dans *son* jardin des Mythes ! Et par-dessus le marché, Hermès qui ne donnait plus signe de vie ! Dans sa lettre,

Adhara mentionnait qu'elle songeait à aller parler à la police de la mort d'Aldébaran, et Shaula n'était plus certaine qu'il s'agissait d'une idée saugrenue. Adhara lui disait aussi qu'elle allait contacter Hermès parce qu'elle n'avait pas l'éternité pour agir. Shaula se trouvait à une autre croisée des chemins. Il était clair maintenant qu'Altaïr prenait des décisions qui allaient profondément transformer la communauté. Il était clair aussi que cela impliquait des gestes douteux. Mais criminels ? Y avait-il du danger ? Shaula passa en revue les conseils de ses anciens maîtres. Adhara réclamait sa confiance et elle y avait droit. Ce n'était pas le hasard qui l'avait appelée ici. Sa fille était sortie de l'enfance sans qu'elle y prenne garde. La tentation d'écrire à Véga pour lui demander de veiller sur Adhara lui traversa l'esprit. Puis, quoiqu'il lui en coûtât, elle y renonça. Elle écrivit à sa fille en lui disant d'agir au mieux, qu'elle lui faisait entièrement confiance.

***

La lettre destinée à Hermès lui parvint presque en même que celle qu'avait reçue Shaula. Elle était très directe. Le vieil homme sentit l'angoisse l'oppresser dès les premières lignes. Lui qui croyait que Shaula veillait pendant tout ce temps alors qu'il n'en était rien ! Non seulement Adhara lui apprenait tout ce dont elle avait informé sa mère, mais elle ajoutait que Maïte n'était pas quelqu'un en qui on pouvait avoir confiance, qu'elle avait volé des objets chez Aldébaran après la mort de celui-ci. Elle n'allait pas jusqu'à lui parler de la liaison entre Maïte et Altaïr – c'était trop honteux –, mais le tableau était déjà tellement sombre que ça n'aurait pas changé grand-chose.

Même en le voulant très fort – et il le voulait –, Hermès, handicapé comme il était, ne pouvait pas bouger du collège ni envisager de retourner sur le mont Unda, fût-il palanté. Mais abandonner Adhara et Bellatryx, et même Antarès, Véga, Rigel, Deneb, Capella, ça ne se pouvait pas. Il se dit qu'il agirait à distance ; il ignorait qu'il n'en aurait pas le temps.

⚜

– Vous êtes sûre que je ne vous dérange pas ?

– Allez entre, je suis heureuse que tu sois venue.

Contrairement à Bellatryx, Adhara n'avait pas changé de style de vêtements pour aller à Québec. Elle avait l'air d'une princesse de la guerre des étoiles dans sa tunique blanche, soulignée à la taille par une mince lanière de cuir, ses tresses fixées comme d'habitude à la ceinture. Jetée sur son épaule, une grande sacoche de toile se balançait. Elle y avait mis une tunique de rechange, un sac de toilette et un imperméable. Louise l'entraîna dans la cuisine.

290

– Comme ça, c'est toi, la belle Adhara ! Hermès n'avait pas exagéré !

Adhara rougit en baissant les yeux. Elle n'avait pas coutume de se faire scruter ainsi de la tête aux pieds.

– J'ai fait suivre ta lettre à Hermès.

– Pensez-vous qu'il l'a reçue à l'heure qu'il est ?

– Oui. Il m'a appelée hier.

– Où est-il ?

– En Estrie, au bord d'un lac. Il est allé dépanner un de ses amis qui dirige un collège et il a eu un accident.

Le sang se retira du visage d'Adhara.

– Assieds-toi. Calme-toi. Il va bien… enfin pas trop mal.

En disant cela, Louise souriait, ce qui n'eut aucun effet sur Adhara. Elle restait de marbre. Louise se dépêcha d'ajouter :

– Il a eu un accident bête. Il est tombé et il va lui falloir une prothèse de la hanche. En attendant, il ne peut pas marcher.

Si elle croyait avoir été rassurante, la consternation sur les traits d'Adhara l'informa qu'elle se trompait lourdement. La jeune fille se parla à elle-même :

– Le temps des catastrophes…

– Il ne faut pas dramatiser. Hermès n'est plus tout jeune, mais on a connu pire.

– *Tchen*. L'hexagramme du tonnerre.

– Qu'est-ce que tu racontes ?

– J'ai ouvert le livre sur l'hexagramme du tonnerre et maintenant l'oracle se réalise.

– Ne prends pas ça aussi au tragique. Hermès m'a dit qu'il allait t'aider. Avec son aide, forcément, les choses vont s'arranger. Je le sais, je le connais depuis quarante ans.

– Oui, peut-être.

– Non. Certainement. Veux-tu l'appeler ?

– Non, je veux aller le voir. J'ai trop de choses à discuter avec lui pour faire ça par téléphone. Est-ce que c'est loin d'ici, le collège ?

– Plusieurs heures.

– J'imagine qu'il y a un autobus pour aller là-bas ?

– Oublie ça. Je t'emmène avec moi, on va partir demain matin à la première heure… Tu tombes bien, je commençais à m'ennuyer de lui. Viens, on va faire ton lit. Tu n'avais pas d'autres projets, j'espère ?

– Non. J'ai rencontré un enquêteur aujourd'hui. L'autre chose importante, c'était de trouver Hermès.

Louise aurait aimé qu'elle lui en dise plus, mais Adhara avait beau faire un effort pour garder les yeux ouverts, elle tombait de sommeil.

L'enquêteur qu'Adhara avait rencontré n'en revenait pas encore. Il avait certainement fallu qu'une faille s'ouvre dans l'espace-temps pour qu'en sorte cette Ophélie brune et triste qui lui avait raconté une improbable histoire d'empoisonnement dans une communauté invraisemblable qui habitait sur une montagne dans Charlevoix. Il l'avait écoutée, saisi par sa grâce, impressionné par son assurance et, à nouveau seul dans son bureau vert pistache sur fond de collines en carton beige pleines d'histoires affligeantes, il se demandait s'il n'avait pas rêvé cette poétique histoire de champignon mortel.

Pour éviter d'être confinée dans la communauté par Altaïr, Adhara lui avait raconté qu'elle voulait aller passer quelques jours au camp avec Catherine avant la fin des vacances. Grand seigneur, et surtout pour faire oublier qu'il lui avait refusé le voyage à Québec, Altaïr avait accepté. Cela lui donnait environ trois à quatre jours de jeu. Elle en était au deuxième et cette contrainte de temps, ajoutée aux soucis qu'elle se faisait pour la communauté, la rendait taciturne. Elles avaient fait le trajet presque en silence. Dans un dégagement d'arbres sur la route qui faisait le tour du lac, le collège apparut enfin. Elle le trouva beau et y vit le premier bon présage depuis des semaines. Elle se détendit un peu.

Hermès les attendait au pied des marches du collège, dans une chaise roulante qu'il conduisait avec un sourire de petit garçon au volant de sa première auto à pédales. Ils allèrent s'installer au bord du lac sous les saules.

— Est-ce que l'enquêteur t'a crue ?

— Je sais pas. J'ai essayé d'en dire juste assez pour qu'il trouve la mort d'Aldébaran louche et que ça lui donne envie de pousser son enquête plus loin.

— Comment ça s'est passé ?

— Quand je suis arrivée dans son bureau, il avait l'air d'un chat fâché. Mais je ne me suis pas laissé faire. Je pense que ce que j'ai dit tenait debout. Il m'a écoutée en tout cas et il a promis de voir.

— Bon. Il va y penser, c'est ce qu'il y avait de mieux à faire pour commencer. Tu t'en es bien sortie, je trouve.

Hermès tourna la tête vers Louise.

— J'aimerais que tu racontes à Adhara ce que tu m'as dit à propos de Maïte.

Lui-même n'avait pris connaissance de ces informations que l'avant-veille, quand il avait parlé à Louise au téléphone, et il en était encore secoué.

— J'ai fait des recherches sur son père en me fiant au nom de famille de Maïte et j'ai découvert des tas de choses intéressantes. D'abord, il n'y a pas de juge Bainadelou à des milles à la ronde, ni au Québec, ni au pays, ni sur le continent.

— Elle porte peut-être le nom de sa mère ?

— C'est ce que je me suis dit aussi. Comme elle a dit que sa mère était philosophe, on était bien placés pour faire marcher le téléphone arabe, mais ça n'a rien donné. Pas plus que mes recherches dans la liste des membres du barreau dont elle prétend faire partie et, si son oncle est notaire, il ne s'appelle pas Bainadelu ou bien il exerce sous un parapluie dans le désert de Gobi.

— Est-ce qu'il y a des Bainadelu quelque part sur terre ?

Louise et Hermès échangèrent un sourire entendu. Elle comprenait vite.

— Justement, c'est ça qui est curieux. Non, il n'y en a pas. Même au Pays basque où j'ai continué mes recherches livresques puisque Maïte est un prénom de là-bas, je n'ai rien trouvé. Alors j'ai fait appel à mon ami Henri Gilbert, un philologue de grande réputation.

— Les philologues s'intéressent aux langues, non ?

— Tout à fait, c'est la science du langage. Ça lui a pris un certain temps, mais Henri ne reste jamais sans réponse. Dans son cas, ce n'est pas de la détermination, c'est de l'obsession. Comme le nom n'appartenait pas à une civilisation connue, il s'est mis à chercher ailleurs.

— Je ne comprends pas. Comment aurait-il pu trouver ce nom dans une civilisation inconnue si elle est... inconnue ?

— Attention ! Je n'ai pas parlé de civilisation inconnue, j'ai seulement dit qu'il s'est mis à chercher « ailleurs ». Le mot *sindarin*, ça te dit quelque chose ?

— Non, pas du tout.

– C'est un des langages elfiques élaborés par Tolkien.

Aldébaran avait offert le livre de Tolkien à sa filleule en version originale pour ses quatorze ans. Elle avait peiné au début, au milieu et même à la fin, mais elle l'avait lu jusqu'à la mille soixante-dix-septième page incluse. Elle était devenue une *aficionado* de *Middle Earth*.

Louise, qui ne doutait pas que tout le monde connaissait Tolkien, continua :

– C'est vraiment intéressant. En sindarin, *bain* est un nom commun qui signifie « belle », *a* représente la conjonction « et », *dailu* veut dire « mortelle ».

– Belle et mortelle, *bain a delu*. Bainadelu.

– Je ne sais pas comment elle est, mais je trouve son invention très brillante.

Adhara revit Maïte collée à son père, entendit son gémissement, et la colère flamba dans ses yeux. Louise s'en aperçut :

– Tu ne partages pas mon avis, on dirait.

– Hermès vous a-t-il dit qu'elle avait volé des livres et des disques chez Aldébaran après sa mort ? Elle n'est pas venue par hasard sur le mont Unda. Pas du tout. Altaïr l'a amenée.

Hermès lui demanda :

– Qu'est-ce qui te fait dire ça ?

Elle ne voulait absolument pas parler de quelque chose qui la heurtait autant. Elle trancha avec brusquerie :

– Je le sais, c'est tout. En tout cas, vos recherches confirment ce que j'ai découvert, c'est une opportuniste.

– Encore plus que tu penses.

– Il y a autre chose ?

Hermès regarda Louise avec affection et répondit :

– Louise ne t'a pas tout dit. Écoute bien la suite.

– J'ai continué à chercher et j'ai découvert sa véritable identité.

– Vous savez qui elle est ?

– Il n'y a pas grand-chose à l'épreuve de la curiosité de Louise, tu vas voir.

– Je n'ai pas autant de mérite qu'Hermès le dit, mais j'admets que j'ai fait de l'assez bon travail. Maïte Bainadelu a beau avoir créé son nom et ses antécédents, elle n'était certainement pas apparue par génération spontanée. J'ai pensé qu'elle avait dû avoir des contacts avec les milieux universitaires, directement ou indirectement, sinon elle n'aurait pas pu entendre parler de la communauté, alors j'ai consulté les livres avec la photo des finissants.

– Comment savez-vous à quoi elle ressemble ?

– Les hommes ont un remarquable sens de l'observation quand il s'agit de retenir la beauté d'une femme. Hermès a été éloquent.

– Ne l'écoute pas, Adhara, c'est de la jalousie pure et simple !

– Que tu dis. Comme tous les finissants n'apparaissent pas dans ces albums, j'ai ensuite cherché à retracer les commerces où la communauté s'approvisionne en ouvrages spécialisés, en documents, en matériel de bureau. C'était d'autant plus facile que je connais tous ces endroits pour m'y être approvisionnée moi-même. J'ai finalement trouvé un vendeur qui la connaissait à *La huitième merveille du monde*.

– C'est une blague ?

– Non, non, c'est une petite boutique qui se spécialise dans les éditions rares. Bref, le garçon me faisait l'impression d'avoir été plutôt amoureux d'elle.

– Évidemment, Louise a joué là-dessus, retorse !

– Évidemment ! Et j'ai appris que Maïte n'a pas menti sur son prénom, elle l'a juste raccourci. En réalité, elle s'appelle Maïtena Coti.

– Coti ? C'est un nom de famille ça ?

Ce fut Hermès qui répondit :

– Oui, et pas des plus flatteurs. Un arbre coti, c'est un arbre pourri, gâté. Elle a eu raison de changer de nom, si tu veux mon avis !

Louise coupa Hermès, pressée de finir son histoire.

– Bon, bref. Il m'a dit son nom. J'ai fait des recherches et je suis retournée le voir. Le peu qu'il savait d'elle m'a quand même permis de trouver de nouvelles informations que j'ai vérifiées et contre-vérifiées. La famille de Maïtena habitait à Québec dans la même rue que les L'Heureux… la famille d'Aldébaran. Son frère Sacha est allé à l'école avec lui. Elle a une maîtrise, mais n'a jamais étudié le droit de sa vie ; c'est en muséologie qu'elle a étudié. Aussitôt qu'elle a eu son diplôme en poche, elle est partie travailler à Londres, grâce aux contacts de son père, puis au Caire. Elle était revenue depuis quelques mois quand elle a fait la connaissance d'Altaïr à *La huitième merveille du monde*. Le pauvre vendeur était encore profondément affligé quand il m'en a parlé. Il croyait que Maïte s'intéressait à lui, il se faisait des châteaux en Asie. Elle venait souvent à la boutique, mais le jour où elle a croisé Altaïr, elle est sortie du magasin avec lui et elle n'est jamais revenue.

– Vous êtes extraordinaire, je n'en reviens pas !

– Merci. Mais pour le moment, je suis surtout assoiffée.

Hermès prit un air peiné, mais ses yeux riaient, le démentaient.

– Je manque à tous mes devoirs. Vous devez être mortes de fatigue toutes les deux. Venez, on va aller manger, et je vous garde à coucher. Toutes les chambres sont libres.

───※───

L'enquêteur avait beau faire un effort de diversion, son esprit revenait sans cesse aux propos que la jeune fille lui avait tenus la veille. Adhara Gozzoli. Elle avait un nom de famille qui allait bien avec ses traits latins. Il le prononça comme elle l'avait fait elle-même, en remplaçant le premier z par un t, le dit doucement, puis de plus en plus vite, en variant l'accent tonique, Gôtzoli, Gotzôli, Gotzolî. Le mieux, c'était sur la deuxième syllabe. Adhâra Gotzôli. Un de ses collègues passa la tête par la porte.

– Dis donc, ça t'ennuierait de chanter moins…

Il s'interrompit.

– Qu'est-ce que tu fais ?

– Rien, rien. Je vais faire moins de bruit. Excuse-moi.

Il se rassit à son bureau, prit un dossier beige au sommet de la colline la plus proche et fit vraiment, mais vraiment un effort pour se concentrer. En vain.

Des philosophes qui vivaient sur une montagne, quelle affaire ! Il n'avait jamais entendu parler d'une affaire semblable. Est-ce que ça se pouvait que ça existe et qu'il n'en ait jamais entendu parler de sa vie ? Il avait des tas d'autres dossiers à traiter, mais la journée avait passé sans qu'il en règle aucun. Un vendredi de gâché. Puis, il eut une idée. Il irait là-bas en fin de semaine, parlerait aux habitants du petit village, prendrait quelques informations comme n'importe quel touriste. Le bureau n'aurait rien à redire puisque c'était sur son temps à lui, et si c'était une mauvaise farce, il ne se ferait pas tourner en ridicule par les collègues. Le temps de passer se changer et il prendrait la route. Il se sourit dans le miroir ; il était plutôt pâle, ce petit voyage lui ferait du bien.

⌁

Hermès était comme chez lui dans la grande salle à manger, présidant au repas, comblé d'avoir ses deux amies auprès de lui. Le contexte s'y prêtant, il but plus que de coutume. C'est ainsi qu'Adhara apprit qu'il n'envisageait pas de retourner sur le mont Unda. À mesure qu'il parlait, que son avenir prenait forme ici au collège, Adhara se sentait de plus en plus dépossédée. Elle se demandait pour qui elle se démenait au juste, puisque tous ceux qu'elle aimait désertaient la montagne et que Bellatryx ne voulait pas l'écouter. Désemparée, elle prit à son tour plus de vin qu'il n'était raisonnable, sentit le feu rosir ses joues, divagua gentiment et ce fut finalement Mario, celui qui leur avait servi le repas, qui dut la prendre dans ses bras pour la conduire jusqu'à son lit.

⌁

— On vous demande au téléphone, Bernadette. Vous pouvez prendre la communication dans mon bureau si vous voulez.

— Merci, Carlo.

Son beau-frère s'effaça sans bruit. Il avait des manières de chat. Elle ne l'entendait jamais venir et elle détestait ça. Elle s'assit au bureau et

301

prit l'appareil, intriguée. C'était Hermès ! C'était sa belle voix, son rire. Elle se sentit toute légère.

– Je tenais à vous rassurer, Shaula. Adhara est ici avec moi. Pour le moment elle dort, elle a un peu trop bu…

– Qu'est-ce que vous me chantez-là, vieux fou ? Adhara a trop bu ? Et où vous êtes, d'abord ?

– En Estrie. Au collège de Léonard Châteaulin.

– Léonard le Breton ?

– Oui. Vous vous en souvenez ?

– Bien sûr. Qu'est-ce que vous faites là ? Et qu'est-ce qu'Adhara fait là surtout ?

– Écoutez. Il se fait tard ici et on a encore beaucoup de choses à discuter, Adhara et moi, demain. Quand rentrez-vous, Shaula ?

– Je ne sais pas. Je ne sais vraiment pas. À moins que vous ne pensiez que je dois absolument rentrer, je vais rester ici jusqu'au départ de Fabio.

– Comment va-t-elle ?

– C'est difficile à dire. Certains jours elle va mieux, puis elle tombe dans un gouffre. Le médecin essaye de l'empêcher de souffrir.

– Je vois. Ne soyez pas inquiète. Je ne ferai rien que vous n'auriez fait vous-même, et je vous jure que je vais veiller sur Adhara et Bellatryx. De loin, parce que j'ai eu un petit accident qui m'immobilise pour l'instant, mais on sera en contact. Vous me faites confiance ?

– J'ai le choix ?

– Non. Vous ne l'avez pas. Vous, vous veillez sur Fabio, et moi, sur les enfants.

– J'aimerais bien savoir ce qui se passe quand même, Hermès. Ce que m'a écrit Adhara ne m'a pas rassurée.

– Oui. Je sais.

– Alors ?

– Ça va me coûter trop cher d'interurbain !

Et il se mit à rire. Ça lui faisait tellement de bien de parler à Shaula, il avait l'impression de retrouver une sœur très aimée. Quand son rire se fut calmé, il reprit :

– Il faut que je dorme, Shaula. C'est la nuit ici. Je vous rappelle demain, ce sera la nuit pour vous, chacun son tour, et vous pourrez parler à Adhara le temps qu'il vous plaira. Et à Louise.

– Louise est avec vous ?

– C'est elle qui a amené Adhara jusqu'ici. On fait comme ça ?

– Attendez ! Vous ne m'avez pas dit pour votre accident.

– Juste une jambe qui a fait la mauvaise tête. Ça va s'arranger.

– Vous vous êtes foulé une cheville ? Cassé une jambe ? C'est un problème de genou ?

– Non, non. On en reparle demain. Sinon je vais tomber endormi en vous parlant. Au revoir.

Chapitre XXVI

Obstacle

LES SIGNES que l'été ne serait pas éternel se multipliaient. Les journées perdaient des minutes, les nuits, de la chaleur. Et Luc commençait à s'impatienter. Les affrontements avec la communauté voisine avaient grignoté une partie du temps qu'il aurait plus utilement consacré au mystère des chapelles.

Ce matin-là, il sortit du lit bien décidé à s'occuper de *ses* affaires au lieu de faire plaisir à Pierre, Claude, Jean. Et comme chaque fois qu'on se prépare à affronter une lourde opposition, il n'y en eut pas. On aurait dit une trêve de Dieu, personne ne semblait plus se préoccuper du conflit avec les voisins. Quand Luc déclara, entre deux bouchées de toast, qu'il partait en expédition au mont Noir après déjeuner, il ne se trouva personne pour le contredire. Nicolas se dépêcha d'annoncer qu'il y allait aussi, Ignis se joignit à lui, Charlotte l'imita, voyant là une occasion de se mettre en valeur auprès du récalcitrant. Lola déclara qu'elle y allait aussi pour montrer le pays de ses ancêtres à Zorro. Les petites la supplièrent de les emmener avec elle et Pouf, voyant que son marmiton brûlait d'envie d'accompagner les filles, décida qu'il pouvait bien fermer les cuisines pour une fois. Cela donna l'idée à Juliette de faire un pique-nique et à moi d'y participer.

Peut-être allais-je enfin oublier pour quelques heures mon obsession de Bellatryx, car une obsession non payée de retour est la chose la plus éprouvante qui puisse arriver et ça vous met dans les pires états.

Dès le départ, j'eus l'impression qu'on n'était pas seuls dans les bois. J'en parlai à Juliette et à Samuel, puis à Laurent et à Marie-Josée, mais personne ne semblait partager mon avis, alors je finis par me dire que les autres avaient raison et moi tort, vaincue par le poids du nombre. Je ne manquai toutefois pas de remarquer que Sylve ne suivait pas Martin comme elle en avait l'habitude et que Zorro montrait des signes de nervosité. Mais qu'est-ce que je connaissais aux ratons laveurs, de toute façon !

La chapelle nous causa d'abord une immense déception. On avait peine à croire qu'on avait enduré ces escadrons de mouches noires, qu'on s'était éraflé coudes et genoux et tordu les pieds sur des racines maléfiques pour cette stupide ruine qui n'avait rien à voir avec la chapelle de notre montagne.

Un examen plus attentif allait nous faire changer d'avis. Après avoir mangé notre dîner précipitamment parce qu'on mourait de faim, on est allés rejoindre Luc qui n'avait pas perdu, lui, ces précieuses minutes à se goinfrer. Il enlevait méthodiquement les pierres effondrées sur le plancher de la chapelle pour en dégager le centre. Quand nous l'avons rejoint, il était en sueur, souriant, un bandana sur le front, se montrant à nous tel qu'il serait un jour sur d'autres sites en quête d'autres secrets.

Il nous fallut quelques heures pour atteindre la dalle centrale. Le mot *canere* y était gravé comme Luc le supposait. On lui fit une ovation pour son sens de la déduction, mais cette première victoire fut assombrie par la résistance de la fameuse dalle qui refusait de sortir de sa niche. Rien n'y fit. Elle devait être amovible pourtant, mais il fallut nous résigner à l'abandonner sans qu'elle nous ait révélé son secret. L'heure tournait et il fallait rentrer au camp.

Cette fois, j'étais sûre d'avoir entendu un bruit. Je ralentis le pas, me laissant dépasser, et je me mis en mode d'écoute active. Il faisait encore clair, je n'avais aucune raison d'avoir peur, mais j'avais un mauvais pressentiment. Il y eut un autre craquement étrange. En me retournant, j'aperçus une silhouette qui s'enfuyait. Une silhouette si familière que je me sentis mal : j'aurais juré que c'était Bellatryx. Est-ce que j'étais en train de devenir folle ? Est-ce que je pouvais être obsédée au point d'avoir des hallucinations ?

C'était complètement idiot. Qu'est-ce qu'il serait venu faire ici ? Je secouai la tête pour chasser cette absurdité de mon esprit et je me dépêchai de rattraper les autres. C'était Ignis qui fermait la marche. Il avançait d'un pas de promeneur nonchalant. Je le rejoignis et me maintins à sa hauteur.

— Est-ce que je peux marcher avec toi ?

— Si tu n'es pas pressée.

— Non. Pourquoi marches-tu aussi lentement ? Ce n'est pas dans tes habitudes.

— Je laisse Charlotte prendre le plus d'avance possible.

Il ne le savait pas, mais il venait de m'ouvrir une porte dans laquelle je ne demandais qu'à m'engouffrer.

— Ouais. L'amour, des fois c'est pesant.

Ignis me regarda d'un air amusé. Il avait quinze ans et il devait penser que je n'avais pas la moindre idée de ce dont je parlais.

— Tu me comprends ?

C'était dit sur un ton affectueux, mais je me sentis vexée.

— Ne le prends pas de si haut, Ignis Kozani. As-tu déjà été vraiment amoureux, au fait ?

Ignis reprit son sérieux. Il devait sentir que j'avais besoin de parler et que je ne le ferais qu'en me sentant sur un pied de relative égalité.

– Excuse-moi, c'était pour rire. Oui, ça m'est arrivé.

– Ça fait longtemps?

La ruse n'était habile que pour moi. Ignis n'eut pas de mal à deviner.

– Ce n'est pas important, il n'y a pas d'âge pour tomber amoureux, Joal. Disons que ça fait déjà une couple d'années.

– C'est toi qui l'as laissée ou c'est elle qui est partie?

– Ni un ni l'autre. Elle n'a jamais su que je l'aimais.

– Pourquoi?

– Je n'ai pas osé lui dire.

Je n'en revenais pas! Le bel Ignis avait aimé quelqu'un à qui il n'avait pas osé avouer ses sentiments! L'amour prenait tout à coup une nouvelle tournure, bizarre et compliquée. Nous avons continué en silence, sans contrainte, seulement pour le plaisir de marcher côte à côte.

Les autres nous avaient distancés. Ils avaient été arrêtés un moment par une clôture d'embarras, un amoncellement de branches et d'arbres morts à l'orée de la forêt, à laquelle ils ne prêtèrent pas trop attention sur le coup, mais ils l'avaient contournée maintenant et se dirigeaient d'un bon pas vers le raccourci qui nous conduirait au camp. La journée tirait à sa fin.

– As-tu entendu?

– Oui. On dirait qu'on n'est pas seuls. Chut! Écoute!

Ignis me fit signe de m'accroupir derrière une roche. Je distinguais de vagues mouvements dans les branches, je n'étais pas certaine, mais tout mon corps l'était. Soudain, le long de la file que formaient les autres devant nous, des formes se laissèrent tomber des arbres. Comme des oiseaux de proie. Ils n'étaient pas plus nombreux, mais l'effet de surprise joua en leur faveur. Chaque assaillant saisit les poignets de l'un des nôtres, les nouant avec de la corde. Le vacarme, d'abord étourdissant, allait en diminuant. J'aperçus Bellatryx, qui avait fait Samuel prisonnier, fouiller notre groupe des yeux. Il me cherchait et, ne me voyant pas, demanda à la ronde:

– Où est Joal Mellon?

Quelques têtes se tournèrent sans penser à mal vers l'arrière où nous aurions dû nous trouver, Ignis et moi. Ne voyant rien sur le sentier, Bellatryx haussa les épaules – ce que j'interprétai comme une insulte personnelle, une façon de déclarer le peu d'intérêt qu'il me portait – et prit la tête du mouvement, entraînant tout le monde jusqu'à l'endroit où ils avaient été pris au piège au début de la semaine. Ignis et moi suivions le défilé avec mille précautions, sachant que si nous nous faisions prendre, personne ne pourrait venir à notre secours.

Il faisait presque nuit maintenant. Un feu avait été préparé. Nos kidnappeurs firent asseoir tout le monde autour et l'un d'eux l'alluma.

– On vous avait pourtant avertis !

Bellatryx, plus grand que nature ainsi éclairé par les flammes, s'exprimait avec la même hauteur que son père. Les autres restaient debout derrière leurs prisonniers. J'entendis Estelle pleurer et je fis un mouvement pour aller faire cesser cette stupide comédie, mais Ignis me retint par le bras.

– La forêt des pluies est *notre* propriété. Vous n'avez pas d'affaire ici. Vos petits pièges ont fait leur petit effet, mais maintenant, ça suffit. Si vous vous engagez à ne plus violer *notre* territoire, on vous laisse partir.

– Et si on refuse ?

C'était Catherine qui commençait à avoir les oreilles dans le crin. Bellatryx répondit tranquillement :

– On n'est pas pressés.

– Nous non plus ! Votre nom n'est pas écrit sur la forêt.

– Vous êtes des étrangers ici. La forêt des pluies appartient à ceux qui y vivent. Maintenant que vous le savez, on vous laisse réfléchir.

– Hermès est-il au courant de tes fantasmes, Bellatryx ?

– Les absents ont toujours tort. Hermès a quitté le mont Unda.

– Et Adhara ?

– Justement, elle a raconté à Altaïr qu'elle allait te voir. Je constate que ce n'est pas le cas !

À ce moment je fus distraite par quelque chose de doux contre mon pied. Zorro ! Il leva sa petite tête futée vers moi et sauta sur mes genoux.

– Regarde, Ignis !

Il sourit en ébouriffant le poil du raton. Je m'exclamai, un peu trop fort sans doute :

– Ça va nous faire un allié !

– Chuttttt !

Ignis m'indiqua de la main une grande tente installée contre les arbres. Les garçons s'y dirigèrent à la suite de Bellatryx, et l'un d'eux alluma un second feu. Ils avaient prévu passer la nuit ! Je les vis s'affairer autour des flammes sans être capable de distinguer ce qu'ils faisaient, mais bientôt une exquise odeur de saucisses grillées fit monter notre frustration de plusieurs degrés. La fatigue et la faim succédaient à la peur. Je voulus quitter ma cachette pour réclamer un temps mort, et une fois de plus Ignis m'en empêcha.

– Attends, Joal ! Ils vont manger, ils vont se sentir fatigués et ils risquent de s'endormir ou, en tout cas, d'être moins vigilants. Quand je vais me diriger vers le grand Louis pour défaire ses liens, toi tu te glisseras jusqu'à Lola. Elle est avec les petites. Explique-leur qu'il faut qu'elles restent silencieuses pendant que tu défais leurs liens. Si tu as l'air de t'amuser, elles vont vouloir jouer aussi et elles t'écouteront.

– Qu'est-ce que je fais, ensuite ?

– Tu leur dis de courir le plus vite possible jusqu'au sentier qui mène au camp. Lola ira avec elles. Il faut qu'elle parte en premier à cause de sa jambe blessée. Ensuite, tu m'aideras à libérer les autres.

– Ensuite, on va aller tuer ces bandits ?

– Très drôle.

– Ce n'était pas une farce !

– Donne la consigne à tout le monde : rendez-vous immédiat au sentier. Compris ?

– Compris !

– N'oublie pas ! Les petites d'abord ! Comme ça, si ça se gâte, elles seront déjà en route pour le château.

– Entendu !

Ignis avait vu juste, nos kidnappeurs avaient apporté de la bière avec eux, ce qui les rendit assez vite hilares et peu alertes. Une fois assurés que personne ne regardait dans notre direction, nous nous sommes approchés le plus près possible des nôtres en restant à couvert. Le début de l'opération se déroula comme un charme.

Une douzaine des nôtres étaient partis en lieu sûr quand Bellatryx s'aperçut qu'il y avait des mouvements inhabituels de notre côté. Il ne lui fallut pas grand temps pour se précipiter vers nous avec les garçons les moins saouls. Une vraie bataille allait éclater.

À coups de poing, de bâtons ramassés au sol, à coups d'ongles et de pied. Ils étaient douze, nous étions onze. Ils n'étaient pas en super forme, nous non plus. De leur côté, il n'y avait que des garçons, du nôtre, sept garçons, quatre filles, Juliette, Catherine, Marie-Josée et moi, mais pas des moins combatives.

La bataille a fait rage pendant de longues minutes. Vingt minutes ? Une demi-heure peut-être ? Impossible à évaluer tellement elle était intense. Elle n'a cessé que lorsque nous avons tous été étendus par terre, à bout de forces. Personne n'était mort, personne n'avait reçu de blessure fatale, mais nous étions couverts de plaies, de coupures et de bosses et nous avons dû rester au sol pendant un laps de temps inconnu, incapables, de part et d'autre, de rassembler assez d'énergie pour quitter les lieux. J'ai un souvenir très vague de notre départ. Je suppose que nous sommes partis au fur et à mesure que les forces nous revenaient. Rien n'avait été réglé, rien n'avait été conclu, et dans les deux camps, les explications que nous aurions à fournir n'avaient rien de rigolo.

Chapitre XXVII

Les dominos

L'ENQUÊTEUR fit un arrêt pour déjeuner dans un petit café d'artistes dans un pli de la baie de Baie-Saint-Paul. Il se trouvait un peu ridicule d'être dans cet endroit, où la serveuse avait l'air d'une bohémienne et les lieux, d'un campement de hippies, en route pour enquêter sur une histoire si peu probable qu'il n'aurait pas su comment la présenter à voix haute à ses collègues sans rougir.

Arrivé au village dont Adhara Gozzoli lui avait parlé, il stationna sa voiture et marcha jusqu'au bureau de poste. Avec son sac à dos et ses espadrilles, on aurait dit un étudiant en vacances. Il demanda au paysan ronchonneux qui servait de maître de poste ce qu'il y avait à voir dans les environs, mais celui-ci ne lui parla d'aucune montagne remplie de philosophes. En fait, il ne lui parla de rien. Il n'était pas payé pour être aimable. L'enquêteur acheta quelques cartes postales « passées date », et fila vers le dépanneur, pour trouver quelqu'un qui lui indiquerait la bonne montagne.

Pour la deuxième fois de l'été, Richard était vraiment fâché.

– Ça ne va pas en rester là, je vous en passe un papier !

Évidemment, nous nous étions contentés de lui raconter le dernier épisode que nous avions édulcoré, sachant très bien que l'histoire complète ne nous avantageait pas spécialement. Et encore, nous n'en avions parlé que parce que nos bleus et nos bosses étaient « indissimulables ».

Déjà en assez mauvaise posture avec des comptes à payer dans toute la région, Richard était catastrophé à l'idée de nous rendre à nos familles dans l'état où nous étions. Il décida d'aller rencontrer les gens du mont d'à côté pour demander des explications.

Sur le mont Unda, les garçons avaient retardé tant qu'ils avaient pu le moment de se montrer devant les autres, mais comme ils ne pouvaient reporter leur apparition indéfiniment, ils finirent par se présenter à table, jetant l'émoi dans la communauté. Ils étaient encore debout à tenter de s'expliquer quand Altaïr apprit que quelqu'un voulait le voir. Il quitta la table précipitamment et ce fut de la bouche de Richard qu'il eut la première version des faits.

Leur discussion fut longue et houleuse, d'autant plus qu'ils n'avaient qu'une mouture dénaturée des événements. Altaïr finit par faire venir Bellatryx pour tirer les faits au clair.

L'objet de ma flamme n'était pas un très bon dissimulateur ; assez rapidement il admit que la bataille s'était produite à cause d'une mission de représailles qu'il avait lui-même organisée. Il vit le visage d'Altaïr s'assombrir, mais n'eut pas l'occasion de savoir ce qui allait lui arriver parce que son père lui intima l'ordre d'aller l'attendre au pavillon des enfants.

Une altercation entre deux groupes de jeunes têtes en l'air, voilà de quoi il s'agissait. Mais une altercation qui était allée beaucoup trop loin et qui arrivait au plus mauvais moment, alors que les célébrations qui devaient souligner le renouveau de la communauté étaient en cours de préparation.

❧

— Bon d'accord, on a peut-être *un peu* couru après. Mais on a fait ça pour s'amuser et je te signale que personne n'a été blessé avant qu'on se fasse sauvagement attaquer par ces débiles.

— Vous m'avez *tous* menti, Samuel, ça devient une habitude.

— On ne t'a pas tout dit, c'est différent. Ne pas tout dire, ce n'est pas vraiment mentir. Après tout, qui dit tout, tout le temps ? Tu le fais, toi ?

Richard était mal placé pour défendre la vertu, ayant lui-même beaucoup péché par omission.

— Vous rendez-vous compte que dans deux semaines vous allez rentrer chez vous, avec des côtes fêlées, des poignets démis, des genoux amochés, couverts de bleus sur les bras, les cuisses et le visage ? Si j'avais le plus petit espoir de rouvrir ce camp l'été prochain, vos parents vont me le faire passer, c'est certain.

Cette phrase nous assomma. On n'avait pas envie de partir, c'était évident, mais par-dessus tout on n'avait pas envie que le camp disparaisse. Que cela se produise par notre faute nous semblait la plus grande des injustices. Richard pensait qu'une poursuite des parents était toujours possible et Altaïr avait beau trouver l'idée ridicule, il était inquiet de la mauvaise publicité que cela risquait de faire à la communauté.

C'était le premier domino d'une courte série qui allait modifier le cours des événements en notre faveur.

⊰⊱

L'enquêteur n'avait pas le pied montagnard, il abhorrait l'effort physique et craignait la plupart des animaux pour ne rien dire des bêtes sauvages. Depuis que l'orée de la forêt n'était plus à portée de regard, il craignait d'avoir mal compris les indications obtenues chez le dépanneur et il était hanté par l'idée de voir un ours lui barrer la route. Il essayait vainement de se rappeler si, en pareil cas, il fallait rester immobile ou se sauver à toutes jambes.

Après de telles craintes, la porte de Belisama lui parut, par contraste, un haut lieu de civilisation. Un homme était assis devant elle. À son approche, il leva la tête et lui parla d'une voix presque trop belle pour un homme si laid. Marcel s'était commis d'office pour garder la porte de Belisama, préférant la solitude à l'effervescence des jeunes de la communauté. Et puis il n'aimait pas qu'on le regarde.

Antarès tenait du maître de poste qu'un type s'était promené au village ce matin-là en posant des questions et il en avait parlé à Altaïr. Prévenu de la présence du visiteur, Altaïr alla l'accueillir et décida qu'il allait lui donner le change. Or, quand Altaïr voulait avoir l'air au-dessus de tout soupçon, il avait l'air plus au-dessus de tout soupçon que n'importe qui.

Il traita le visiteur comme l'étudiant en vacances qu'il prétendait être, lui fit faire le tour de la propriété, lui présenta quelques membres de la communauté et l'entraîna dans le jardin des Mythes en lui faisant la conversation. Altaïr savait faire la conversation, ce qu'il fallait dire, quand le dire pour aviver l'intérêt, quand se taire pour ne pas avoir l'air de trop en mettre.

Tout allait bien. Il lui parla d'Aldébaran, le premier de leur communauté à disparaître, avec une émotion contenue. L'heure du souper approchait, Altaïr ramena le visiteur jusqu'à la porte de Belisama et le confia à Marcel.

Le second domino venait de tomber.

Chemin faisant, Marcel et le visiteur croisèrent un des garçons. Ses ecchymoses, plus effrayantes que graves au demeurant, impressionnèrent l'enquêteur qui posa plusieurs questions à Marcel.

Le troisième domino venait de tomber.

Le quatrième fut poussé par Bellatryx pendant une discussion qu'il eut avec son père. Au cours de la conversation, il lui apprit que tout le monde savait dans la région que le directeur du camp était cousu de dettes et il ajouta, croyant calmer Altaïr, que si les parents devaient poursuivre quelqu'un, ils n'avaient qu'à s'en prendre à cet incompétent. Altaïr n'eut pas à réfléchir longtemps pour conclure qu'on ne poursuit pas un type ruiné. Par contre, la situation financière de la communauté, plus qu'enviable, pourrait bien exciter l'envie de quelques parents s'il ne faisait rien pour arranger les choses.

Il planta Bellatryx au beau milieu de la discussion, le laissant mijoter dans son jus. Une colère trop grande et trop immédiate aurait été du gaspillage ; il tenait à ménager ses effets et il venait de décider qu'il lui fallait parler au directeur du camp de toute urgence.

– Pourquoi une telle proposition ? C'est *beaucoup* d'argent. Probablement plus que le tribunal en accorderait en cas de poursuite des parents. Après tout, il s'agit d'une bagarre entre adolescents.

– Les jeunes de la communauté qui ont participé à l'attaque ne sont plus des adolescents. À part mon fils Bellatryx, ce sont de jeunes adultes.

– Vous savez ce que je veux dire. Ça reste une histoire de jeunes.

– C'est vrai, mais la communauté se considère responsable de ses membres et nous croyons qu'un dédommagement est le meilleur moyen de classer ce malheureux incident. Maintenant, si vous préférez attendre la réaction des parents, c'est votre droit le plus strict.

– Je dois y penser.

Altaïr sourit. Personne ne refuserait une telle somme d'argent, à plus forte raison personne d'aussi endetté que Richard. Et tenir les tribunaux et les médias loin de la montagne valait largement cet argent.

– Je vous en prie, prenez tout votre temps.

Chapitre XXVIII

Vous êtes enfants
de la même nébuleuse

ADHARA était revenue sur le mont Unda le lendemain de la visite de l'enquêteur qu'elle n'apprendrait que plus tard. Son sentiment d'impuissance avait disparu. Elle rentrait décidée à défendre son idée de la communauté, peu importe le temps que ça prendrait. Hermès l'avait prévenue, il lui faudrait être alerte mais patiente, intuitive mais capable d'analyse, déterminée mais souple. Elle ne savait pas comment cela se pouvait, tout ça semblait complètement contradictoire, mais Hermès lui avait aussi dit que, le moment venu, elle saurait.

Son retour passa presque inaperçu ; elle arrivait en même temps que la vingtaine d'étudiants qui venaient se joindre à la communauté comme ils l'avaient annoncé plus tôt cet été-là. Bellatryx, qui savait que sa sœur n'était pas avec Catherine comme elle l'avait prétendu, se garda bien de lui poser des questions embarrassantes ; il ne voulait pas qu'elle lui en pose à son tour. Bellatryx avait tout à coup besoin d'espace.

Devant l'air sidéré qu'elle eut en voyant ses blessures, il s'était contenté de lui livrer les grandes lignes du combat pour disparaître plus vite avec Marc-Aurèle faire les honneurs de leur pavillon aux nouveaux arrivants. Le conflit avec les campeurs lui fit l'effet d'une douche froide, mais elle avait des choses plus graves en tête, elle verrait ça plus tard.

L'humeur des membres de la communauté était au beau fixe. Tout y contribuait. Les plus âgés sentaient leur enthousiasme renaître au contact des jeunes. Ils acceptaient volontiers de donner du temps pour les célébrations qui s'annonçaient somptueuses. On pouvait compter sur Altaïr et Maïte pour faire les choses en grand ; sur cette question, ils se complétaient à merveille. Altaïr ne craignait pas de délier les cordons de la bourse commune pour épater la galerie, et Maïte n'aimait rien autant que le petit détail qui caractérise la façon de faire des meilleures familles.

Un chapiteau fut érigé au centre de la place. Antarès recruta plusieurs membres pour l'assister dans les achats et la préparation des menus, tous copieux et extravagants. Il était ravi de pouvoir faire des pièces de pâtisserie compliquées, lui qui, en général, réfrénait ses élans créateurs pour satisfaire les besoins frugaux de la communauté. Sirius lui avait déjà annoncé qu'il aurait à préparer son repas de noces avec Adhara, mais Antarès était convaincu que Sirius n'avait aucune chance et il n'aurait pas hésité à gager son titre de meilleur-pâtissier-du-lac-aux-Sept-Monts-d'or là-dessus.

À une extrémité des célébrations, le comité des fêtes avait planifié un hommage à Capella, pour sa longue participation à la vie de la communauté, à l'autre extrémité, les nouveaux membres recevraient leur nouveau nom. Enchâssée au cœur des réjouissances, il y aurait une présentation en bonne et due forme des statuts et règlements de la communauté. Altaïr estimait qu'en plaçant ainsi l'activité en charnière, il serait difficile pour quiconque de transformer l'événement en débat d'idées.

Maïte, qui décidément savait comment dépenser l'argent, avait prévu que chaque journée de ces quinze jours comporterait une activité surprise et que chacun au cours de cette période recevrait un cadeau de grande valeur. Pour les nouveaux membres, il s'agissait d'une tunique de soie. Capella assisterait au dévoilement d'une vasque portant son nom surmontée d'un médaillon à son effigie dans le jardin des Mythes et recevrait une bourse généreuse pour souligner son départ à la retraite.

Ils étaient tous devant elle, le noyau dur de ceux qui avaient été de l'aventure du mont Unda dès le début. Les membres de la « vieille garde » qui étaient là quand elle n'était qu'un projet dans le cœur de Shaula, qu'un bébé, une enfant curieuse et finalement une jeune femme. Les trois plus précieux manquaient à l'appel, Aldébaran pour toujours, Shaula et Hermès pour un temps encore indéterminé, mais tous les autres étaient aussi sa famille ; elle veillerait pour eux tous à ce que la communauté ne change pas au point de trahir ses idéaux.

À l'extrême gauche était Deneb, qui avait fini par être une mythologue de renom à force de grignoter des connaissances, de les digérer et de les transmettre sous forme d'écrits fascinants. Elle n'aimait pas les changements, moins par conservatisme que par timidité. Adhara était convaincue qu'elle n'aurait pu survivre nulle part ailleurs tellement elle était sans défense. Elle se souvenait qu'étant petite, quand elle la gardait, Deneb était incapable de lui refuser quoi que ce soit. Le chemin qui l'avait conduite au succès avait été long, mais peu lui importait, elle était toujours surprise qu'on sollicite son avis et qu'on réclame sa présence quelque part. Elle avait vu les nouveaux débarquer avec inquiétude, mais en bonne souris qu'elle était, elle était restée planquée avant de s'aventurer parmi eux, ce qu'elle faisait maintenant sans trop de craintes. Maïte s'avança pour lui remettre une aquarelle représentant le mythe de Zeus changé en cygne pour l'amour de Leda. Deneb rougit sous l'effet de l'attention portée, mais elle était contente, ça se voyait dans ses yeux.

À côté d'elle était Antarès, que Shaula affectionnait particulièrement. Il lui faisait peur quand elle était petite avec ses gros sourcils qu'il fronçait exprès pour l'impressionner. Antarès était un humaniste heureux. Il aimait rire, il était gourmand, connaissait des tas d'histoires à faire peur qu'il ne pouvait raconter, disait-il, que quand il avait chaussé ses semelles à dormir debout. Tout le contraire d'Aldébaran qui ne savait que prendre la vie au sérieux. Ces dernières années, Antarès s'était beaucoup plus occupé d'intendance et de pain que de philosophie, prétextant que la levure est tout indiquée pour faire lever les idées. Près de lui se trouvait Capella qui avait une formation de psychanalyste jungienne, mais s'était dévoyée en préférant le journalisme. Assise auprès d'elle se tenait Rigel, l'austère présocratique de la communauté, qui l'avait initiée, ainsi que Bellatryx, aux arcanes de la philo. Il avait un style d'enseignement ultra-classique qu'Adhara n'avait pas du tout aimé. Il était haut sur pattes et froid comme une couleuvre.

Venait ensuite Véga, l'amie de sa mère, qui avait renoncé aux chevaux pour l'anthropologie et qui était tout sauf conformiste. Elle s'était beaucoup intéressée à la médecine chamanique, avait étudié les crânes de cristal, accompagné Aldébaran dans quelques-uns de ses voyages d'études. C'était une femme brillante, mais qu'Adhara ne trouvait pas d'un commerce facile. Elle brillait trop pour l'être, sans doute.

Au bout de la rangée se tenait Sirius, qui réussissait toujours, où qu'il soit, à repérer sa présence et à poser des yeux de futur propriétaire sur elle.

Dans l'assistance se trouvaient d'autres membres qui s'étaient ajoutés au fil des années, notamment l'étrange Indi, Mimosa-tête-en-l'air et Castor, ainsi que tous les nouveaux arrivés et la sainte Trinité, David, André et Marcel. Leurs noms étaient choisis, ils le recevraient officiellement lors d'une cérémonie distincte de celle des plus jeunes membres, dans un contexte qu'Altaïr avait voulu plus protocolaire. David deviendrait Centauri, André serait Groombridge et Marcel s'appellerait Luyten. Seule Maïté avait exprimé le désir de ne pas changer de nom.

Chaque soir au crépuscule il y avait un banquet avec de la musique, des danses et des feux d'artifice qui se terminait tard dans la nuit. Toute cette prodigalité cadrait mal avec ce qu'Adhara connaissait d'Altaïr. Y avait-il la moindre petite chance qu'elle se soit trompée, que les fêtes terminées, la vie retrouve son cours tranquille, que Shaula reprenne sa place auprès d'Altaïr, obligeant Maïté, partenaire du hasard, à s'en retourner d'où elle était venue ? L'idée lui plaisait, bien sûr. Qui ne voudrait voir ses parents à nouveau ensemble, à nouveau heureux ? Le passé se parait de couleurs chatoyantes pour se faire regretter.

C'est dans cet état d'esprit qu'elle traversa la première semaine des festivités. Pour tenter d'y voir plus clair – Hermès avait omis de lui dire que même si elle saurait, elle ne saurait pas toujours du premier coup, qu'il lui faudrait parfois hésiter et risquer de se tromper –, la veille de la présentation des statuts et règlements de la communauté, elle alla rendre visite aux anciens.

Deneb était plutôt optimiste. Selon elle, l'arrivée des nouveaux, qui aurait pu être chaotique, se passait bien, et les statuts et règlements serviraient à maintenir la paix sur la montagne. Antarès s'attendait à un tour de passe-passe d'Altaïr, mais il admettait que c'était une impression qui n'était fondée sur aucun fait particulier. Il demandait à voir et, en attendant, il s'amusait à confectionner des gâteaux. Capella lui redit qu'elle appréciait le changement, tout en nuançant son propos. Les dépenses somptuaires des célébrations l'inquiétaient. La communauté n'avait jamais vécu avec de tels moyens et l'argent légué par Aldébaran était destiné non à gâter outrageusement les membres, mais à perpétuer la vie de la communauté. Enfin, avait-elle conclu, ce n'était plus tellement de ses affaires maintenant. La lumière jaune dans l'esprit d'Adhara vira au jaune orange.

Rigel n'exprimait jamais spontanément ses opinions ; sans doute parce qu'il n'en avait pas de spontanées. Adhara réussit tout de même à lire entre les lignes que Rigel était contrarié par ce qui se passait, qu'il considérait Maïte comme une intrigante et ne voyait pas d'un bon œil l'installation de tous ces jeunes dans la communauté.

Véga reçut Adhara avec une surprenante cordialité. Elle n'avait jamais compris l'attrait de Shaula pour les bébés et s'était en conséquence tenue loin des enfants de sa meilleure amie. Elle ne se sentait pas à l'aise avec eux, moins encore avec Adhara, aussi discrète qu'elle-même était flamboyante. Son pavillon, décoré aux couleurs du haut Moyen-Âge, était fascinant comme elle. Elle prit une coupe d'argent sur une étagère, y versa du vin et la tendit à Adhara sans lui demander son avis. La jeune fille y trempa les lèvres par politesse, puis déposa la coupe devant elle et n'y toucha plus. Véga l'observait, sourire aux lèvres.

— Tu me fais penser à ta mère.

Adhara ne savait pas trop ce qu'elle entendait par là ; elle prit la chose comme un compliment.

— Merci. C'est gentil.

— Tu dois t'ennuyer d'elle.

— Oui.

— As-tu eu de ses nouvelles ?

— Oui. Elle va bien.

— C'est sûrement difficile pour toi depuis son départ. Tu n'as jamais été très proche de ton père que je sache.

— Ça va. Je comprends pourquoi maman est partie. Je ferais sûrement la même chose pour Tryx.

– C'est sûr, mais en même temps il y a eu la mort d'Aldé, le départ de Herm. Ça change vite autour de nous.

Véga abrégeait tous les prénoms, sans exception. Altaïr était Alta, Shaula devenait Shau et ainsi de suite.

– Justement, je me demandais ce que tu en pensais ?

– Des changements ? C'est normal, les changements. Penses-tu à quelque chose en particulier ?

– Je pense aux nouveaux membres et aux règles qu'Altaïr veut instaurer.

– Tu connais ton père ! Ça ne lui arrive pas souvent de décider quelque chose, mais quand il le fait, ce n'est pas le plus consultatif des hommes ! J'ai assez dit à Shau de se méfier, il n'y a rien de pire que le réveil d'une eau dormante.

– Ça te dérange ou pas ?

– Hmmmm. Non. Je trouve ça… stimulant. Pas toi ?

– Je me demande si Shaula serait d'accord.

– Connaissant Shau, les célébrations auraient certainement été plus modestes. Elle déteste le gaspillage. Par contre, elle aime le mouvement. Ce n'est pas une timorée, ta mère. Je pense qu'à son retour elle va monter dans le train… sans problème.

La lumière orange pâlit, revint au jaune.

– Les statuts et règlements, tu en penses quoi ?

– J'attends de voir, mais il faut bien encadrer les choses quand il y a beaucoup d'argent en jeu et pas mal de monde aussi. On ne devrait pas trop s'inquiéter, je sais que Maï a tout revu et elle est avocate, alors…

« Maï », elle utilisait le même diminutif que Bellatryx. Adhara faillit parler, mais quelque chose la retint au bord de la confidence. Il aurait fallu qu'elle explique de qui elle tenait le fait que Maïte n'était pas plus avocate que le pape, quand elle l'avait appris, ce qu'elle faisait à Québec alors qu'elle n'était pas censée y être. L'avertissement d'Hermès lui revint à l'esprit : le moment venu, elle saurait. Et là, justement, elle sentait qu'il valait mieux qu'elle se taise.

– Tu fais une drôle de tête ! Quelque chose qui ne va pas ?

– Non, pourquoi ?

– Comme ça. Vu que tu fais ta formation avec Maïte, ç'aurait été dommage que ça ne colle pas entre vous. J'aime bien le peu que je connais d'elle, mais je ne la vois pas aussi souvent que toi, je pourrais me tromper.

– Ne te casse pas la tête, Véga. Maïte est une très bonne prof, je n'ai pas de problème avec elle.

Finalement, parce qu'il y a toujours un dernier jour, l'aube se leva sur celui des célébrations. Les gens étaient épuisés ; ils commençaient à être à court de sommeil, d'enthousiasme et d'appétit. Ils firent néanmoins un effort pour faire bonne figure en se rendant sous le chapiteau où Altaïr les attendait pour donner leur nom aux nouveaux membres. Ils étaient une trentaine, deux tiers de garçons pour un tiers de filles, la plupart étudiants de premier cycle à l'université, séduits par les conférences auxquelles ils avaient assisté plus tôt au cours de l'été. Si c'était ça étudier, ils étaient prêts à passer leur vie à étudier.

Adhara les regardait en écoutant les noms se succéder comme une *lorica* : les Aries, Carina, Draco, Gemini, Octans, Pictor, Vela montaient tour à tour sur l'estrade, vêtus de leur tunique de soie, coiffés, parfumés, heureux d'être là et beaux à cause de ce bonheur. Néanmoins, la lumière rouge était revenue et, malgré la beauté du moment, elle ne pâlissait pas.

Tout ça, c'était du théâtre. Maïte, devant elle, incarnant la pureté dans sa tunique brodée de fils d'or, ne l'avait pas moins trompée et continuait à le faire. Mais elle ne devait pas trop s'en faire. Maïte avait aussi volé Shaula, elle avait volé Aldébaran, elle mentait sur son nom, ses origines, ses compétences.

À la limite, elle volait toute la communauté puisqu'elle avait utilisé une partie des sommes qui appartenaient aux membres pour qu'Altaïr puisse soigner *son* image et enrôler des membres selon *ses* règles.

Le long défilé était terminé. Capella allait dire quelques mots, puis ce serait au tour d'Altaïr.

« Votre arrivée sur le mont Unda – certains pourront toujours la qualifier de hasard, tout le monde peut se tromper ! –, est tout sauf fortuite. Vous êtes ici parce que vous éprouvez le désir de faire les choses différemment. Nous étions pareils il y a dix-sept ans sur cette montagne, nous avons continué à l'être toutes ces années et plaise au ciel que ça dure ! »

Il y eut des rires. Adhara était surprise de découvrir à quel point son père était à l'aise. Il s'exprimait avec une facilité à laquelle elle ne se serait pas attendue. Il ouvrait la bouche et les mots avaient l'air d'aller de soi, les gens étaient amusés, émus. Il avait du charisme. Dans l'esprit d'Adhara, la lumière était prise d'hésitation entre le jaune et le rouge. Elle était au bord d'un monde inconnu. Cela lui faisait peur et, en même temps, elle n'aurait pas laissé sa place pour tout l'or du monde. Quelle sorte d'univers allait-elle découvrir passé le premier acte ?

Elle reporta son attention sur l'assistance. Si Altaïr se vantait d'appartenir à une communauté qui faisait les choses différemment, on ne pouvait pas dire que ça se reflétait dans la salle ce soir. Le décorum était on ne peut plus convenu. Au premier rang étaient assis tous les membres de la « vieille garde » et ceux qu'Adhara qualifiait ironiquement de « garde rapprochée » : Maïte, Sirius et la sainte Trinité. Venaient ensuite les membres arrivés au fil des ans et, derrière eux, la trentaine de nouveaux.

Bellatryx avait préféré s'asseoir en arrière avec les nouveaux. Il avait encore changé au cours des dernières semaines. Dans peu de temps il dépasserait Altaïr d'une tête. Se sentant observé, il se tourna dans la direction d'Adhara, mais au lieu du regard complice qu'il lui aurait envoyé seulement quelques semaines plus tôt, il haussa les épaules et se détourna, gêné par cette attention dont il ne voulait plus.

Adhara ne le prit pas trop mal, elle lui sourit quand même en se demandant pourquoi on voulait tellement une chose un jour et autre chose le lendemain. Il y avait à peine trois semaines, tout ce qu'elle souhaitait, c'était que la vie redevienne normale comme avant. Retrouver son petit frère d'autrefois, faire revenir Shaula, ressusciter Aldébaran. Si cela avait été en son pouvoir, elle aurait rembobiné le film. Maintenant, elle était ailleurs. Elle ne savait pas trop ce qui l'attendait, mais il n'était plus question de regretter. Dès qu'elle avait pris conscience qu'elle avait un pouvoir elle aussi, qu'elle pouvait transformer les événements en agissant sur eux, elle avait perdu sa nostalgie.

Altaïr continuait à s'adresser à l'assistance avec la même déconcertante facilité, et la magie opérait. Adhara tenta de rattraper le fil des propos de son père, mais elle avait du mal à se concentrer sur autre chose que sur son propre état d'esprit.

– […] Je ne vous aurais pas dit cela quand vous êtes arrivés ici, il y a deux mois. Je peux le faire maintenant parce que je sais que vous êtes enfants de la même nébuleuse […].

Adhara sursauta, brusquement ramenée à la réalité. Est-ce que c'était bien Altaïr, qui avait si longtemps tourné en dérision les surnoms d'étoiles donnés par Shaula, qui parlait aujourd'hui de cette façon ? Elle jeta un coup d'œil autour, pour voir si elle était la seule étonnée. Pas de réactions du côté des anciens membres, pourtant habitués aux railleries d'Altaïr. Le principal intéressé parlait, parlait sans cesse, comme s'il était envoûté par ses propres mots, et l'assistance ne bronchait pas, envoûtée à son tour.

Adhara aurait voulu se lever, rompre cet enchantement malsain, ramener tout le monde en août soixante-dix-huit, les deux pieds sur terre. Elle se rappela les mots d'Hermès et se les répéta pour se calmer, « alerte, mais patiente, intuitive mais capable d'analyse, déterminée, mais souple ». Le temps venu, elle saurait.

Altaïr s'était tu. La salle se vida tranquillement tandis qu'Adhara restait assise, ébranlée par ce qu'elle avait entendu. En passant, Véga l'aperçut et vint près d'elle, une expression amusée sur le visage.

– Sacré Alta ! Comment as-tu trouvé son discours ?

– Surprenant…

– C'est le moins qu'on puisse dire. Ça n'a pas l'air de t'avoir plu.

– Disons que je suis encore sous l'effet de la surprise.

– Je gage que tu ne t'attendais pas à trouver ton père aussi éloquent.

Véga donna une tape affectueuse sur l'épaule d'Adhara, se leva et partit en répétant d'une voix théâtrale qui imitait assez bien Altaïr :

– « Vous êtes enfants de la même nébuleuse, enfants de la nébuleuse, de la nébuleuse… »

Épilogue

La levée des brumes

C'ÉTAIT notre dernier soir. Nous avions passé la journée à faire nos bagages, rapatriant les objets que nous avions semés dans tous les coins du château. Elle avait été ponctuée par les chicanes de dernière minute sur la disparition d'une brosse à cheveux ou la corvée de battage des tapis. On ne savait pas ce qui allait advenir du camp ; l'inquiétude nous rendait grognons. Harcelée de questions, Maïna avait cherché à nous rassurer et obtenu le résultat exactement contraire. On trouvait ses prédictions obscures, paradoxales, incomplètes. À la fin, fatiguée de tant de mauvaise foi, elle avait rangé ses cartes et refusé de répondre à quelque nouvelle question que ce soit.

Je me demande si nous avions une seule fois été à court d'histoires autour du feu, mais ce soir-là, tous les sujets de conversation tournaient en eau de boudin.

Quand Richard est venu nous trouver, il ne restait que des braises qu'Ignis hésitait à ranimer. Lui, si habile à sentir venir le vent, ne savait plus s'il fallait prolonger la soirée ou l'interrompre. Et nous, voyant Richard arriver, étions incapables de dire s'il arrivait avec de bonnes ou de mauvaises nouvelles, ou avec pas de nouvelles du tout. C'était la confusion.

– Je vous regarde et je ne vous trouve pas trop mal en point finalement! […] En fait, pour être tout à fait franc, j'avais peur que ce soit pire que ça. […] Contents de rentrer enfin chez vous?

Luc s'impatienta en notre nom à tous:

– Arrête de tourner autour du pot, Richard! On revient… ou pas?

Je ne dirais pas que Luc était le plus intéressé à revenir, on l'était tous. Je dirais qu'il était celui qui laissait le plus derrière lui. L'histoire des chapelles l'avait captivé. Ne pas pouvoir revenir l'été suivant, c'était s'avouer vaincu et ça le mettait, lui le perfectionniste, dans tous ses états.

Richard nous regardait, mais ne répondait toujours pas. Maïna le fit à sa place:

– On revient! Je vous l'ai dit!

Richard la dévisagea comme si elle trafiquait avec le diable.

– D'où tu tiens tes informations, Maïna?

– Je le sais, c'est tout.

Richard garda le silence quelques secondes, comme on retient son souffle. Enfin, il lança, vite et fort:

– On revient!

C'était Noël, c'était le jour de l'An, c'était Pâques et la Saint-Jean-Baptiste, on se sautait dans les bras, on n'en revenait pas de notre chance. On avait eu très peur.

⸎

Le matin du vingt-huit août, après avoir vérifié que tous les bagages étaient rangés dans le ventre de l'autobus et que personne ne se cachait derrière un arbre, Richard nous a fait un salut de la main, donnant ainsi le signal du départ au chauffeur. Nous avions le nez collé aux vitres. Personne ne parlait, ça aurait été trop dur de ne pas pleurer. Le silence s'est prolongé jusqu'à notre arrêt à une halte routière.

Pendant qu'on mangeait nos sandwiches, d'abord du bout des dents, puis avec de plus en plus d'appétit, il y eut quelques rires. Le calme n'allait pas durer éternellement. Laurent, qui avait coutume d'empiler ses croûtes, commença à les lancer à la tête de Nicolas qui se défendit avec son verre de lait, les petits en profitèrent pour transformer les gâteaux qui restaient en projectiles. Nous retrouvions nos habitudes une dernière fois avant que la mémoire d'avant le camp nous revienne.

De retour à nos places, Stéphanie s'est rappelé que c'était sa sœur Caroline qui viendrait la chercher ; Charlotte s'est mise à parler d'un amoureux qui l'attendait sûrement encore dans le parc devant chez elle – car comment pouvait-on oublier Charlotte ? – ; Ignis entreprit de compter les minutes qui le séparaient de son petit frère Pio ; Catherine de s'inquiéter que sa tante oublie de venir la chercher. Estelle fit jurer à Judith d'être là pour son anniversaire ; Lola fit un sondage pour savoir quel était le meilleur moyen d'introduire Zorro dans la maison sans que son père fasse une crise cardiaque et Samuel se mit à sourire probablement en pensant à son grand ami Olivier avec qui il ferait son entrée au secondaire dans quelques jours.

J'en oublie bien sûr. Nous avions tous des espoirs et des peurs.

Je me sentais un peu exclue. Je n'arrivais pas à faire taire les sentiments que j'éprouvais pour Bellatryx et une partie de moi ne voulait pas quitter la montagne. Le pont de l'île, annonçant la ville toute proche, surgit du brouillard qui avait fait la route avec nous. C'est là que j'ai commencé à émerger moi aussi.

J'ai dû reprendre tout à fait pied en apercevant les visages de Marie et de Michel, tendus vers nous comme s'ils n'avaient fait que ça de leur été, espérer qu'on revienne. C'était bon d'être attendu. C'était bon de le croire. Pour un temps, les lumières du château de Céans resteraient éteintes.

Le marais de Saint-Antoine
30 juin 2005

Table

Ne manquez pas la suite de la « Chronique
des enfants de la nébuleuse »
La Montagne aux illusions
à paraître en 2007
aux Éditions Vents d'Ouest.

Collection « Ado »

PAO : Éditions Vents d'Ouest (1993) inc., Gatineau
Impression : Imprimerie Gauvin ltée
Gatineau

Achevé d'imprimer en février
deux mille six

Imprimé au Canada